Q&A

Q&A 블랙&화이트 **049**

지은이 온다 리쿠 **옮긴이** 권영주 **1판 1쇄 발행** 2013년 7월 5일 **1판 3쇄 발행** 2013년 9월 27일
발행처 도서출판 비채 **발행인** 박은주 **주소** 서울특별시 종로구 북촌로 63-3
등록 2005년 12월 15일(제300-2005-212호) **주문 및 문의 전화** 031)955-3220 **팩스** 031)955-3111
편집부 전화 02)3668-3291 **팩스** 02)745-4827 **전자우편** viche@viche.co.kr

ISBN 979-11-85014-04-3 03830 책값은 뒤표지에 있습니다.

이 도서의 국립중앙도서관 출판시도서목록(CIP)은
서지정보유통지원시스템 홈페이지(http://seoji.nl.go.kr)와
국가자료공동목록시스템(http://www.nl.go.kr/kolisnet)에서 이용하실 수 있습니다.
(CIP 제어번호: CIP2013010163)

Q&A

온다 리쿠 장편소설 | 권영주 옮김

그럼 지금부터 몇 가지 질문을 드리겠습니다. 여기서 하신 말씀은 밖으로 나가지 않습니다. 질문에 대해 당신이 본 것, 느낀 것, 아는 것을 솔직하게, 마지막까지 성심껏 대답해주신다고 맹세하시겠습니까?

"노력하죠."

노력하신다 함은?

"자기가 본 것, 아는 것을 꼭 말로 정확히 표현할 수 있다는 법은 없고, 자기가 봤다고 생각하는 게 실제하고 꼭 일치하지는 않는다는 걸 경험상 잘 알거든요. 어디까지나 현시점에서 기억하는 것, 개인적으로 느낀 것이라도 괜찮다면 대답하겠습니다."

알겠습니다. 그걸로 충분합니다. 그런 생각을 하시게 된 건 당신의 직업과 상관있는지요?

"네, 아마 크게 관계있을 겁니다."

당신의 성함과 연령, 직업을 말씀해주십시오.

"가사하라 히사요시, 서른여덟 살. 도토 일보 도쿄 본사 편집국 사회부 기자입니다. 소위 경찰서 출입 기자로, 경시청 담당입니다."

그 사건에 관해 장기 연재 기사를 쓰고 계시죠?

"네. 사건 당일 저녁으로 사건의 배경과 진상을 얼마 동안 뒤쫓는다는 게 결정됐거든요. 그래서 팀하고 역할 분담을 정할 때 저도 지원했습니다."

그 이래로 계속 사건을 조사하고 계신다고요.

"네. 개인적으로도 이것저것 궁금한 게 많아서 말이죠."

개인적으로?

"네."

사건 당일에 관해 질문하겠습니다. 2월 11일에 하신 행동을 차례대로 설명해주십시오.

"네. 그날은 공휴일이라 저도 쉬는 날이었습니다. 맑기는 했어도 무척 추운 날씨였죠. 점심때 다 돼서 일어났더니 가족들이 다 나가고 없어서, 온 집 안이 어찌나 썰렁한지 깜짝 놀랐던 게 기억나는군요. 저희 집엔 초등학교 5학년, 4학년, 이렇게 아들 녀석이 둘 있는데, 텔레비전 애니메이션의 영향으로 둘 다 테니스에 푹 빠져 있거든요. 틈만 나면 가까운 데서 벽치기를 하는데, 워낙 추우니까 둘 다 일찌감치 들어오더군요. 아내는 미장원에 가고 없어서 셋이 점심으로 볶음우동을 만들어 먹었죠. 아내가 휴일에 미장원에 가는 일은 흔치 않은데, 그날 누나네하고 같이 저녁을 먹기로 했었거든요."

식사는 어디서 하실 예정이었습니까?

"이케부쿠로입니다. 6시에 만나기로 했습니다. 대중주점과 패밀리레스토랑을 합친 것 같은 대형 체인점이 있거든요. 분위기가 차분하고 메뉴도 풍부해서 어른하고 아이 모두 커버가 가능하기 때문에 가족 모임이 있을 땐 그곳을 자주 이용했죠. 아버지 삼주기 제사를 의논할 겸 만나는 거였습니다."

처음 어떻게 사건을 아셨습니까?

"텔레비전으로 봤습니다. 3시 거의 다 됐을 때였나요. 여행 프로그램을 보는데 '아사히가오카의 대형마트에 화재'란 속보가 자막으로 나왔습니다."

화재라고요.

"네. 나중에 동료한테 듣기로, 소방서에 맨 처음 들어온 신고가 '아사히가오카 대형마트에서 화재 발생'이었다고 하더군요. 뭐, 처음엔 원래 그렇습니다. 소방대원은 무슨 일이 벌어졌다고 하면 확인이 안 됐어도 좌우지간 출동하니까요. 지하철 사린가스 사건 때 맨 처음 들어온 신고 중엔 '지하철역 구내에서 복수의 폭발 사고가 발생했다'는 정보도 섞여 있었다고 합니다."

그렇군요. 그래서요?

"NHK로 채널을 돌려 얼마 동안 상황을 지켜봤습니다. NHK

자막도 처음엔 '아사히가오카 대형마트에 화재'더군요. 바로 경시청 기자실에 전화했는데 그때는 아직 알 수 있는 게 아무것도 없었습니다. 얼마 있다가 방송 도중에 뉴스로 바뀌길래 혹시 큰 화재인 건가 생각하던 참에 회사 삐삐가 울렸습니다."

이런 때 휴대전화는 안 쓰십니까?

"호출엔 삐삐를 쓰거든요. 사회부에 기자가 약 백 명 있는데 그땐 결국 전원을 일제히 호출했습니다. 규모가 꽤 큰 사건이 아니면 한꺼번에 호출하는 일은 없죠."

그래서요?

"예감이 이상하더군요. 웃으실지 모르겠지만."

처음에 약속하셨을 텐데요? 당신이 본 것, 느낀 것을 있는 그대로 말씀해주십시오. 당신이 판단하실 필요는 없습니다.

"그렇게 말씀하셔도 이게 말로 하기가 쉽지 않아서요. 스스로 비과학적이란 걸 알면 특히 더 그렇죠. 실은 그때 불길한 예감이 똑똑하게 든 겁니다. 확신이 들었다고 할지. 어째선지 그 순간 옛날 본가에 있던 개집이 눈앞에 떠오르더군요. 말 그대로 선명하게 보였어요. 나중에 이유를 생각해봤는데, 어렸을 때 예뻐했던 개가 학교 간 사이에 죽은 적이 있었거든요. 집에 와서 개집을 본 순간, 개가 이미 이 세상에 없다는 걸 분명하게 알 수 있었습니다. 그런데 그동안 까맣게 잊고 있던 당시의 기분이 세월을 뛰어넘어 갑자기 되살아난 겁니다. 신기한 일이죠. 어쨌든 뭔가 아주 안 좋은 일이 일어난 게 틀림없단 생각이 들었습니다."

어떤 일이 일어났다고 생각하셨습니까?

"그건 잘 모르겠습니다. 그런데 뉴스 속보마다 화재라고 하는데도 어쩐지 화재의 이미지는 안 떠올랐습니다."

그래서 어떻게 하셨습니까?

"그때 제 휴대전화 벨이 울렸다가 금세 끊겼습니다. 움찔해서 수신 내역을 보니 매형이었습니다. 허겁지겁 걸어봤지만 계속 통화 중이더군요. 그때 여기저기서 다들 한꺼번에 전화를 거는 바람에 기지국이 다운된 거죠. 결국 저녁 8시 되도록 휴대전화가 불통이었습니다."

그래서 결국 현장으로 가셨죠?

"네. 준비는 하고 있었는데, 얼마 있다가 그제야 영상이 나와서 보자마자 서둘러 출발했습니다."

왜죠?

"M 점포가 나왔기 때문입니다. 그때는 아직 현지 영상이 아니라 사진이었습니다만."

M에 무슨 의미가?

"아사히가오카의 M은 슈퍼마켓이라기보다 소위 교외형 쇼핑센터거든요. 식료품, 의류뿐 아니라 가전제품도 팔고 음식점도 들어와 있는, 백화점하고 비슷한 아주 큰 점포죠. 아사히가오카 뉴타운은 엄청 큰 단지라서 말입니다. 거기 사는 사람들이 가족 단위로 찾기 때문에 휴일이면 대단히 붐빕니다. 그런데 그 뉴타운에 누나네가 살고 있었던 겁니다."

즉, 누님 부부도 그곳을 자주 이용하셨다는 말씀이군요?

"네. 누나네는 맞벌이인 데다 둘 다 풀타임으로 일했습니다. 매형은 아주 합리적인 사고의 소유자인 데다 유학 생활을 길게 해서 집안일 하는 게 힘들지 않은 사람이거든요. 그래서 누나네는 늘 일요일 오후에 장을 보고 일주일 동안 먹을 음식을 같이 한꺼번에 만들곤 했죠. 회사에서 늦게 퇴근해도 잠깐 데우는 정도로 바로 식사할 수 있게요. 그 점에 있어선 둘 다 워낙 철저해서 감탄할 정도였습니다. 누나네는 딸이 하나 있는데, 요새 애들은 학원이니 뭐니 해서 바쁘니까 밤 9시에 다같이 모여 저녁을 먹는다고 정해져 있어요. 조카도 이미 그런 생활에 익숙해졌고 말이죠. 아내가 어찌나 부러워하는지 누나네를 만날 때면 늘 눈치를 보게 되는군요. 요컨대 누나 부부는 새 주가 시작되는 전날 늘 장을 본다는 거죠. 그날은 월요일이긴 해도 공휴일이었으니 그 주 장은 그날 보러 갔을 겁니다."

그럼 그날도.

"네. 그곳에 가 있을 게 틀림없다는 직감이 들었습니다."

그것 참 걱정되셨겠습니다.

"누나네 집에 전화를 걸어봐도 자동응답만 나오길래 역시 그 쇼핑센터에 간 게 틀림없다고 확신했습니다. 미장원에서 돌아온 아내도 텔레비전을 보더니 금세 '세상에, 여기 형님네가 가는 데 아니야?' 하더군요. 하지만 텔레비전을 봐도 불안한 기분만 들고 도대체 어떻게 된 일인지 영문을 알 수 있어야죠."

그 뒤 근처에 있던 사람이 찍은 영상이 반복해서 나왔죠.

"네. 전 나중에야 봤는데, 우연히 지나가던 사람이 비디오카메라로 찍은 그 영상을 보니 소름 끼치더군요. 패닉에 빠진 손님들이 건물에서 뛰어나오는 그 장면. 대체 무슨 일이 일어난 건지 알 수 없는 채 대혼란이 벌어졌으니 말이죠. 경찰에서 교통 통제를 시작했을 무렵엔 안 그래도 휴일엔 붐비는 도로가, 도망치려는 차들하고 아무것도 모르고 진입하려는 차들, 그곳에 몰려든 군중들로 뒤죽박죽이 됐습니다. 실제로 연쇄 추돌 사고가 벌어지질 않나, 접촉 사고로 다친 사람들이 있질 않나, 좌우지간 M 주위가 온통 패닉 상태였단 말이죠. 하지만 정작 안에서 무슨 일이 벌어지고 있는가 하는 정보는 전혀 없었던 겁니다."

그래서 현지로 가셨군요.

"네. 어떻게든 현지에서 정보를 모아봐야겠다고 생각했습니다. 누나네가 걱정됐던 것도 있지만, 솔직히 이 사건은 다른 데 뺏기면 큰일 날 것 같다는 생각이 들어서요."

다음 날 신문 일면을 걱정하셨다는 말씀이죠.

"네. 그런 공포는 몸에 아주 배어 있으니까요. 그날은 신문이 휴간이었지만, 마침 동계 올림픽 기간이라 특별판을 내기로 돼 있었거든요."

현지로는 어떻게 가셨습니까?

"자전거를 탔습니다."

네? 자전거? 아사히가오카까지? 댁이 어디셨죠?

"저희 집은 이타바시 구입니다만, 직선거리로 따지면 실은 그렇게 안 멀거든요. 도쿄에선 전철역으로 거리를 인식하다 보니 의외로 못 알아차리곤 합니다만. 안 그래도 휴일이라 길이 막힐 텐데 갑작스러운 사고까지 발생했으니 차로는 절대 접근할 수 없을 거라고 생각했습니다."

얼마나 걸리셨습니까?

"아드레날린이 분비된 탓인지 생각보다 덜 걸리더군요. 몸은 후끈후끈한데 귀하고 코가 얼마나 시리던지요. 한 삼십 분 걸렸나요. 현장에 가까워질수록 구경꾼이 엄청나게 몰려들어 있어서 그 이상 거의 못 갔습니다만."

가족분들은 그사이 어떻게 하셨습니까?

"아내한테는 집에서 연락을 기다리라고 했습니다. 어쨌든 6시까지 이케부쿠로에 갈 수 있을 성싶지 않으니 가게에 전화해서 예약을 취소하라고 하고요. 요새 공중전화가 빠른 속도로 자취를 감추고 있잖습니까? 그때는 정말 오싹하더군요. 뭔가 큰 사건이 생기면 휴대전화는 그냥 액세서리나 다름없어요. 휴대전화만 있고 집 전화가 없는 사람도 늘었는데, 그렇게 되니까 연락을 취할 방법이 도무지 없더라고요."

미국의 9·11 테러 때도 곧바로 휴대전화가 불통됐죠.

"그건 붕괴한 건물에 기지국이 설치돼 있던 탓도 있었던 모양이더군요."

도시 기능은 쇠약하다는 말씀이군요.

"그런 생각이 들었습니다. 지진 등으로 인프라가 파괴됐다면 또 몰라도, 쇼핑센터 한 곳에서 사건이 벌어진 것만으로 정보가 끊기는 상황이라니, 정보사회라는 말이 좀 무색하지 않나 싶었습니다."

현장 부근에 도착하신 게 몇 시경이었습니까?

"4시 반 넘어서였던 것 같습니다. 아직 주위가 환했죠. M까지 15킬로미터는 더 가야 할 곳에서 이미 도로가 정체되기 시작해, 거기서부터 몇 킬로미터 더 못 가서 완전히 막혔습니다. 다들 라디오며 DMB로 상황은 파악한 것 같았지만 차가 꼼짝도 하질 않으니, 차에서 내리고 여기저기 전화를 걸기 시작하고 그러더군요. 가족하고 같이 나온 사람이 많다 보니 북새통도 그런 북새통이 없었어요. 차가 꼼짝을 안 하니 어른들은 짜증이 나고 애들은 칭얼댔습니다. 그럼 연쇄 반응으로 다른 애들도 울기 시작하니까요. 여기저기서 애들 울음소리가 들리니 기이한 느낌이 들더군요. 인도에도 사람이 워낙 많이 모여 있어서 자전거를 타고 가는 것도 여의치 않아 결국 내려서 밀며 걸었습니다. 길가에 있는 패밀리레스토랑은 시간은 이르지만 저녁을 먹으면서 정체가 풀리길 기다리려는 가족들로 어디나 북적거렸습니다. 나중에 듣기로 경찰이 교통 통제에 나선 게 4시 넘어서라더군요. 안 그래도 M하고 주변 도로가 가장 혼잡할 시간대인데 완전히 타이밍을 놓친 셈입니다. 도로가 몇 킬로미터씩 그런 상태니 인근 주민들도 무슨 일이 생긴 거냐고 몰려나와, 어째 일본이 아닌 것 같더군요. 꼭 동남아시아 어디 시내 같았어요. 휴대전화도 불통이었으니 공중전화가 있는 곳마다 장사진을 치고 있었습니다. 그러다 라디오에서 다음 정보가 나오기 시작한 겁니다."

어떤 정보였습니까?

"나중에 순서대로 확인했는데, 그 시간대엔 아직 소방 당국에서도 정보를 완전히 파악하지 못했던 모양이더군요. 쇼핑센터 측에서도 무슨 일이 일어났는지는 모르는 채 좌우지간 손님들을 전부 밖으로 대피시키는 데 주력했고요. 손님들도 왜 도망치는지 아는 사람은 거의 없었던 것 같습니다. 그때까지는 다들 불이 났다고 생각하고 있었습니다. 그런 상황에 그 정보가 들어왔으니 혼란이 더욱 커졌죠."

그때 뉴스 내용을 가르쳐주십시오.

"'아사히가오카에 위치한 대형마트 M에서 유독가스 발생. 부상자 다수'였습니다. 나중에 동료한테 확인하기로 소방 당국에서 그렇게 발표했다고 합니다."

그러면서 또 다른 혼란이 시작된 셈이군요.

"다들 라디오로 똑같은 정보를 들었으니까요. 그 뒤 유언비어가 퍼지기까지 순식간이었습니다."

구체적으로 들으셨습니까?

"네. 우선 쇼핑센터에 독가스가 살포된 모양이라는 소문이 돌았죠. 그러자 재미있게도, 재미있다는 표현은 부적절할지도 모르지만, 금세 그럴싸한 소문이 퍼지더군요. 소문을 보강하는 소문이 돈다고 할까요. 화학 기동중대가 이쪽으로 오는 중이다, 자위대 특수부대가 벌써 아사카에서 출동했다, 주민한테 대피 권고가 내려졌다. 얼마나 그럴싸한지 정말 대단하더군요. 실제로 자위대 출동도 검토된 바 있고 특수 훈련을 받은 소방청 구조대가 출동한 건 사실입니다만, 소문이 퍼졌을 땐 아직 그런 움직임이 없었거든요."

그 뒤 주위에 변화가 있었습니까?

"얼마 있다가 사람들이 역류하기 시작했습니다. 처음엔 느린 속도였는데 점점 다들 걸음이 빨라지더니 종종걸음을 치더군요. 기묘한 광경이었습니다. 바로 좀 전까지만 해도 다들 기분이 언짢기는 했어도 한편으론 그래봤자 남 일이라고 흥미진진해하는 분위기였거든요. 굳이 따지자면 현장 근처로 가서 불구경을 하고 싶은 마음이 있었다고 생각합니다. 그런데 그게 단숨에 불안으로 탈바꿈한 겁니다. 주위가 유해물질로 오염된 게 아닐까, 혹시 여기 있으면 안 되는 게 아닐까. 다들 그렇게 생각하기 시작한 걸 똑똑하게 알 수 있었습니다. 공포는 전염되게 마련이니 한 사람이 뛰기 시작하면 다들 덩달아 뛰죠. 밖으로 나와 있던 사람들은 차로 돌아가 문을 닫았습니다. 모든 차가 한꺼번에 반대 차선으로 넘어가 왔던 길을 되돌아가려고 하는데, 반대 차선도 차가 꽉 찼으니 거북이걸음이거든요. 끼어들 틈이 전혀 없으니 다들 초조해하는 게 느껴졌습니다. 그때 소름이 확 끼치더군요. 갑자기 주위 사람들이 무표정해진 것 같았어요. 말 그대로 주위에서 색채가 사라진 느낌이었습니다. 패닉에 빠지면 사람은 표정이 없어지는군요. 그러더니 이윽고 차를 버리고 도망치는 사람들이 생겼습니다. 꼭 영화의 한 장면 같단 생각이 들었습니다."

영화의 한 장면 같다는 말씀이 무슨 뜻인지요?

"비디오로 본 할리우드 영화 중에 그런 게 있었거든요. 컴퓨터 그래픽 기술을 쓸 수 있다는 게 신이 나서 자연의 맹위를 CG로 보여주는 영화가 한동안 유행했잖습니까. 화산 분화라든지 홍수, 태풍 같은 거 말이죠. 그런 재난 영화에 사람들이 도로에 차를 버리고 도망치는 장면이 있었거든요."

그래서 어떻게 하셨습니까?

"아무튼 사람들이 한꺼번에 역류해왔으니 말이죠, 근처 건물의 안으로 쑥 들어간 곳에서 사람들이 지나가기를 기다렸습니다. 아무리 기다려도 인파가 줄어들 생각을 안 해서 자전거를 옆에 둔 채 애만 바작바작 태웠군요. 두고 갈 생각도 해봤지만 M까지는 아직 더 가야 하는 데다 점포도 보이지 않던 터라 자전거를 좀 더 타고 가기로 했습니다. 문득 보니 옆에 담배 가게가 있더군요. 사람은 보이지 않았지만 동전을 넣고 쓰는 옛날식 전화기가 있길래 집에 전화해봤습니다. 바로 아내가 받길래 텔레비전을 봐달라고 했습니다. M의 상황을 확인할 수 있느냐고요. 도로 정체가 심해서 방송 중계차가 현지까지 못 가고 꽤 한참 떨어진 데서 M의 흰 건물을 배경으로 중계하는 중이라고 하더군요. 연기가 나느냐고 물었더니 아내가 연기는 전혀 안 보인다고 대답했습니다. 겉으로 보기엔 이상이 전혀 없다고요."

그 말을 듣고 어떻게 생각하셨습니까?

"실은 그게 내내 의문이었거든요. 작은 모닥불을 피워도 꽤 멀리 떨어진 데서 연기가 보이는데, 저렇게 큰 점포에 화재가 발생했다면 상당히 먼 데서도 연기가 보여야 합니다. 하물며 날씨가 궂은 것도 아니었고, 제가 자전거로 도착한 곳은 사방이 주택가라 국도 변의 좁은 지역을 빼면 고층 상업시설이나 사무실 건물이 없을 텐데, 그런데도 연기가 전혀 보이질 않았던 겁니다. 그걸 내심 이상하게 생각했던 터라 역시나 싶었습니다. 그 말을 듣고 계속 갈지 돌아갈지 결단을 내려야 했죠."

왜죠?

"고백하자면 전 처음부터 화학물질에 의한 사고 내지 사건을 의심했거든요. 인위적인 건지 아닌지는 별개로 치고 말이죠. 그 시점에선 주위 사람들이 도망치면서 소리를 질러대던 헛소문도 헛소문인지 아닌지 아직 판단할 수 없었으니, 정말 M에 접근해도 되는 건지 얼마나 고민됐는지 모릅니다. 고민한 시간은 별로 길지 않았습니다만."

그래서 어떻게 하셨습니까?

"결국 계속 가기로 했습니다."

그런 불안이 있었는데도 말입니까?

"네. 그날은 기온이 낮고 바람이 불지 않았으니 그런 크고 밀폐된 점포에서 외부로 화학물질이 새어나올 가능성은 낮을 테고, 혹

화학물질이 유출되는 중이라 해도 주위 사람들을 보고 도망쳐야 할지 판단할 수 있을 거라고 생각한 겁니다. 게다가 뭣보다도 고생해서 여기까지 왔는데 그냥 가기 싫다, 거기서 무슨 일이 벌어지고 있는지 알고 싶다, 그런 마음이 절실했습니다."

직업의식입니까?

"그보다 그냥 순수하게 알고 싶다, 보고 싶다는 욕구만으로 움직였던 것 같습니다. 자기가 가스를 마시고 쓰러질 거란 생각은 해보지도 않았죠. 하지만 마음속 한구석으론, 지금까지 세계 곳곳에서 사고에 말려들었던 기자들도 자기만은 괜찮을 거라고, 자기가 그런 일을 당할 리 없다고 생각했겠지, 그런 생각을 했습니다."

그래서 자전거를 타시고.

"네. 겨우 인파가 뜸해졌길래 자전거에 올라타고 계속 갔습니다. 아직 드문드문 역류해오는 사람들이 있기는 했어도 시야가 많이 트였죠. 그래도 아직 M은 보이지 않았습니다만."

얼마쯤 더 갔을 때 M 점포가 보이기 시작했습니까?

"오 분쯤 더 가서였을까요. 도쿄는 평지가 아니니 말이죠, 비탈을 오르락내리락하다 보니 느닷없이 정면에 M의 빨간 간판이 나타나더군요. 그때는 이미 어두워진 다음이었는데, 간판이 조명을 받아서 허옇고 큰 건물이 마치 공중에 떠 있는 것처럼 보였습니다. 지금 생각해보면 부상자가 속속 실려 나오는 중이었으니 주위에 강력한 조명기가 설치돼 있었겠죠. 상공에 헬리콥터가 날아다니는 소리가 요란했습니다."

그런 광경을 보고 어떻게 생각하셨습니까?

"조용했어요. 그게 가장 인상에 남아 있군요. 멀리서 헬리콥터 소리는 들려오는데 주위는 쥐 죽은 듯 조용했습니다. 그게 뭣보다도 인상적이었습니다."

그때 주변 주택가는 어땠습니까? 자발적으로 대피한 주민들도 있었다던데요.

"아닙니다. 제가 받은 인상으론 도망치지 않은 것 같던데요. 어느 아파트며 연립에도 불빛이 보이는 게, 다들 집 안에서 꼼짝 않고 상황을 지켜보고 있다는 느낌이 들었습니다. 결국 대피 권고도 내려지지 않았으니, 텔레비전을 안 틀고 있었던 집에선 저녁 뉴스를 보고 그제야 사건을 알았다는 사람도 꽤 많았다더군요."

구청의 대응도 문제가 됐죠.

"나중에 구청도 취재를 했는데, 일부 직원은 당시 출근해서 정보 수집을 하긴 했던 모양입니다. 하지만 다음 날이 돼서야 주민한테 정보를 내보내기 시작했으니, 역시 대응이 늦었다고 하지 않을 수 없죠."

위기관리도 기사에서 다루셨죠.

"거기에 관해선 여러 가지 복잡하고 심각한 문제가 있습니다."

지금은 사건 당시에 관한 이야기만 하겠습니다. 자전거를 타고 현지로 접근해 간판을 발견했다. 주위는 조용했다. 그 뒤 어떻게 하셨습니까?

"좌우지간 갈 수 있는 데까지 가보자고 생각했습니다. 도중에 사람들이 뜸해졌었는데, 현장에 가까이 다가갈수록 다시 늘어나더군요. 멀리 사람들이 빽빽이 둘러서 있는 게 보였습니다. 그리고 경찰관도요. 그제야 교통 통제를 하는 데에 이른 셈입니다. 사람들 너머로 붉은빛이 보였습니다. 경찰차의 경광등이죠. 사람들 너머로 흐릿하게 붉은빛이 보여, 거기 있는 사람들이 그림자처럼 보였습니다. 전 처음엔 그 사람들이 구경꾼인 줄 알았거든요. 하지만 구경꾼이 일부 섞이긴 했어도, 그곳에 있던 대다수는 M에서 도망쳐 나온 사람들이었던 겁니다."

그 사람들은 어떤 상태였습니까?

"그게 또 조용하더군요. 적어도 몸 상태가 안 좋은 사람은 없는 것 같아서 마음이 놓였죠. 하지만 그 사람들을 보다 보니 이전하곤 또 다른 기이함이 감돌길래 긴장했습니다."

어떤 기이함인지요?

"안에서 무슨 일이 벌어지고 있는 건지 알고 싶었던 건 누구보다도 그때 점포 안에 있던 사람들 아닐까요. 그 사람들은 십중팔구 저하고 같은 표정이었을 겁니다. 아니, 저보다 훨씬 더 진지하고 절실하게 사실을 원하는 얼굴이었어요. 다들 꼼짝 않고 서서 M 쪽을 바라보고 있는 겁니다. 애들도 많았는데, 부모한테 달라붙어서 꼼짝 않더군요. 어떤 큰 사고가 벌어졌다는 건 이해하는 데다 주위 분위기가 심상치 않으니 다들 얼어붙은 것 같았습니다. 경찰이 돌려보내려고 했지만 아무도 자리를 떠나려 하지 않았어요. 날이 저물면서 추위가 훨씬 심해졌는데도 아무도 꿈쩍하지 않았습니다."

거기서 M의 상황은 보이지 않았습니까?

"네. M은 경찰이 통행을 규제하던 곳보다 100미터쯤 더 간 교차로에서 꺾어진 곳에 있었으니까요. 꼭대기에 설치된 간판하고 흰 건물의 위층 부분은 보였지만, 아래층하고 입구 부근은 전혀 안 보였습니다. 창문이 없는 건물이거든요. 유일하게 계단 주위만 벽이 색유리라 안이 들여다보였지만, 안에 사람이 있는 것 같진 않았습니다. 교차로 부근에 소방차와 구급차, 용도를 알 수 없는 특수차량 같은 게 잔뜩 보여서, 상당히 많은 차와 소방대원이 출동했다는 건 알 수 있었습니다만."

소방대원이 보였습니까?

"아뇨. 이쪽을 지키는 경찰관들밖에 못 봤습니다. 경찰관들도 불안한지 표정이 딱딱하더군요. 내내 소형 무전기로 뭐라 말을 주고받았습니다. 그 사람들도 정보가 없었겠죠."

당신은 그곳에서 현장에 있던 사람들을 처음 만났습니다. 그 뒤 어떻게 하셨습니까?

"저도 얼마 동안 멍하니 있다가 겨우 본래 할 일을 생각해냈습니다. 말하는 순서가 뒤바뀌었는데, 전 처음 그 사람들을 봤을 때 구경 나온 이웃 주민들이라고 생각했거든요. 그래서 근처 가드레일에 자전거를 묶어놓곤 가까이 있던 사람한테 '무슨 일이 있었던 겁니까? 언제부터 여기 계셨습니까?' 하고 물었습니다. 맨 처음 말을 건 사람은 육십대쯤 된 남자였는데, M의 로고가 인쇄된 비닐봉투를 들었더군요. 그랬더니 그 사람은 꿈에서 깬 듯한 표정으로 절 돌아봤습니다. '저 안에 있었어. 뭐가 뭔지 모른 채로 도망쳐 나온 거야.' 그 사람은 제가 질문한 걸 그제야 깨닫고 놀란 목소리로 대답했습니다. '잠깐 말씀 좀 여쭐 수 있을까요?' 전 눈을 보며 말했습니다. 도토 일보 기자라고 밝혔더니 주위 사람도 다들 꿈에서 깬 양 절 돌아보곤 저마다 입을 열었습니다. 다들 흥분해선, 자기들이 사건 현장에 있었다는 걸 그제야 비로소 자각한 것 같더군요. 다들 봇물 터진 것처럼 한꺼번에 이야기하는 바람에 전 번번이 이야기를 끊고 이 사람 저 사람의 말을 확인해야 했습니다. 하지만 하나같이 무척 흥분해선 질문에 대답해주지 않았어요. 그냥 멋대로 주절주절 떠들었죠. 엄밀히 따지면 다들 제가 아니라 자기 자신한테, 같이 현장에 있던 사람들한테 이야기한 거였다고 생각합니다."

뭐라던가요?

"다들 열심히 이야기하긴 하는데, 삼 분쯤 듣고 나서 제가 이해한 건 이 사람들이 무슨 일이 생긴 건지 전혀 모른다는 것뿐이었습니다. 사건 가까이 있긴 했지만 마치 거피 떼처럼 누가 도망치길래 덩달아 뛰었다는 사람들이더군요."

구체적으로는 무슨 말을 했습니까?

"먼저, 무슨 일이 일어났느냐는 질문에 대답할 수 있었던 사람은 아무도 없었습니다. 주위에서 도망치길래 따라 도망쳤다, 비명이 들렸다는 사람이 대부분이더군요. 점포 어느 부분에서 이변이 발생한 건지 아는 사람도 없었습니다. 이상한 냄새가 났다, 연기를 봤다는 사람이 몇 명 있었지만, 자세히 물어보니 '이상한 냄새가 난 것 같았다' '연기를 본 것 같았다'는 것뿐이거든요. 확실한 목격자는 아무도 없었어요. 그럼 다른 사람들 하는 말을 못 들었느냐고 물었더니 '가스가 샜다' '불이 나서 가스가 유출된 것 같다' 또는 단순히 '불이야' 하는 말을 들었다는 사람이 몇 명 있었습니다. 누가 그렇게 소리치길래 다들 도망쳤고 도망치는 사람들을 따라 더 많은 사람이 도망쳤다는 게, 그곳에 있는 사람들 말을 종합한 결론이었습니다. 그 사람들이나 저나 가진 정보가 별로 다르지 않았어요. 되레 뭐 아는 게 없느냐고 다들 저한테 묻는 지경이었죠. 모두 아무것도 모른 채로 도망치긴 했는데, 여우한테 홀린 심경으로 자기들이 어째서 도망친 건지 알고 싶어서 그 자리에 남아 있었다는 게 정확한 상황인 듯했습니다."

그곳에 정보를 얻을 수단은 있었습니까?

"아뇨. 경찰은 쫓아내려고만 하고, 휴대전화는 역시 먹통이었고 말이죠."

회사에는 연락하지 않으셨습니까?

"중간에 한 번 공중전화로 연락해봤는데 통화 중이었습니다. 공중전화가 좀처럼 보이질 않아서요."

사람들과 이야기하신 뒤 어떻게 하셨습니까?

"그 사람들이 아무것도 모른다는 걸 잘 알겠길래 다른 곳에도 가보기로 했습니다. 도통 놔주려고 들질 않는 바람에 애먹었습니다만. 그래서 자전거를 두고 일단 그곳을 벗어나는 척하면서 멀찍이 우회했습니다. 주택가를 통과해 M의 주차장이 있는 뒤쪽으로 갈 수 없을까 생각했던 거죠. 조용한 주택가에 카레며 저녁 반찬 냄새가 풍기는데, 그런 일상적인 분위기와 조금 전 사람들의 격차에 당황하게 되더군요. 그곳은 오래된 주택가인데, M 반대편에 있는 거대한 단지하곤 대조적으로 단독주택이 대부분이었습니다. 그런데 문득 보니 왜 그런지 개들이 전부 대문까지 나와 있지 뭡니까. 어지간히 훈련이 잘됐는지 짖진 않는데, 다들 개집에서 나와 대문 옆에 꼼짝 않고 서 있는 겁니다. 그건 좀 섬뜩하던데요. 다들 M 쪽을 보는 것 같아서 말이죠."

호, 개가 말입니까. 새는 어땠습니까? 밤중에 지진이 일어나거나 하면 새가 소란을 피운다던데요.

"그러고 보니 그렇군요. 아뇨, 새는 조용했습니다. 그 주변에 새들이 둥지를 틀 만한 녹지가 있었던가? 그러게요, 저희 집 주변은 찌르레기니 까마귀가 작은 숲에 모여들어 시끄러운데 말이죠. 그 주위에서 새가 지저귀었다는 기억은 없는데요. 역시 헬리콥터 소리만 기억납니다."

알겠습니다. M엔 가까이 가셨습니까?

"주택가를 빠져나오는데 어느 집 대문 앞에 조그만 할머니가 서 있더군요. 급히 걷는 절 보고 불안한 얼굴로 어떻게 된 거냐고 물어요. 분위기로 M 이야기라는 걸 알 수 있었지만, 저도 아직 가진 정보가 없으니 모르겠다고 대답할 수밖에 없었죠. 그런데 문득 들어보니 활짝 열린 현관문 안에서 텔레비전 소리가 상당히 크게 들려오는 겁니다. 뉴스에서 M 이야기를 한다는 걸 깨닫고 제가 반대로 할머니한테 물었습니다. '뉴스에선 뭐라던가요?' 하고요. 그랬더니 할머니는 불안한 표정으로 이렇게 말했습니다. '부상자가 많이 나왔다네요. 화재로 유독 물질인지 뭔지가 발생해서 죽은 사람도 있다고요.' 가슴이 철렁해서 '네? 사망자도 발생했다고요?' 하고 되물었더니 몇 번씩 고개를 끄덕이면서 '꽤 많은가 봐요'라고 대답했어요.

충격이었습니다. 밖에서 연기는 안 보였으니 불이 났다 해도 그리 크지 않을 거라고 막연히 생각했거든요. 하지만 가부키 정 상가 건물 화재 때도 불보다 연기 때문에 그렇게 많은 사람이 죽었고, 요새는 건축 자재에 갖은 화학물질이 들었으니 연기 때문에 피해가 날 수도 있겠다 싶더군요."

테러란 생각은 안 하셨습니까? 첫 속보 때부터?

"아뇨, 그런 생각은 전혀 안 해봤습니다. 그런 느낌이 아니다, 그런 것하곤 전혀 딴판이다, 그런 생각이 들었습니다. 별다른 근거가 있었던 건 아닙니다만."

알겠습니다. 그래서요?

"할머니는 '우리도 도망쳐야 할까요? 여기서 가까운 곳이겠다' 하고 저한테 묻더군요. 물론 제가 대답할 수 있을 리 없죠. '그건 저도 모르겠지만 뉴스를 주의해서 챙겨보시는 게 좋을 것 같습니다'라고만 하고 자리를 벗어났습니다. 그러고는 좀 더 갔더니 앞쪽에 있는 어느 단독주택에서 큰 쇼핑백을 든 중년 여자가 나오는 겁니다. 꽤 서두르는 것 같은 데다 목적지가 뚜렷한 것처럼 보였습니다. 이 사람도 현장에 가려고 한다는 걸 직감으로 알겠더군요. 걸음걸이가 서슴없는 걸 보니 뭔가 확실한 이야기를 들을 수 있을 것 같다는 예감이 들었어요. 이것도 근거는 없지만 말이죠. 그때그때 즉흥적으로 행동한다고 생각하실 수도 있겠지만, 감이라는 말밖에 설명할 방도가 없군요. 그렇지만 이런 땐 감이 꽤 잘 맞거든요. 그래서 황급히 그 사람을 붙들었습니다. 별안간 뒤에서 말을 걸었으니 처음엔 깜짝 놀랐지만, 제가 신원을 밝혔더니 어머니를 찾으러 가는 길이라고 또렷한 목소리로 대답하더군요. M에서 한 100미터쯤 떨어진 중학교 체육관에 임시 구호소가 설치됐다면서 말이죠. 어디서 난 정보냐고 물었더니 소방대원한테 들었다고 했습니다. 처음으로 출처가 명확한 정보를 듣고 마음이 놓였던 게 기억납니다. 그 사람은 함께 사는 어머니하고 같이 저녁 장을 보러 나갔다가 갑자기 소동이 벌어지면서 인파에 휩쓸려 어머니를 놓쳤다고 했습니다. 좌우지간 그때 엄청난 패닉이 점포 내를 휩쓸어서 수많은 사람이 한꺼번에 에스컬레이터며 계단으로 몰려드는 바람에 다친 사람이 많은 모양이라고 설명해주더군요. 상당히 침착하고 야무진 사람이란 인상이 들어서 그 사람을 따라가기로 했습니다. 가는 길에 그 사람이 동요하지 않도록 주의하면서 질문을 했죠. 보아하니 비상벨이 울리고 점포 내에 두 번쯤 안내방송이 나온 모양입니다. '화재가 발생한 듯하니 신속히 가까운 비상구로 대피해주시기 바랍니다' 란 내용이었는데, 이 사람이 받은 인상으론 방송을 하는 사람도 어디서 불이 났는지 모르는 것 같고 실제로 불을 본 건 아닌 것 같더랍니다. 방송을 들은 손님들은 처음엔 반신반의로 주위 반응을 살피다가, 이내 어디서 누가 소란을 피우기 시작하니까 한꺼번에 움직였다더군요. 점원이 비상구로 유도하려고 했지만 그땐 이미 혼란이 시작된 뒤였다고요."

그분은 그때 어디에 있었다던가요?

"지하 1층 식품 매장에 있었답니다. 식품 매장은 그 층 전체를 사용해 공간은 꽤 넓었지만 선반이 질서 정연하게 늘어서 있어 훤히 잘 보였다, 지하 1층에서 불이 난 건 아닌 것 같다고 말하더군요. 아무튼 매장에 가득하던 손님이 일제히 도망쳤으니 눈 깜짝할 사이에 점포 주위가 사람들로 넘쳐났다고, 그땐 아직 소방차도 도착하기 전이라 사람들이 차도와 주차장으로 쏟아져 나와 어수선했다고 합니다. 차도가 막히니 차들이 빵빵거리고 여기저기서 고함을 질러 분위기가 살벌한데 유도하거나 지시를 내리는 사람은 아무도 없었다, 점원들도 꽤 많았는데 그들도 아는 게 아무것도 없으니 상황은 손님이나 다를 바 없었다, 그렇게 말했습니다."

사람이 굉장히 많았을 테죠.

"네. 2시 조금 넘었을 무렵 점포 내에 층당 평균 오륙백 명이 있었다더군요. 지상 6층, 지하 1층이니 종업원을 포함하면 적게 잡아도 대략 사천 명 가까이 건물 안에 있었던 게 됩니다."

연휴 마지막 날 2시 넘어. 가장 혼잡할 시간대죠.

"그렇습니다. 아까 그 여자분 이야기를 마저 하자면, 밖으로 나와서 봐도 건물 어딘가에 이상이 있는 것 같진 않더라고, 그래서 많은 사람들이 경보가 오작동한 거라 생각했다고 합니다. 화재경보기가 오작동이 잦다는 건 다들 경험상 알고 있으니 '오작동이 틀림없다' '오작동이다' 이런 말이 여기저기서 들리기 시작했습니다. 개중엔 '요리 실연 같은 걸 하다가 수증기나 연기에 센서가 반응한 게 아닌가' 하는 사람도 있었습니다. 어떤 사람이 '난 주택설비 일을 하는데, 최근 건 센서의 감도가 워낙 좋아서 열이나 특정 화학물질에 반응한다. 요리하면서 미림이나 술을 바짝 졸이기만 해도 경보기가 울린다. 그래서 난 우리 아파트 천장의 탐지기를 랩으로 쌌다' 하고 말했다나요. 여자분도 비슷한 말을 친구들한테 종종 들었던 터라 그럴싸한 이야기라고 생각했습니다. 다른 사람들도 납득했고요. 그래서 꽤 많은 사람이 점포로 돌아가기 시작했습니다. 필사적으로 어머니를 찾던 여자분은 인파에 휩쓸려 현관 근처까지 돌아갔는데, 새로운 사람들이 도망쳐 나왔다는 겁니다. 그러면서 난장판이 벌어졌어요. 안에서 나온 사람들이 밖으로 나가라고 소리 질렀습니다. 계단에 사람이 잔뜩 쓰러져 있다고 누가 소리쳤다고 합니다. 안에 유독가스가 발생했다고요. 그래서 안으로 돌아가려던 사람들이 방향을 틀면서 또다시 흐름이 크게 바뀌었지만, 뒤쪽에선 아직 안으로 돌아가려는 사람들이 밀려들다 보니 여기저기 강한 압력이 가해졌다, 회생자 중 몇 명은 거기서 발생한 모양이다. 여자분은 그렇게 말했습니다. 좌우지간 옴짝달싹할 수 없을 만큼 사람이 많은 데다 이쪽저쪽에서 동시에 밀어대는 통에 자기도 생명에 위험을 느꼈다고 말이죠."

네. 사망자 중 몇 명은 점포 안이 아니라 입구 부근에서 압사했다죠.

"그렇습니다. 가슴 아픈 이야기예요."

그래서 구호소로 가셨군요.

"네. 여자분은 간신히 다시 밖으로 나와서 얼마 동안 사람들 틈바구니에서 어머니를 찾았습니다. 그런데 그제야 소방차가 오는 소리가 들리길래 결심했다고 합니다. 이 엄청난 인파 속에서 어머니를 찾기는 어차피 쉽지 않을 테니 집에 가서 장 본 걸 놓고 오자고요. 게다가 어쩌면 어머니가 먼저 집으로 돌아가 있을지도 모르고 말이죠. 집은 M에서 오 분쯤 떨어진 곳에 있으니 짐을 놓고 와도 시간은 별로 걸리지 않을 거라고 판단해서 집으로 돌아왔답니다. 하지만 어머니는 와 있지 않았습니다. 텔레비전으로 뉴스를 봤지만 역시 아무것도 알 수 없고 말이죠. 그래서 현장으로 돌아갔더니 부상자가 다수 발생해서 인근 중학교 체육관으로 이송할 거라고 소방대원인지 누가 확성기에 대고 소리치더랍니다. 그 말을 듣고 여자분은 자기 어머니가 다쳐 쓰러져 있는 모습이 떠올라서 집으로 다시 돌아왔다더군요. 오늘은 날도 추운데 만약 움직일 수 없을 정도로 부상이 심하면 큰일이라고, 의료보험증하고 어머니 가운, 수건, 티슈, 일회용 손난로, 그리고 또 뭐였더라, 맞다,

아스피린에 생수였군요. 그걸 커다란 나일론 토트백에 담아 다시 한 번 집을 나섰을 때 저하고 마주친 거죠."

당신은 구호소에 들어가셨습니까?

"네. 그 주위는 엄청나게 혼잡했습니다. 가족을 찾는 사람들이 대거 몰려와 교통 통제를 하는 경찰하고 여기저기서 실랑이를 벌이고 있었죠. 그즈음엔 더 많은 소방차가 도착해서 우주복같이 완전무장을 한 소방대원도 멀리 보였습니다. 방송국 카메라니 기자들도 하나둘 도착해 인터뷰를 하고 있었지만, 잠깐 들어보기론 역시 아무도 상황을 파악하지 못하는 것 같더군요. 점포 내에 가스가 살포된 모양이란 말이 드문드문 들려왔지만 전 반신반의했어요. 구호소가 설치된 체육관은 조명을 환하게 밝혀 눈이 부실 지경이었습니다. 의사와 간호사는 손으로 꼽을 수 있을 정도밖에 없었습니다. 흰 가운을 안 입어서 알아볼 수 없는 사람도 있었고요. 근처 개인 병원에서 자발적으로 온 몇 명이 분담해서 진료했던 모양입니다. 제가 구호소로 들어갔을 땐 이삼십 명밖에 없었던 것 같은데, 이내 부상자가 속속 밀려들었습니다. 소방대원뿐 아니라 손님들도 부상자 이송을 도왔죠. 순식간에 사람이 늘어나고 그에 비례해 취재진도 늘어나 다들 무슨 일이 벌어진 건지 알고 싶어 했습니다. 하지만 그들이 원하는 답을 주는 사람은 아무도 없는 것 같더군요."

부상자를 보고 알아차리신 건 없습니까?

"다들 타박상을 입거나 접질린 것 같았고 심하면 골절상인 듯했습니다. 출혈하는 사람이나 약물에 의한 증상을 보이는 사람은 없는 것 같더군요. 유독가스를 마셨다면 기침을 한다든지 호흡 곤란을 일으킨다든지 피부가 짓무르거나 안색이 변할 것 같은데, 주의해서 살펴봐도 그런 사람은 없었습니다. 얼마 안 돼서 체육관 안이 사람들로 발 디딜 틈 없이 북적거려 같이 온 여자분하고도 떨어졌고, 이내 경찰이 대거 몰려와서 취재진을 쫓아냈습니다."

그곳에서 무슨 이야기 좀 들으셨습니까?

"아뇨, 전혀. 다들 느닷없이 주위 사람이 뛰기 시작했다, 이상한 냄새가 난 것 같았다, 연기를 본 것 같았다고만 하더군요. 갑자기 고통스러워하기 시작한 사람을 봤다고 한 사람도 있었지만 확신은 별로 없는 것 같았습니다. 밖으로 쫓겨난 취재진 중에 아는 사람이 있어서 이야기를 해봤는데, 어디나 정보가 없어서 다들 조바심을 내는 상황이었어요. 그런 상태가 몇 시간씩 계속되는 가운데 전 소방대원을 만나려고 여기저기 얼쩡거렸습니다. 하지만 상당한 인원이 투입됐을 텐데도 소방대원은 돌아오질 않더군요. 작업은 아직 계속되고 있었습니다. 소방 당국에서나 경찰에서나 아무런 발표도 없고요. 나중에 듣기로 저희 신문사를 포함해 각 사에서 M의 회사 간부 또는 모회사인 M 그룹 대표 쪽에 기자회견을 열라고 촉구한 모양인데, M 쪽에서도 정보 수집이 여의치 않아 기자 회견을 열 수 없었다고 합니다. 다들 그런 어중간한 상태에서 초조함만 가중되고 있었습니다. NTT에서 중학교 교정에 재해 발생 시에 쓰는 임시 전화를 스무 대 정도 설치해줘서 취재진에 손님들까지 그곳에 몰려들었죠. 줄을 길게 늘어서서 한참 기다려야 했습니다. 학교 화장실도 개방됐지만 그곳도 사람들이 줄을 섰더군요. 아마 근처 편의점 점원일 것 같은데 주먹밥하고 차를 파는 걸 보고 얼마나 놀랐는지."

몇 시까지 거기 계셨습니까?

"결국 9시 다 되도록 있었던 것 같군요. 도중에 있었던 경찰 발표도, 점포 내에서 사고가 발생한 것 같은데 원인은 불명이고, 계단과 에스컬레이터에 사람들이 몰려들면서 부상자가 다수 생겨 구조 중이라는 내용뿐이었습니다. 그즈음엔 사람이 많이 줄면서 휴대전화도 가끔 통화가 됐어요. 덕분에 매형하고 간신히 연락이 돼서 누나네가 역시 M에 장 보러 와 있었다는 것하고 누나가 넘어져 왼팔이 부러졌다는 걸 알았습니다. 가까이 있긴 했지만 그날은 결국 못 만났군요. 전 이럭저럭 주위 사람들의 코멘트를 많이 땄지만, 쓸모 있는 이야기는 거의 듣지 못했기 때문에 욕구불만만 심해졌습니다. 그건 취재 나와 있던 다른 곳도 다들 마찬가지였던 모양입니다."

당신은 피해가 커질 걸 예상하셨습니까?

"아뇨…… 아니, 글쎄요, 모르겠군요. 유독가스란 정보가 있었기 때문에 도중에 소방 당국도 일단 밖으로 후퇴했습니다. 꽤 신경 써서 내부를 수색했는지 시간이 상당히 걸렸습니다만, 설마 그런 대형 참사가 될 거라곤 아무도 예상하지 못했어요. 최종적으로 사망자 육십구 명, 부상자 백십육 명에 달했으니 말이죠."

가공할 숫자였죠.

"네. 몇 명 남아 있는 기자도 있었지만, 전 일단 조간에 맞추려고 회사로 갔습니다. 거기서도 안에서 대체 무슨 일이 벌어진 거냐는 게 가장 큰 문제가 됐지만, 죄 뜬구름 잡는 이야기뿐 원인과 관련된 정보는 정말 눈곱만큼도 없는 겁니다. 그렇게 기괴한 상태는 다들 처음이었습니다. 사고인지 사건인지 그것조차 알 수 없고, 무슨 원인으로 혼란에 빠진 건지도 알 수 없으니 말이죠. 그러다 10시 반 넘어서 경찰의 발표가 시작돼 그제야 사망자가 다수 발생했다는 걸 알았습니다. 첫 발표로 사망자가 스물한 명이란 걸 알고 다들 놀랐어요. 설마 그렇게 많이 죽었으리라곤 생각도 못 했거든요. 사인은 아직 확실치 않지만 넘어지면서 입은 전신 타박, 내장 파열, 또는 압박으로 인한 질식사로 추정된다는 발표를 들었을 때도 '말도 안 돼' 싶었습니다. 역시 가스 아닌가, 아무리 그래도 그렇게 많이 죽을 리 없다, 뭔가 감추는 게 아니냐, 다들 그렇게 생각했습니다. 게다가 애초에 사람들이 넘어진 원인은 대체 뭐죠? 다들 그걸 알고 싶어 했는데 그 대답은 자정 가까이 되도록 판명될 기미가 없었어요. 다들 기분이 언짢아져선 거의 화나다시피 했습니다. 경찰에서 뭔가 중대한 사실을 은폐하는 게 아닐까, 혹시 세균 병기 같은 게 사용돼서 국방상의 이유로 분석 중인 게 아닐까 하는 의견도 나왔습니다."

다음 날 조간은 그런 회의적인 분위기인 게 많았죠.

"네. 각 사가 모두 그런 논조였죠."

하지만 밤늦도록 발표가 이어졌습니다.

"네. 듣고 있으려니 무섭더군요. 사망자 수가 자꾸자꾸 늘어나 육십 명을 넘었을 땐 믿기지 않았어요. 그날 밤은 뜬눈으로 새웠습니다."

큰 사건으로 발전했기 때문입니까?

"음, 그때의 공포를 설명하기가 쉽지 않군요. 이것도 개인적인 감상인데, 예전에 누나네 놀러갔다가 M에 간 적이 있거든요. 꽤 오래전입니다만. 그래서 처음 그 건물을 봤을 때 '어이쿠, 어째 비석 같은걸' 하는 생각이 든 겁니다. 창문이 없이 밋밋한 허연 직육면체가 말이죠. 왜 그런 생각을 했는지는 잘 모르겠습니다만. 어쨌든 처음에 그런 인상을 받았다는 게 자꾸만 생각나는 바람에 어째 기분이 몹시 찜찜했습니다."

그렇군요.

"하지만 말이죠, 사망자 수가 점점 늘어나는 걸 들었을 때보다 그때가 훨씬 섬뜩했거든요."

그때?

"며칠 지나 비로소 현장에 들어갔던 소방대원의 이야기를 들었을 때였습니다. 소방 당국과 경찰의 현장검증이 끝나고 정식 검시 결과가 발표된 날, 소방대원을 만나러 갔습니다. 그 사람은 왠지 몰라도 이야기하길 몹시 꺼리더군요. 믿을 수 없는 이야기라고 거듭 말했습니다."

무슨 이야기가 말입니까?

"요컨대, 경찰의 발표가 거짓이 아니라는 걸 알았을 때입니다. 경찰도 필사적으로 사인을 찾았으나 아무것도 발견하지 못했다. 그들의 발표가 틀리지 않았다. 손님은 대부분 넘어졌기 때문에 죽었다. 소방대원이 그러더군요. 어디를 어떻게 찾아봐도 당시 M 내부에 화재는 고사하고 가스가 누출됐던 흔적, 또는 어떤 사고가 일어났던 자취가 전혀 없었다. 바꿔 말하자면 사람들이 죽은 원인을 아무 데서도 못 찾았다는 뜻인 겁니다."

그럼 지금부터 몇 가지 질문을 드리겠습니다. 여기서 하신 말씀은 밖으로 나가지 않습니다. 질문에 대해 당신이 본 것, 느낀 것, 아는 것을 솔직하게, 마지막까지 성심껏 대답해주신다고 맹세하시겠습니까?

"네, 가능한 한 그러겠습니다."

감사합니다. 그럼 먼저 성함과 연령, 직업을 말씀해주십시오.

"도노오카 요시코, 마흔한 살. 도내에 있는 상사에서 사무직으로 일합니다."

다치신 데는 어떠신지요?

"거의 다 낫긴 했는데 그쪽을 안 쓰는 버릇이 들고 말았네요. 보호대를 벗으면 어쩐지 마음이 불안해요. 이 정도로 크게 다친 게 철들고 처음이라 팔을 다치면 이렇게 불편하다는 걸 새삼 실감했어요. 원래 쓰는 쪽 팔이 아닌 건 다행이었지만 가족이랑 회사에도 불편을 끼치고 말았으니 말이죠. 다친 것 자체보다 일일이 남한테 부탁해야 한다는 게 스트레스가 되던걸요. 남한테 부탁하는 데에 겨우 익숙해졌을 무렵 나았으니 어째 정신적으로 손해 본 기분이에요."

뼈가 완전히 부러지신 겁니까?

"아뇨, 크게 금만 가고 말았어요. ……죄송합니다, 그렇게 많은 분이 돌아가신 걸 생각하면 불평할 처지가 아닌데."

지금도 그날 일을 떠올리시는지요?

"아뇨, 그렇진 않습니다. 평소엔 잊고 살아요. 다만……."

다만?

"가끔씩 생각지도 못했을 때 눈앞에 갑자기 떠오르곤 해요."

어떤 게 말입니까?

"그게 말이죠, 넘어졌을 때 눈앞에 있던 사람의 발이 보였거든요. 예순 살쯤 된 여자분이었던 것 같은데, 빨간 양말 위에 보라색 덧버선을 신었더라고요. 그 순간, 정말로 아주 한순간 양말을 겹쳐 신고도 용케 신발에 발이 들어가네, 하고 생각했던 게 기억나요. 그날은 날씨가 아주 추웠잖아요? 저도 집에선 양말 위에 두꺼운 덧버선을 또 신고 슬리퍼를 신거든요. 남편은 겨울에도 어지간하면 맨발로 지내는데, 어째서 남자랑 여자랑 체감 온도가 이렇게 다른지 모르겠어요. 아차, 죄송합니다. 이야기가 곁길로 샜네요."

아뇨, 상관없습니다. 무관하다 싶으신 것도 기탄없이 말씀해주시죠.

"네. 집에서 덧버선을 신고 있다 보면, 밖에 나갈 때 평소처럼 아무 생각 없이 신을 신으려다가 발이 안 들어가서 일일이 덧버선을 벗어야 하는 게 귀찮거든요. 그렇기 때문에 여자분 발을 봤을 때 이 사람은 어떻게 할까, 혹시 겨울엔 한 사이즈 큰 신발을 신는 걸까, 아니면 신발이 늘어나서 양말을 덧신어도 발이 들어가는 걸까, 그런 생각을 했어요. 왜 그런지 그게 몹시 마음에 걸리더라고요. 깁스하고 병원에 누워 있을 때도 자꾸 그 발만 생각나지 뭐예요. 그래도 시간이 지나면서 잊어버렸는데, 지금도 가끔씩 그 발이 눈앞에 떠오르곤 하네요."

어떤 때 떠오르십니까?

"정말 생각지도 않은 순간에요. 화장실에 앉아 있다 일어섰을 때라든지, 역 계단을 올라가 플랫폼으로 나왔을 때라든지, 빨래를 걷으려 할 때라든지."

그게 눈앞에 떠오를 때 어떤 감정이 드십니까?

"아니…… 그런 건 특별히 없어요. 플래시백 이야기를 종종 듣는데, 제 경우 딱히 공포를 느낀다거나 맥박이 빨라지거나 하는 건 아니에요. 다만 아무래도 동작은 멎지만요. 저보다 주위 사람들이 더 놀라곤 한답니다. 이 이야기를 남편한테 했더니, 오히려 그 발을 떠올리는 습관을 들여서 무의식중에 사건의 충격으로부터 자기를 지키려는 게 아니냐고 하더군요. 아닌 게 아니라 일리가 있는 말이긴 해요. 지금도 사건의 충격 때문에 백화점이나 마트에 못 가는 사람이 있다고 하니 말이죠."

기억나시는 건 그 발뿐입니까?

"그게…… 그게 말이죠."

또 어떤 게 있죠?

"그걸 잘 모르겠거든요."

모르셔도 괜찮습니다. 어떤 식으로 모르시는 건지요?

"그 이래로 가끔씩 눈앞에 떠오르는 게 또 하나 있는데, 왜 그게 생각나는 건지 알 수 없어서요."

호오, 어떤 겁니까?

"의미를 모르겠어요. 저 자신도 어째서 그런 게 떠오르는 건지 도무지……."

구체적인 겁니까?

"네. 매미인데요."

매미. 여름에 우는 매미 말씀이죠?

"네. 정말 이상해요. 들어주시겠어요? 제가 미쳤다고 생각하실 것 같지만요."

괜찮습니다. 말씀해주십시오.

"꿈에 가깝다고 할 수 있을 것 같아요. 백일몽이라고 할지. 밤에 뒷정리를 마치고 차를 마시다가 깜박 잠이 든다든지, 새벽에 깼다가 다시 잠들 때 선명하게 보거든요."

그럼 아주 잠깐 보시는군요.

"네. 스토리가 있는 게 아니에요. 그냥 그 장면을 가만히 보고 있어요. 거기서 전 수족관 같은 데 있거든요. 주위는 어둑어둑하고 눈앞에 커다란 유리 케이스가 있어요. 그런 곳은 내부가 어둡고 수조 안만 어슴푸레 밝은 데가 많잖아요? 그런 느낌이에요. 그런데 유리 케이스 안에 매미가 붕붕 날아다니고 있는 거예요. 엄청나게 많아요. 어디서 날아오는 건지 수많은 매미가 유리 케이스 안을 날아다니고, 여기저기서 매미가 부딪치는 소리가 들려요. 전 가만히 숨죽이고 유리 케이스 안을 들여다보고 있어요. 전 유리 케이스 안쪽 벽 너머에 매미를 먹는 사람들이 있다는 걸 알고 있어요."

매미를 먹는 사람들?

"네. 겉보기론 저희랑 다를 바 없는 평범한 일본 사람이지만 매미를 먹고 살아요. 다른 것도 먹지만 매미를 많이 먹는 사람들. 꿈속에선 그렇게 돼 있어요."

꿈속에서 당신은 그 사실을 알고 계신다는 말씀이죠.

"네. 꿈이란 게 그렇잖아요? 꿈속에선 기묘한 법칙이 있어서, 꿈을 꾸는 전 '여기선 그래, 여기선 그런 식인 거야' 하고 확신을 갖고 있어요. 그 꿈에선 그래요."

벽 너머에 매미를 먹는 사람들이 있다고 말이죠.

"네. 그래서, 전 초조하게 기다리고 있어요. 그럼 벽이 움직이기 시작하거든요. 회색 고무 같은 벽이 여기저기서 움직여요. 그런데 자세히 보니 벽에 입이 있는 거예요. 벽 여기저기에서 사람의 입이 확 벌어져요. 그에 따라 벽도 고무처럼 비틀렸다가 쭈그러들었다가 하면서 움직여요. 그러다 붕붕 날아다니던 매미가 벌어진 입 속으로 날아들기 시작해요."

잡아먹히는군요.

"네. 벌어진 입속으로 매미가 잇따라 날아들고 와그작와그작 씹는 소리가 들려와요. 입은 왕성한 식욕으로 싫증도 안 내고 날아드는 매미를 먹어치워요. 전 그걸 보면서 역시 매미를 먹는구나, 그게 사실이었구나, 하고 생각하는 데서 꿈이 끝나요."

늘 똑같은 꿈을 꾸십니까?

"대략 비슷해요. 길이에 다소의 차이는 있지만요."

유리 케이스를 보는 사람은 당신뿐입니까?

"아마 그런 것 같아요. 주위에 다른 사람은 없어요. 다만 긴 버전에선 약간 다르거든요."

긴 버전? 긴 꿈을 꿀 때와 짧은 꿈을 꿀 때가 있다는 뜻이군요.

"네. 길 때는 이 장면 전에 서막 같은 게 있답니다. 전 어디선가 다른 사람하고 뒷소문을 주고받고 있어요. 조금 떨어진 곳에 모직 재킷을 입고 차림새가 대단히 훌륭한, 온후해 보이는 신사가 서 있고요. 그럼 상대방이 저한테 소곤거리는 거예요. '저 사람은 그 거야, 매미를 먹는 사람이야' 하고요. 딱 '저 사람은 흡혈귀야' 하는 말을 들은 느낌이랄까요. 전 '설마 그럴 리가, 그렇게 안 보이는데' 하고 대답해요. 그러고 나서 아까 말씀드린 유리 케이스 장면이 나오는 거예요."

신사는 유리 케이스 너머에 있습니까?

"아뇨, 유리 케이스 안에 보이는 건 입뿐이고 신사는 안 나와요. 앞 장면하곤 별도예요."

그 신사는 당신이 실제로 아는 사람입니까?

"아뇨. 열심히 생각해봤지만 아는 사람은 아니에요."

그럼 본 적이 있는 사람입니까?

"그건 모르겠어요. 별반 특징이 있는 얼굴은 아니거든요."

그날 점포에서 본 사람이 아닙니까?

"그건…… 글쎄요."

그날 일을 말씀해주시겠습니까?

"네. 말씀드릴 수 있는 건 별로 없지만요."

휴일이면 그곳에서 식료품을 사셨다죠?

"네. 그날은 동생네 식구랑 이케부쿠로에서 식사를 하기로 해서 비교적 일찍 장을 보러 나섰어요. 보통은 3시 넘어서 가는데 약속 시간이 6시라 아마 2시쯤 도착했을 거예요. 최근엔 딸도 같이 갈 때가 많았는데, 그날은 친구들이랑 숙제를 한다고 같은 아파트 사는 친구네 집에 가 있었어요. 나중에 딸이 같이 안 오길 정말 다행이라고 생각했죠."

이변이 생겼을 때 어디 계셨는지요?

"글쎄요, 그날은 식료품 말고도 자잘하게 사야 할 물건이 있어서 전 여성복 매장, 남편은 가전 매장에 있었어요. 2시 반에 식품 매장에서 만나기로 했죠."

비상벨은 언제 울렸습니까?

"식품 매장으로 가려고 이동하기 시작했을 때였으니 2시 반 좀 전이 아니었을까요. 엄청나게 소리가 커서 매장에 있던 사람들이 점원도 포함해서 모두 움찔했어요. 그렇지만 다들 의아한 표정을 짓긴 했어도 솔직히 비상벨을 진짜라고 믿은 사람은 많지 않았어요. 뭐지? 실수로 울렸나 보지? 그런 느낌이었죠. 저…… 그런 경보는 오작동이 많잖아요? 점원조차도 전기 공사를 하나? 같은 느낌이었답니다. 저도 별로 신경 쓰지 않았어요."

이유가 뭐죠? 쇼핑에 열중하느라 그러셨던 겁니까?

"아뇨, 그런 건 아니고요. 아니, 그랬나."

잘 생각해보십시오.

"그러게요, 다들 다른 데 정신이 팔려 있었는지도 모르겠네요."

정신이 팔려 있었다고요. 뭐에 말입니까?

"맞아요, 그랬어요. 그때 매장에 있던 사람들은 거기서 벌어지고 있던 일에 정신이 팔려서 비상벨에 주의하지 않았던 거예요."

벌어지고 있었다는 일이 무엇인지요?

"네, 맞아요. 아아, 이제야 생각났네요. 이상한 부부가 있었거든요. 몸차림은 훌륭한데. 아!"

왜 그러시죠?

"맞아요. 생각났어요. 그때 그 남자. 그 남자가 긴 쪽의 매미 꿈에 나오는 신사를 닮았어요. 아니, 똑같이 생겼어요. 꼭 거짓말 같네요. 맞아요, 그때 그 사람이에요. 왜 이제야 생각났을까요. 그때는 너무너무 무서워서 그렇게 긴장했었는데."

그 사람은 부인과 같이 있었군요?

"네. 아마 부부가 맞을 거예요. 둘 다 아주 품위 있고 몸차림도 좋았거든요. 시계랑 신발도 고급스러워 보였고요. 얼굴도 온화하고 기품이 있었어요. 그 두 사람은 어쩐지 튀더군요. 남성복 매장이었다면 부부가 같이 쇼핑을 하는 것도 신기할 것 없지만, 여성복 매장에 그 나이의 부부가 같이 있는 건 흔치 않은 일이라 튀었던 거예요. 그곳은 굳이 따지자면 젊은 가족 고객이 타깃이거든요. 그런데 그 두 사람은 유복하고 여유 있는 생활을 하는 노부부란 인상이었으니 매장과는 약간 겉돌았다고 해도 될 것 같네요. 그래요, 남편 쪽은 트위드 재킷을 입고 빨간 스카프를 맸더군요. 풍채도 좋고 탈색했나 싶을 정도로 머리가 새하얬어요. 부인은 몸집이 자그마하고 무척 말랐지만 역시 기품이 넘치는 게, 좋은 댁 따님이 그대로 나이를 먹은 느낌이었어요. 두 사람은 일정한 거리를 유지하면서 매장을 뱅글뱅글 돌았던 것 같아요. 다른 손님들도 막연히 그 두 사람을 주목했죠. 그런데 점점 다들 그 두 사람이 어째 이상하다는 생각이 든 거예요."

어떻게 이상했는지요?

"좌우지간 일정한 속도로 그냥 막연히 걸어 다니기만 하지 뭐예요. 뭘 고른다든지 둘러보는 분위기가 아니었어요. 둘 다 온화한 얼굴이긴 한데 묘하게 무표정하다고 할지, 표정에 변화가 전혀 없었어요. 그러면서 매장을 그냥 뱅글뱅글 돌기만 하는 거예요. 주위 사람들이 눈에 들어오지 않는 것처럼. 하지만 주위 사람들은 반대로 점점 그 두 사람을 주목하게 됐거든요. 그런데 부인이 갑자기…….”

갑자기?

“하도 자연스러워서 처음엔 어안이 벙벙했는데, 부인이 손을 쓱 뻗어 양말을 집더니 자기가 가진 천가방…… 왜 있잖아요, 한동안 폭발적으로 유행했던, 고급 백화점 상표가 찍혀 있고 방수 가공을 한 천가방에 넣지 뭐예요. 아주 간단하게, 태연한 표정으로 말이죠. 그러고는 그냥 슥 지나치데요. 두 사람을 주목하던 다른 손님들이 다들 놀랐어요. 하도 당당하게 훔치는 바람에 제가 잘못 봤거나 무슨 특별한 사정이 있나 보다 생각했을 정도예요. 하지만 그 부인은 저희가 주목하는 데도 아랑곳없이 또 스타킹이니 머플러니, 그런 별로 비싸지도 않은 물건을 잇따라 가방에 집어넣는 거예요. 그쯤 되니 주위 손님들도 다들 멈춰 서서 그 부인의 행동을 빤히 쳐다봤어요. 남편의 태도도요. 그런데 이 남편의 태도가 또 묘하지 뭐예요. 뭐랄지, 부인의 행동을 자상하게 지켜본다는 느낌인 거 있죠. 온화한 표정 그대로 부인이랑 적당한 거리를 두고 따라오더군요.”

물건을 얼마나 훔쳤습니까?

“글쎄요. 대여섯 개쯤 아닐까 싶네요. 대체 어떻게 지켜보는 건지 모르겠지만 어디선가 점원 둘이 슥 나타났어요. 눈에 띄지 않게요. 나이를 좀 먹은 남자랑 젊은 남자였어요. 두 사람을 둘러싸더니 온화한 표정으로 뭐라 말을 걸더군요. 자리를 옮겨서 이야기하자, 뭐, 그런 말을 한 게 아닐까 싶어요. 점원이 부부를 어디 다른 데로 데려가려 한다는 인상을 받았거든요."

부부는 어떤 반응을 보이던가요?

"그때는 다른 손님들 모두 노골적으로 그쪽을 주시하고 있었거든요. 그런데도 두 사람은 변함없이 온화한 표정이더군요. 왜 그런 말을 듣는지 모르겠다는 얼굴로 점원을 보고 있었어요. 그쯤 되니 점원도 멈칫해선 표정이 험악해졌어요. 이쪽으로 오시겠습니까, 협조를 거부하시면 바로 경찰을 부르겠습니다, 같은 말을 했던 것 같아요. 그런데도 그 부부는 생글생글 웃지 뭐예요. 그 모습을 보다 보니 저도 그렇고, 다른 손님들이랑 점원도 그렇고 다들 점점 섬뜩한 기분이 들었어요. 이 두 사람은 어째 이상하다 싶어서요."

그래서요?

"그런데 갑자기 남자가 소리치는 거예요. 깜짝 놀라게 낭랑한 목소리로."

뭐라고 하던가요?

"회개하라고 했어요. 회개하십시오, 우리는 당신께 용서받을 기회를 드리는 겁니다, 라고요. 아마 맞을 거예요."

놀라셨겠습니다.

"네. 그때까지 다들 말없이 보고 있었는데 그 말을 듣고 완전히 오싹했답니다. 이거 진짜 위험하구나 싶어서요. 전철 안에서도 이상한 사람이 있으면 긴장해서 분위기가 달라지잖아요? 점원들은 일이 성가시게 됐다는 표정을 짓고, 저를 포함한 다른 손님들은 주춤주춤 달아나려 했어요. 그러면서도 다들 눈을 떼지 못했거든요. 점원이 어떤 식으로 대처하는지 궁금했겠죠. 그 순간이었어요, 비상벨이 울린 건. 정말 움찔했죠. 꼭 그 남자가 벨을 울린 것처럼 느껴졌거든요."

그렇군요. 그래서 다들 비상벨에 별로 주의를 기울이지 않았다는 말씀이죠.

"네. 점원도 눈앞의 두 사람을 어떻게 해야 할지, 그보다 비상벨 쪽을 확인해야 하는 건 아닐지 망설이는 것 같았어요. 그런데."

그런데?

"남자 쪽이 온화한 표정 그대로 주머니에 손을 쓱 넣더니 뭘 꺼내려 한 거예요. 은빛 금속으로 보였어요."

은빛 금속이라고요. 구체적으로는 뭡니까?

"모르겠어요. 하지만 그 순간, 남자를 보고 있던 사람들은 절 포함해서 다들 아마 칼을 꺼내려 한다고 느꼈을 거예요. 그 남자가 꺼내려고 한 게 뭔지는 모르지만, 젊은 점원이 자기를 보호하듯 두 손을 쳐들어서 흰 손바닥을 본 기억이 있어요. 전 공포를 느꼈어요. 사실인지 아닌지는 알 수 없지만, 저 남자가 사람을 찌르려고 하는구나, 내가 바로 그 곁에 있구나, 그렇게 생각했어요. 이케부쿠로 번화가에서 벌어진 묻지마 폭행 사건이 떠올라 도망쳐야겠다 싶었죠. 저 말고 다른 손님들도 그랬는지 다들 뛰기 시작했어요. 저도 뛰었고요. 처음엔 몇 명뿐인 줄 알았는데 보니까 생각지도 않게 여러 사람이 뛰지 뭐예요. 계단이 어디 있는지 몰라서 모두 하행 에스컬레이터로 몰려들었어요. 저도 좌우지간 그 자리를 벗어나야겠다는 생각밖에 없었기 때문에 그만 눈에 띈 에스컬레이터를 타고 말았지 뭐예요. 하지만 타고 나서 바로 후회했습니다. 하행 에스컬레이터에 사람이 꽤 많이 타고 있었는데 거기에 또 사람들이 우르르 몰려들었으니 자꾸자꾸 밑으로 밀리는 거예요. 에스컬레이터는 점포 중앙, 천장이 위층까지 뚫린 공간에 있었어요. 이대로 계속 사람들이 탔다간 에스컬레이터 밖으로 밀려나 밑으로 추락하지 않을까 싶더군요. 그러는데 뒤에서 또 사람들이 밀리는 게 느껴져서 소름이 끼쳤습니다. 끼익 소리가 나면서 에스컬레이터가 휘청하길래 수많은 사람이 체중을 싣고 있다는 걸 알 수 있었어요. 에스컬레이터가 고장 나면 어쩌나 싶더군요. 저희는 필사적으로 앞으로 나아가려고 하는데, 긴 에스컬레이터 아래쪽에 있는 사람들은 위에서 무슨 일이 일어나고 있는지 모르니까 중간에 막힌 듯했어요. 그러니 뒤에서 자꾸자꾸 밀어도 앞으로 나아갈 수 없었죠. 전 패닉에 빠질 것 같았어요. '밀지 마세요' '밀지 마세요' 하고 여기저기서 비명을 질러대고 '얼른 내려! 이러다 떨어져!' 하고 중년 남자가 고함치는 소리가 위에서 들려와서 에스컬레이터를 타고 있던 사람들 모두 공포에 사로잡혔어요."

상상만 해도 끔찍하군요.

"네. 게다가 에스컬레이터가 어찌나 천천히 움직이던지요. 요새는 천천히 움직이는 게 유행이라 하고 물론 고령자를 배려해서 그런 것도 있겠지만, 그게 그때처럼 저주스럽게 느껴진 적은 없어요. 다들 좁은 통로에서 복닥거리는 데다 공중에 매달린 상태였으니 간신히 아래층에 이르렀을 땐 얼마나 마음이 놓이던지요. 그래서, 제가 에스컬레이터에서 내릴 즈음엔 다들 뛰고 있었어요. 아래층 사람들도 왜 그런지 다들 도망치고 있고 점원이 필사적으로 유도하는 걸 보니 어째 이상하다 싶더군요."

왜죠?

"저희는 그 남자가 칼을 휘두르는 줄 알고 도망친 건데 아래층 사람들은 그걸 언제 알았을까 이상했기 때문이에요. 물론 에스컬레이터로 아래층에 다다를 때까지 다소 시간이 걸리긴 했지만 그래 봤자 삼십 초쯤이었을걸요. 그런데 사람들이 너나 할 것 없이 도망치는 이유가 뭘까 싶었어요."

안내 방송은 들으셨습니까?

"그게 기억에 없지 뭐예요. 에스컬레이터에서 패닉에 빠져 있었기 때문일 수도 있어요. 나중에 신문이랑 잡지에서 불났다고 안내 방송이 나왔다는 이야기를 봤지만 전 들은 기억이 없네요."

남편분은 뭐라 하시던가요?

"남편은 들었대요. 화재가 발생한 것 같으니 가까운 출구로 대피하시라는 내용이었다고요."

그래서 어떻게 하셨는지요?

"일부 손님들은 에스컬레이터를 타고 더 내려가려 했지만, 점원이 큰 소리로 비상구는 저쪽이라고 안내하는 데다 전 에스컬레이터엔 질릴 대로 질렸던 터라 계단으로 도망쳤어요. 손님들 대부분이 계단으로 향했죠. 제 인상으론 아래층 손님들은 침착했던 것 같아요. 그래서 사람들이랑 뛰면서 이제 괜찮다, 별일 없을 거다, 밖으로 나가면 그걸로 끝이다, 그렇게 저 자신을 타일렀습니다. 실제로 주위 손님은 다들 침착했기 때문에 에스컬레이터를 탔을 때 같은 패닉은 없었어요."

하지만 그때 당신은 손님들이 도망치는 게 그 남자 때문이라고 생각하셨군요?

"네. 일이 꽤나 커졌다는 생각은 했지만요."

그 뒤 당신은 계단으로 도망치셨습니다. 여성복 매장은 몇 층이었습니까?

"4층이에요. 에스컬레이터로 3층으로 내려와 거기서부터 계단으로 내려왔어요. 솔직히 그곳에서 계단을 이용한 건 처음이었답니다."

처음 그곳을 지나보셨군요.

"네. 1층으로 내려가면 바로 밖으로 나갈 수 있을 줄 알았어요."

그렇죠. 그런데 나가실 수 없었군요?

"네."

왜죠?

"밑에서 많은 사람이 역류해왔기 때문이에요."

어째서 아래층에서 올라온 겁니까?

"그건 정말 깜짝 놀랐어요. 그때 받은 충격 때문에 그전 일을 잊어버렸을 거예요. 그전 일이란 건, 아까 말씀드린 부부 말인데요."

역류해서 올라온 사람들은 어떤 상태였습니까?

"다들 손으로 입을 막고 있었어요. 개중엔 손수건으로 입을 가린 사람도 있어서 그걸 보고 다른 일이 또 있었구나, 그쪽이 더 중대한 일이었구나, 하고 처음으로 생각이 미쳤어요."

우연이었던 셈이군요. 부부 때문에 손님들이 4층에서 도망친 건.

"네, 지금 보면 그런 셈이죠. 지금까지 그 부부 때문에 도망쳤다는 것도 잊어버리고 있었어요. 그 뒤에 벌어진 일이 워낙 강렬했기 때문에요."

밑에서 손님들이 올라왔을 때 이야기를 해주시겠습니까.

"네. 계단에 이르자마자 바로 사람들이 역류하는 걸 깨달았어요. 눈 깜짝할 새에 사람들이 밑에서 몰려들더라고요. 다들 손으로 입을 막고 있는 데다 '가스다' '가스다' '독이다' 하는 말이 들리지 뭐예요. 다들 무시무시한 표정으로 말이죠. '젊은 남자가 가스를 살포했다' '모자를 쓴 갈색 머리 남자였다' 하고 꽤 연세가 많은 노인이 흥분한 목소리로 소리치는 게 들려서 삽시간에 어둑어둑한 계단에 큰 소동이 벌어졌어요. 그래서 매장으로 사람이 흘러넘친 거예요. 안 그래도 위에서 내려오는 사람들로 계단이 북새통인데 밑에서 역류해오는 사람들까지 있었으니 말이죠. 그런데도 점원은 여전히 계단으로 내려가라고 소리치니 순식간에 아수라장이 벌어졌어요."

위에서 내려온 사람들과 밑에서 올라온 손님들이 부딪친 게 3층 부근이었다죠?

"나중에 그렇게 들었어요. 좌우지간 사람이 어마어마하게 많았어요. 온갖 사람들이 비명을 질렀죠. 움직이고 싶어도 꼼짝할 수 없었어요. 여기저기서 신음소리에 울음소리가 들려 분위기가 예사롭지 않았어요. 거기서 선 채로 압사당한 사람도 있다고 들었어요. 거기서 얼마나 오래 있었는지는 모르겠어요. 일 분쯤이었는지 십 분쯤이었는지. 매장은 어느 쪽을 보나 사람들로 발 디딜 틈 없었어요. 점원도 그 속에 파묻혀 어디 있는지 알 수 없었고요. 3층은 신사복이랑 아동복 매장이었는데, 상품 진열대 위에까지 사람이 올라가 있더군요. 와이셔츠 선반 위에 할머니가 올라가 필사적으로 와이셔츠를 붙들고 있는 모습을 본 기억이 있어요. 머릿속이 새하얬어요. 여기저기서 파도 같은 게 일어나더라고요. 그런 식으로 사람들이 밀릴 때, 근력이 있어서 자세를 유지할 수 있는 사람이랑 버티지 못하는 사람 사이에 힘의 차가 존재하면 약한 쪽이 계속 밀려나게 되죠."

어디서 연기나 뭐나, 가스가 살포됐다든지 화재가 발생했다고 보이는 흔적을 목격하셨습니까?

"아뇨. 결국 연기는 한 번도 못 봤네요. 연기를 봤다는 이야기도 있었던 모양이지만요."

무슨 냄새 같은 건 맡으셨나요?

"아뇨, 딱히. 하지만 가스가 살포됐단 말을 들으면 어쩐지 냄새가 나는 것 같게 마련이잖아요? 다들 옴짝달싹할 수 없는 상황이었으니 괜히 더 가스가 서서히 퍼지는 것 같아서 그 자리를 벗어나려고 발버둥을 쳤어요. 섬뜩했던 게, 처음엔 울음소리며 비명이 들렸는데 이내 조용해지더니 말로 표현할 수 없는 신음소리가 주위를 메우기 시작했던 거예요. 이를 가는 소리 같은 것, 또 뭐랄까, 뼈 소리 같은 게."

뼈 소리?

"네. 달리 표현할 방법이 없네요. 삐걱삐걱이랄지, 뼈가 마찰하는 것 같은 아주 불쾌한 소리예요. 인구 밀도가 엄청났으니 사람들끼리 부딪으면서 몸 여기저기에서 소리가 났겠죠. 소리 아닌 소리 같은 기이한 느낌이었어요."

그 뒤 당신은 어디로 가셨습니까?

"갔다고 할지, 밀려난 거지만요. 위에서 온 사람들이랑 밑에서 온 사람들이 섞이면서 차츰 에스컬레이터 쪽으로 밀려났거든요. 에스컬레이터가 얼핏 보였는데, 그걸 보고 오싹했지 뭐예요. 에스컬레이터 위로 사람이 얹혀 있더라고요. 에스컬레이터는 보통 허리께쯤 벨트가 오잖아요? 그런데 벨트보다 높은 위치에 여자 발이 보이는 거예요. 뒤에서 자꾸 미는 바람에 앞쪽에 몰려 있는 사람들 위로 몸뚱이가 밀려 올라간 거죠. 저러다 떨어지겠다 싶어서 에스컬레이터엔 절대 타지 말아야겠다고 생각했어요. 그런데도 참 이상하죠, 차츰차츰 에스컬레이터 쪽으로 밀려나는 거예요. 누구의 의사도 아닌 그냥 흐름 같은 것에 의해서요. 싫어, 타고 싶지 않아, 에스컬레이터가 분명 못 버틸 거야, 떨어질 게 틀림없어, 하고 머릿속으로 비명을 지르면서요. 소리가 돼서 나오진 못했지만요."

그러고요?

"그때 에스컬레이터 밑에서 와, 하는 소리가 들렸어요. 에스컬레이터 밑에서 들려왔죠. 동시에 뭐가 무너지는 듯한 소리가 나더군요. 와르르, 하는."

무슨 소리라고 생각하셨는지요?

"누가 떨어졌구나, 에스컬레이터 아래쪽에 여러 사람이 떨어진 게 틀림없다, 그렇게 생각했어요. 그게 참 묘한 게, 아직 위층에 있는데도 아래쪽에 공백이 생긴 게 느껴지지 뭐예요. 저도 모르게 눈을 질끈 감았어요. 온몸이 쑤시고 숨 쉬는 것마저 고통스러울 정도였어요. 후끈후끈 덥고 숨이 막혀서 의식이 몽롱해지더군요. 난 어떻게 되는 거지? 어떻게 되는 거야? 이대로 깔려 죽고 마는 거야? 머릿속에 그런 생각만 맴돌았어요. 가족의 얼굴마저 안 떠오를 만큼 패닉에 빠져 있었죠. 일 분만 더 그런 상태가 계속됐으면 어떻게 됐을지 알 수 없어요."

그런데 어떤 변화가 있었군요?

"네. 몸이 슥 시원해졌어요. 바람이 몸을 스치고 지나간 느낌이었죠. 동시에 몸이 확 가벼워진 것 같았어요. 흐름이 바뀌었던 거예요. 몸이 압력에서 벗어나면서 빈틈이 생겼어요. 그래서 그런 생각이 들었던 거죠. 겨우 숨을 쉴 수 있게 돼서 주위를 둘러봤더니 또다시 계단 쪽으로 사람들이 몰려가고 있었어요. 밑에서 올라오던 역류가 끝나 다시 흐름이 위에서 밑으로 향하기 시작했던 거예요. 사람들이 빠른 속도로 밑으로 내려갔어요. 온몸이 땀으로 흠뻑 젖었고 꼭 테니스를 한 시간 친 것처럼 근육통이 심했어요. 가스는 어떻게 됐나 하는 생각이 머릿속 한구석에 들긴 했지만, 어쨌든 여기서 빠져나가고 싶단 마음이 지배적이었고 주위 사람도 다들 계단으로 몰려가고 있었으니 저 혼자 방향을 틀 수도 없었죠. 남들이 미는 대로 계단 쪽으로 향했어요. 다들 조용하더군요. 모두 좌우지간 여기서 나가고 싶다는 마음만으로 움직였다고 생각해요. 다른 사람들이 모두 입으로 손을 막고 있는 걸 보고, 저도 어쨌든 숨을 쉬지 말아야겠다고 손으로 코랑 입을 막았어요."

계단에서 무슨 냄새를 맡으셨는지요?

"아뇨."

이번엔 탈출하셨죠?

"네. 아마 다들 신경이 마비돼 있었다고 생각해요. 그때 인파에 파묻혀 계단을 내려가다 보니 군중이란 게 어떤 건지 알 것 같더군요. 수많은 사람이 있었지만 뇌는 하나란 느낌이었어요. 꼭 모두가 공통된 의식을 갖고 있는 것 같았죠."

그럼 질서 정연하게.

"네. 이상하게 다들 내려가는 속도까지 똑같지 뭐예요. 너무나도 큰 공포에 조바심도 어디론가 사라져버린 것처럼 말이죠. 비상구가 보이고 바깥의 빛을 봤을 땐 안도한 나머지 눈물이 날 것 같았어요. 밖이 그렇게 환해 보인 건 처음이에요. 하지만 실제로 밖에 나가보니 이미 날이 어두워지기 시작한 데다 무척 춥고 사람도 많더군요. 무슨 일이 있었던 건지는 알 수 없지만 아무튼 살았다는 안도감에 가슴이 벅찼어요. 목이 바싹 마르고 온몸이 땀범벅이었죠."

그럼 다치신 건 어디서?

"바로 그거예요. 안에서가 아니라 밖으로 나오고 난 다음에 다쳤지 뭐예요. 겨우 밖으로 나왔다는 안도감에 무심코 걸음이 느려졌나 봐요. 이제 안전하다 싶으면 걸음걸이가 둔해지잖아요? 전철을 탈 때도 타고 나면 다들 안심해서 걸음이 느려지죠. 그런데 나중에 타는 사람은 서두르니까 입구 근처만 유난히 붐비거든요. 그때 제가 딱 그랬어요. 저뿐만 아니라 제 앞을 걷던 여자들도 그랬죠. 그런데 뒤에선 사람들이 계속 뛰어나오니까 그곳만 흐름이 정체된 거예요. 맨 처음 넘어진 사람이 누군지는 모르겠어요. 하지만 이젠 안심해도 되겠다 싶었을 때 순식간에 확 떠밀려서 맥도 못 추고 넘어졌어요. 손을 이상하게 짚었는지 한순간 전류가 흐른 것 같은 통증이 느껴지더군요. 맙소사, 이거 부러졌을지도 모르겠다 싶었죠. 이러다 밑에 깔리면 어쩌나 하는 생각도 들었고요. 그렇지만 거기서 넘어진 사람은 그리 많지 않아서 어떤 남자분이 일으켜 세워주셨어요."

점포 밖은 어떻던가요?

"무척 혼잡했어요. 모두 얼굴이 새하얗게 질렸더군요. 다들 두

리번거렸다는 인상이 있어요. 가족을 찾는 사람들도 있었고요. 사람들이 점포에서 계속 달려 나와 주위가 사람들로 들끓었죠. 다들 무슨 일이 있었던 건지 알고 싶어 했지만 정보를 가진 사람은 아무도 없었어요. 점포를 올려다봐도 어디서 연기가 나는 것 같진 않았고, 입을 막고 있는 사람은 있었지만 몸 상태가 안 좋은 것 같은 사람은 없었어요. 인파에 시달리고 무리해서 뛴 탓에 힘들어하는 사람은 아주 많았지만, 점포에 무슨 이상이 있는 것 같진 않았어요. '뭐지?' '대체 무슨 일이 있었던 거야?' '가스가 살포됐다던데' 밖으로 나와 안심했는지 제각각 투덜거리기 시작했어요. 밖에 있던 사람들 중엔 점원도 많았지만 사정은 똑같더군요. 점원들이 가진 정보도 손님들이나 별 차이 없었다고 생각해요. 손님이 점원한테 따지는 장면도 여기저기 보였어요. 고함치는 사람도 있었고요. 하지만 점원도 자세한 사정을 모르는지 다들 주뼛거렸어요. 흥분하고, 울고, 부들부들 떠는 사람도 있었어요. 이렇게 돌아보니 점포 안은 조용했네요. 기이한 고요함, 이게 당시 점포의 인상이에요. 그렇다 보니 바깥은 무척 시끌시끌하게 느껴졌어요. 살아 돌아왔다는 실감이 서서히 들더군요. 하마터면 큰일 날 뻔했다고 그때 처음 확신했어요. 그러고 났더니 그제야 남편 생각이 나더라고요. 남편은 무사한지 갑자기 불안해졌어요. 휴대전화를 꺼내 전화를 걸어 봐도 걸리질 않았어요. 주위에서도 다들 휴대전화를 귀에 대고 있었지만 '소용없어' '먹통이야' 하고 고개를 젓더군요. 불안한 표정으로 가족을 찾아다니는 사람들을 보니 점점 걱정됐어요. 가전 매장은 맨 꼭대기 층이었으니까요. 혹시 에스컬레이터에서 떨어진 게 아닐까 생각하니까 안절부절못하겠더군요. 동시에 왼팔이 욱신욱신 아프기 시작했어요. 통증이 명백히 예사롭지 않길래 이거 부러졌을지도 모르겠다고 불길한 예감이 들었죠. 그즈음 소방차가 있는 걸 깨달았어요. 멀리서 사이렌 소리가 들려왔고요. 하지만 하도 많은 사람이 점포를 둘러싸고 있어서 소방대원을 실제로 보지는 못했어요."

몇 시쯤 치료를 받으셨습니까?

"어두워진 다음이었던 것 같아요. 아프긴 했지만 한동안 멍하니 있었는지, 잘 기억 안 나네요. 안심한 나머지 사고가 정지됐는지도 몰라요. 남편을 찾아 이리저리 돌아다니는데, 누가 다치셨군요, 저기 체육관이 보이죠? 저리로 가세요, 저기 의사가 와 있다나 봐요, 하고 가르쳐주면서 제 손을 잡고 데려가줬거든요. 일흔 살쯤 된 남자분이었던 것 같은데, 제가 '예에' 하고 멍하니 있었더니 자, 같이 갑시다, 얼른 진찰을 받는 게 좋아요, 하고 같이 가준 거죠. 체육관은 유난스레 불을 환히 밝혀놔서 눈이 부실 지경이었어요. 거기 가보니까 어쩌나 많은 사람들이 다쳤는지 오싹했지 뭐예요. 삼각건이랑 붕대가 여기저기 눈에 띄어 그제야 정신이 들었어요. 그래서 팔을 봤더니, 누런색이라고 해야 할지 보라색이라고 해야 할지 그런 이상한 색으로 부었길래 깜짝 놀랐어요. 그러고 나서 진찰을 받기까지 한 삼십 분 걸리지 않았나 싶네요. 엑스레이를 찍어야 한다고 해서 진통제만 먹고 병원으로 이송됐죠."

남편분과는 언제 연락되셨습니까?

"병원에 도착하고 나서예요. 팔을 고정하고 내일 한 번 더 오란 말을 들은 다음, 병원 전화로 집에 걸었더니 남편한테서도 전화가 왔었다고 딸이 그러더군요. 그래서 겨우 서로의 안부를 알았죠. 동생 부부한테서도 전화가 왔었다는 말을 그때 들었어요. 집으로 돌아와 남편이랑 재회한 건 8시 다 됐을 때고요."

남편분과 사건 이야기를 하셨는지요?

"네. 집에 와서 뉴스를 보면서 이야기했어요. 남편은 한발 먼저 식품 매장에 도착해서 비상벨 소리랑 안내 방송을 듣고 재빨리 대피했던 모양이에요."

그때 그 부부 이야기도 하셨습니까?

"아뇨. 그때는 그 두 사람을 완전히 잊어버리고 있었어요. 처음 도망친 건 그 부부 때문인데 말이죠. 이상하네요. 하지만 나중에 현장검증에도 참가했고 그 사건에 대한 기사도 꼼꼼히 읽었지만 누가 칼에 찔렸다는 기사는 없던데요. 그러니 역시 그때 그 남편이 갖고 있던 건 칼이 아니었나 봐요."

아닌 게 아니라 점원이 칼에 찔렸다는 기록은 없었죠.

"네, 없었어요. 부인의 절도는 어떻게 됐을까요? 새삼스레 궁금하네요."

당신은 꿈속에서 그 남자의 얼굴을 기억하셨던 거군요. 혹시 매미 울음소리란 게 비상벨 소리 아닙니까?

"아, 그렇군요. 그럴지도 모르겠네요. 겉보기론 평범한데 매미를 먹는 사람이란 건, 그때 받은 인상에서 비롯된 걸지도 몰라요."

신기한 일이군요.

"사람의 기억이란 게 정말 이상하죠."

현장검증에 가셨을 땐 어떠셨습니까?

"단조롭고 정신이 아득해질 정도로 끈기가 필요한 작업이더군요. 시간이 흐른 뒤에 무슨 일이 있었는지 재현한다는 게 얼마나 어려운 일인지 잘 알겠던데요. 게다가 그렇게 많은 사람이 연관돼 있었으니 말이죠. 하지만 결국 지금도 사건의 진상을 잘 모르는 거잖아요? 수수께끼로 남아 있는 게 많죠. 누가 무슨 일을 꾸몄던 건가. 누가 비상벨 버튼을 눌렀나. 뭔가를 살포하고 도망쳤다는 젊은 남자의 목적은 뭐였나. 그밖에도 죄 모르는 일 천지예요."

당신은 어떤 사건이었다고 생각하십니까?

"음…… 사건이었을까요?"

사건이 아니다?

"굳이 따지자면 사고 같은 게 아니었을까요."

사고다?

"글쎄요. 저야 모르죠. 하지만 저한테는 사고 같은 거였어요. 계시라고 할지."

계시? 그게 계시였다는 말씀이죠? 그게 무슨 뜻입니까?

"아, 음."

계시라고 느낄 만한 일이 있었습니까?

"비밀은 지켜주시겠죠?"

어떤 비밀이냐에 따라 다릅니다. 법적으로 문제가 있는 내용이라면 약속드릴 수 없습니다만.

"법적으로……. 법적으론 문제없을 거예요. 아니, 글쎄요. 모르겠네요. 사실은 있을지도 모르죠. 뭐, 까놓고 말해서 제가 오랫동안 딴 남자를 만났거든요."

갑자기 이야기가 엉뚱한 방향으로 가는군요. 그게 사건과 무슨 관계가 있는 겁니까?

"아뇨, 아마 제가 멋대로 관계있다고 생각한 거겠죠."

어떤 식으로 말씀입니까?

"진부한 이야기지만 직장 상사랑 거의 처음 취직했을 무렵부터 오랫동안 관계를 이어왔어요. 물론 상대방한테도 가정이 있죠. 그런 의미에선 서로 안정된 관계랄지, 이해가 일치하는 공범 관계였던 셈이에요. 하지만 가끔씩 상대방의 부인한테 몹시 질투를 느낄 때가 있지 뭐예요. 그때 전 그 부부를 보고 그 사람 생각을 했어요. 저희 남편은 집안일은 뭐든 다 잘하고 아주 실용적인 사람인데다 취향도 분명하기 때문에, 전 남편의 옷을 사본 적이 거의 없거든요. 뭐든 다 자기가 고르니까 신혼 때 넥타이를 선물해준 것 말곤 남편한테 옷을 골라줘본 적이 없어요. 그런데 불륜 상대인 상사는 전형적인 일본 남자라 심지어 양말이 어디 있는지도 모르고 속옷이고 셔츠고 입는 옷은 전부 부인한테 맡기는 사람이란 말이죠. 그 기품 있는 부부가 여성복 매장을 걸어 다니는 걸 봤을 때 전 갑자기 질투를 느꼈어요. 그것도 노여움에 가까운 거센 질투를요. 그런 때 그 남편 입에서 나온 말이 그거였던 셈이잖아요?"

회개하십시오, 말씀입니까.

"네. 그 말을 듣고 깜짝 놀랐거든요. 그런 데다 비상벨까지 울리지. 꼭 저한테 하는 말 같더라고요."

그렇군요.

"우리는 당신께 용서받을 기회를 드리는 겁니다. 그 말이 굉장히 가슴에 맺혔는데, 그때 그랬다는 게 생각난 거예요."

그래서 그 말을 정확히 기억하시는군요.

"선명하게 생각나요. 무척 죄책감이 들었던 것도요. 제 기분 탓이지만 주위에 있던 다른 사람들도 그렇지 않을까 싶었죠."

다른 손님들도?

"네. 뭐, 누구나 회개하고 싶은 일 한두 개쯤은 감추고 있지 않을까 싶거든요. 그때, 그 남자가 그렇게 소리쳤을 때 자기 이야기라고 생각한 사람은 저 말고도 분명 또 있었을걸요. 그 순간, 사람들 얼굴에 저랑 비슷한 표정이 떠올랐어요. 그건 이상한 사람이랑 맞닥뜨렸다는 공포라기보다, 공중의 면전에서 낯선 사람이 자기 비밀을 폭로했다는 공포였다고 생각해요."

그 때문에 다들 도망쳤다는 말씀이군요.

"제 망상일 뿐이지만요."

그럼 다시 한 번 질문드릴까요. 이 사건은 어떤 사건이었다고 생각하십니까.

"모르겠어요. 하지만 그날 이것저것 아귀가 딱 들어맞은 게 아닐까 하는 생각은 들어요."

어떤 것이 말씀이죠?

"글쎄요. 그걸 우연이라고 하는 사람도 있겠고, 운명이라고 하는 사람도 있겠죠."

범인은 누굴까요?

"글쎄요. 아주 여러 사람이란 생각도 들고, 아예 없다는 생각도 들어요."

당신이 목격하신 그 부부는 범인입니까?

"그러게요. 하지만 만약 그 사람들이 범인이라면 비밀을 들킨 것 같아서 도망친 저도 범인인 셈이에요. 그나저나 그 부부는 무사했을지 모르겠네요."

당신이 목격하신 부부는 여러 사람이 기억하고 있었습니다. 그래서 저희도 이야기를 여쭈려고 찾아봤는데 사상자 중엔 없었습니다.

"그럼 무사했군요."

그런데 일주일 뒤 니가타의 어느 강에서 시신으로 발견됐지 뭡니까.

"네? 왜 그런 일이……."

동반 자살 같다는데 확실히는 알 수 없습니다. 자살과 사건 양방향으로 수사 중입니다.

"그거 신문에 실렸나요?"

네. 그렇지만 그 시점에선 그 사람들이 그날 M에 있었다는 걸 몰랐죠.

"그렇겠네요. 세상에, 그랬군요. 사건이랑 관계가 있을까요?"

그건 모릅니다.

"어째…… 어째 기묘한 일이네요. 그런 엄청난 참사에서 살아남고도 그런 죽음을 맞이하다니요. 꼭……."

꼭 뭐죠?

"아뇨, 예언자 같다는 생각이 들어서요."

예언자?

"자세한 건 기억 안 나는데, 예언자라고 할지, '구단'이었던가요? 세상에 비참한 일이 일어날 때 나타나 그걸 예언하고 죽는다는 가공의 동물이 있었죠. 꼭 그런 것 같다는 생각이 불현듯 들었어요."

그럼 지금부터 몇 가지 질문을 드리겠습니다. 여기서 하신 말씀은 밖으로 나가지 않습니다. 질문에 대해 당신이 본 것, 느낀 것, 아는 것을 솔직하게, 마지막까지 성심껏 대답해주신다고 맹세하시겠습니까?

"네, 맹세합니다."

감사합니다. 그럼 성함과 연령, 직업을 말씀해주십시오.

"우치다 슈조, 일흔한 살. 지금은 연금 생활자입니다. 전엔 정밀기계 제조사에서 기술자로 일했습니다."

그날 당신이 보신 걸 말씀해주셨으면 합니다.

"그 젊은 남자 말씀이시겠군요?"

네, 그 일을 포함해 전후 상황을 여쭙고 싶습니다.

"그 남자가 나중까지 문제가 됐다는 건 알고 있습니다. 저도 경찰에 불려가 여러 번 질문을 받았죠. 지금도 수색 중이라고 들었는데 그럴까요? 아니면 이미 중지됐으려나요. 저도 그 뒤 이것저것 생각해봤지만 이해가 안 되더군요. 신문이니 주간지 기사도 찾아 읽어봤는데, 수사 및 검증 결과와 제가 본 게 일치하지 않는 것이 사실이거든요."

네, 그 부분을 저희도 잘 알 수 없는 겁니다. 패닉 상태이긴 하셨겠지만 모든 분이 거짓말을 한다고 생각할 순 없죠. 꽤 많은 사람이 그 남자를 목격했으니까요.

"네. 실제로 그때 뭔가 뿌린 남자가 있었던 건 확실합니다. 자극취도 났고요. 저도 눈물이 그치지 않았으니 말이죠. 요샌 개나 소나 다 그러던데, 머리를 황토색으로 염색한 남자였습니다. 나이는, 모자를 푹 눌러쓰고 있었겠다, 제 인상으론 그렇게 젊은 사람 같지 않더군요. 삼십대 중반, 어쩌면 사십대였을지도 몰라요."

처음부터 순서대로 말씀해주시겠습니까? 그날 몇 시경 점포에 가셨죠?

"2시쯤이었다고 생각합니다."

혼자서요?

"네. 집사람한테 몇 가지 부탁받긴 했지만 원래는 가전 매장에서 공구 세트를 사는 게 목적이었습니다."

공구 세트라고요.

"손주 놈이랑 컴퓨터를 조립하는 중이거든요. 저희 때는 시계고 라디오고 전부 분해해보곤 했는데, 요새 애들은 마법 상자 속이 어떻게 돼 있는지 도무지 관심이 없는 모양입니다그려. 근래엔 심지어 이공계 학생까지 그런 모양이더군요. 다행히 우리 손주 놈은 어렸을 때부터 관심을 보이길래 요새 구조부터 설명해주는 중이죠. 컴퓨터까지 가기 전에 이것저것 설명해야 할 게 산더미 같습니다."

그거 참 멋진 일인데요.

"그런데 손주 놈이 들고 온 도구가 여간 형편없어야 말이죠. 이불인지 뭔지 통판으로 샀을 때 사은품으로 따라온 취미용 목공 세트가 집에 있길래 들고 왔다는데, 그런 건 보기엔 그럴싸해도 담금질이 허술해서 드라이버고 펜치고 금방 끝이 뭉툭해지고 비틀리고 그러거든. 도구 쓰는 법부터 단단히 가르쳐야겠다 싶더란 말이죠. 날붙이건 뭐건 사용법하고 용도만 제대로 알면 무턱대고 휘두르거나 하지 않을 겁니다. 제가 사는 동네에선 거기가 물건을 비교적 다양하게 갖춘 편이니까 적당한 게 있겠지 싶었습니다."

그렇군요. 그래서 공구를 구입하셨습니까.

"네. 어린애도 쓸 수 있을 걸로 골라 산 다음, 집사람이 부탁한 식료품을 사러 내려갔습니다."

계단을 이용하셨죠?

"네. 가급적 계단을 이용하려고 하거든요. 그런 곳은 대체로 계단이 한산하잖습니까. 자기한테 맞는 속도로 오르내릴 수 있어 좋더군요. 그런 사람 많은 점포에서 긴 에스컬레이터를 타면 어째 쫓기는 기분이 들어 마음이 안 놓여서 말이죠."

그때 사람이 꽤 많았다죠?

"많았습니다. 그날은 바깥 날씨가 추워 난방을 세게 틀었더군요. 그래서 안이 무척 후텁지근했어요. 실내 온도가 25도쯤 되지 않았을까요. 저도 옷을 두껍게 껴입었던 터라 땀이 날 정도였습니다. 다들 옷을 많이 껴입었더군요."

실내 온도가 높았다면 이런저런 냄새가 났겠습니다.

"네, 아무래도. 사람들 훈김에, 상품 냄새죠. 점포의 계단이란 데가 원래 온갖 냄새가 나게 마련입니다. 말하자면 굴뚝 노릇을 하니까요. 가전 매장은 플라스틱 냄새에, 제품에서 나는 열 냄새가 나고, 의류 매장에선 화학섬유 냄새가 나죠. 그런 대형 점포엔 1층에 대개 여성 화장품 매장이 들어와 있잖습니까? 그러니 1층까지 거의 다 내려가면 화장품 냄새가 확 올라오거든요. 지하 식품 매장도 대단하고 말이죠. 음식 냄새보다 인공 첨가물 냄새가 꼭 먼저 코를 훅 찌르는 게 참 신기합니다. 그 냄새를 맡으면 늘 뭐라 말할 수 없이 기분이 나쁘더군요. 슬프긴 하지만 우리가 먹는 음식 대부분에 정체를 알 수 없는 약품이 들어 있다는 건 분명합니다. 그렇지만 다종다양한 걸 다수의 사람한테 일 년 내내 안정적으로 공급하려면 수송이며 비용 면을 고려할 때 그럴 수밖에 없단 말이죠."

후각이 좋으신 모양입니다.

"나이를 먹으니 유일하게 코만 예민해지더군요. 제 경우는 먼지와 습도에 신경 쓰는 직장에 있어서 그럴 수도 있습니다만. 당신도 대형 점포 위층에서 1층까지 계단으로 한번 내려가 보십시오. 냄새는 꽤 정직합니다."

다음에 한번 해보겠습니다.

저, 당신은 또 다른 냄새도 맡았다고 쓰셨는데요.

"네?"

앙케트 말씀입니다. 냄새에 관해 쓰신 게 인상적이었거든요.

"아, 그거 말씀이군요. 뭐, 그건 말이 그렇다는 거죠."

그에 관해 여쭙고 싶습니다만.

"깊은 뜻은 없어요."

그래도 상관없습니다.

"이런, 이거 난감하군요. 설마 그런 것까지 물어보실 줄은 몰랐는데요. 물론 그 남자가 사라졌을 때 난 자극취 말씀이 아니죠?"

네. 그 남자가 나타나기 전에 맡으셨다는 냄새입니다.

"죽음 냄새요."

네. 구체적으로 어떤 냄새였는지요?

"이거 참, 그건 그냥 개인적인 감상이라서요."

죽음 냄새가 말씀입니까?

"……전에."

네.

"텔레비전에서 물벼룩이 죽는 영상을 본 적이 있습니다. 물벼룩은 한 일주일밖에 못 산다고 합니다만."

네.

"죽음을 눈앞에 두면 미생물이 일제히 몰려들더군요. 대머리 독수리도 그렇지만, 동물은 이제 곧 죽게 된 동물을 알아보거든요. 그러니 물벼룩 같은 것도, 아직 살아 있어도 주위에서 판단하기에 이제 틀렸다 싶으면 미생물이 체내로 들어와서 몸을 파먹기 시작하는 겁니다. 도회지에서 까마귀 시체가 안 보이는 건, 약해진 개체가 죽을 때가 되면 다른 까마귀들이 달려들어 먹어치우기 때문이란 말을 들은 적이 있습니다."

그렇습니까.

"사실인지 아닌지는 모르죠. 실은 까마귀의 생태가 아직 그렇게 많이 알려지지 않았다고 하고요. 뭐, 인간도 마찬가지인 겁니다. 죽음이 얼마 안 남은 사람은 독특한 냄새가 납니다."

어떤 냄새입니까?

"잘 표현을 못 하겠군요. 그야말로 시취屍臭랄지. 신체 기관이 이미 생명 활동을 중단해 안쪽에서 조금씩 썩어가는 냄새라고 하면 될까요. 나이를 먹으면 그 냄새에 민감해지거든요. 친구들을 만나도 누구한테 그 냄새가 나는 게 아닐까 싶어 불안합니다. 그런 냄새는 맡고 싶지 않지만, 한편으론 혹시 조금이라도 그런 냄새가 난다면 놓칠 순 없다고 혈안이 되고 말이죠. 그러다 그 냄새가 나는 녀석을 발견하면 다가가서 킁킁 냄새를 맡지 않을 수 없어요. 입 밖에 내서 말하진 않아도 다들 같은 느낌일 겁니다. 서로 감시하는 거나 다름없어요. 아무도 먼저 가지 말아 달란 마음하고 저 녀석에 비하면 난 아직 괜찮다는, 그런 승부를 겨루는 것 같은 감정이 뒤섞인 대단히 모순되고 복잡한 기분이 듭니다. 그리고 어느 날 나한테서도 그런 냄새가 나는 게 아닐까 두려움에 사로잡히게 되는 겁니다."

어쩐지 알 것 같습니다.

"아니죠, 당신은 아직 젊으니 이해 못 할 겁니다. 그리고 내가 이해 못 할 거라고 말한 기분도 훨씬 나중에야 이해할 겁니다."

그럴까요.

"뭐, 어쨌든 그때 그 냄새가 났던 겁니다. 그게 인상에 강하게 남아 있었던 터라 그만 그런 말을 썼군요."

특정 인물한테서 난 겁니까? 아니면 어느 장소에서?

"글쎄요, 그게…… 아닌 게 아니라 그때 근처에 있던, 나보다 나이가 좀 더 많아 보이는 남자분한테서 난 걸 수도 있지만, 실제로는 그 사람을 포함해 그곳 분위기 전체에서 느껴졌던 것 같군요."

그곳 분위기에서. 죽음의 예감이란 말씀이죠. 어떤 예감이 드셨던 걸까요.

"글쎄요. 어쨌든 그때 분명히 그 냄새가 났습니다. 친숙한 그 냄새. 처음 잘 몰랐을 때는 역겨웠지만 이젠 익숙해진 냄새였으니 틀림없어요. 이것도 참 슬픈 일입니다만."

그렇지만 그때는 아직 아무 이상도 없었다는 말씀이죠.

"네. 아니, 글쎄, 모르겠군요. 그것하고 그 남자가 달려 들어온 게 거의 동시였다는 생각도 드는데."

당신은 그때 어디 계셨습니까?

"1층으로 내려오던 중이었군요. 맞아, 화장품 냄새가 확 올라왔을 때 그 냄새가 났기 때문에 인상이 더 강했던 것 같습니다."

그러고 나서 그 남자가 달려 들어왔다고요.

"네."

남자의 외모를 자세히 말씀해주시겠습니까?

"목격자의 증언이 얼마나 믿을 게 못 되는가 하는 실험을 본 적이 있는데 말이죠."

당신이 보신 남자의 외모를 말씀해주십시오.

"이것도 벌써 여러 번 말했는데. 키는 별로 크지 않고 좀 퉁퉁했어요. 허연 야구 모자를 썼고. 얼굴은 잘 안 보였습니다. 머리는 어깨까지 오는 길이에 밝은 갈색. 그렇지만 얼룩덜룩하고 지저분한 인상인 걸로 봐서 염색한 지 꽤 됐을 겁니다. 거무스름한 스웨터에 어두운 녹색 바지. 신발은 기억 안 나고."

술술 나오시는군요.

"몇 번씩 말해야 했으니까. 이것도 한 말인데, 젊은 남자라기보다 젊은 사람처럼 차린 중년 남자란 인상이었어요. 어깨나 등의 선이 젊은 남자 게 아니었거든. 역시 마흔이 넘었을 것 같은데."

나이에 대한 목격 증언이 가장 천차만별입니다. 중학생쯤 됐다는 증언부터 머리가 희끗희끗한 오십대라는 증언까지 있었죠.

"다들 그때는 그렇게 생각하고 보는 겁니다. 실제로 자기가 말한 대로 봤을 테죠."

아까 말씀하신, 목격 증언이 믿을 게 못 된다는 실험은?

"밤중에 텔레비전에서 해준 CBS 다큐멘터리였던가, 그런 데서 봤거든. 무고한 사람이 억울하게 유죄 판결을 받는 사례를 연구하는 미국 법학자가, 수업 전에 아무런 예고 없이 한 남자에게 교실을 지나가게 했어요. 학생들이 다 왔을 때, 남자가 불쑥 교실로 들어와선 말 한마디 없이 칠판 앞을 지나 반대쪽 문으로 나간 겁니다. 그 뒤 교수가 교실로 들어와서 학생들한테 방금 눈앞을 지나간 사람의 특징을 쓰게 시켰다는 실험이죠."

결과는 어땠습니까?

"그거 참 뒤죽박죽이더군요. 그쪽은 인종이며 머리 색깔, 눈 색깔이 워낙 다채롭잖습니까. 흑인에 백인, 성별, 나이, 체격까지 용케 이렇게 다양한 답이 나온다 싶을 지경이었어요. 동양인 여자였다는 증언에, 키 큰 흑인 남자였다는 증언까지 있었다 하니 말이죠. 실제론 이십대 백인 남성이었는데도."

그렇군요. 그거 참 심한데요.

"그렇죠? 그러니 난 내가 본 게 옳다고 믿진 않습니다. 하지만 결국 자기가 본 걸 이야기할 수밖에 없단 말이죠."

맞습니다. 그럼 그 남자가 뭘 하는 걸 보셨습니까?

"애초에 그 남자가 눈에 들어온 건, 한눈팔지 않고 곧장 점포로 들어왔기 때문이었거든."

곧장 들어왔다. 어디서 왔는지요?

"이런, 미안합니다. 내가 말을 잘못했군요. 남자가 그때 점포로 들어왔는지, 어디 다른 데 있다 온 건지는 모릅니다. 내가 있던 위치에서 점포 입구가 보인 건 아니니 말이죠. 아하, 이런 식으로 정확하지 않은 목격 증언이 늘어나는군요."

당신은 아주 냉정하신 분 같습니다만.

"냉정하다고 잘못 보지 않는다는 보장은 없죠."

당신이 받으신 인상으로 충분합니다. 그래서요?

"그런 데선 다들 두리번거리게 마련이잖습니까? 쇼핑을 하러 온 거니까. 널찍한 1층 통로를 천천히 걷는 가족 손님이며 여자 손님 사이로 남자가 슥 들어섰으니 눈에 띄었죠. 주위 사람들도 그 남자를 돌아보던……."

생각나신 게 있습니까?

"그래, 그랬어. 그 남자는 웃옷을 입지 않았어. 다른 손님들은 다들 옷을 껴입었는데. 차로 와서 웃옷을 차에 두고 왔는지도 모르지. 그 남자는 추워 보였어. 밖에서 급히 들어와서 아직 몸에 냉기가 남아 있는 것처럼 보였어. 그래서 더 눈에 띄었는지도 모르고, 점포 입구에서 곧장 들어온 것처럼 느껴졌는지도 모르겠군."

그렇군요.

"그리고 빈손이었어. 가방 종류를 안 들었단 뜻으로. 그저 왼손에 주둥이를 묶은 종이봉투 같은 걸 들고 있었거든. 그렇게 큰 봉투는 아니었어. 색깔은 거무스름하고. 주둥이 부분을 손으로 잡고 있었지. 그걸 받들듯 그렇게 들고 들어온 거야."

봉투에 로고 같은 게 있던가요? 어느 백화점 쇼핑백이라든지.

"그건 모르겠고. 글자가 쓰여 있던 것 같긴 한데 자신은 없어."

그래서요?

"다들 막연히 그 남자를 주목하고 있었어. 다른 사람들하고 어쩐지 동작이 달랐고 뭔지 모르게 기이한 느낌이 들었기 때문이 아닐까. 휴일 오후에 대형마트에 있을 사람이 아니었어."

어디 있었으면 어울릴 사람이었습니까?

"글쎄. 신주쿠나 이케부쿠로, 그런 혼잡한 번화가일까. 명확한 목적도 없이 뭐 재미있는 게 없나 서성거리는 인간들이 있는 곳. 그런 인간들이 뭘 재미있어 하는지 난 도통 모르겠지만."

일정한 직업을 가진 사람으로 보이던가요?

"음, 글쎄. 그렇지 않았을까. 아까도 말한 것처럼 내 눈엔 중년 남자로 보였고, 어쩐지 몸의 선이 운반이라든지 그런 몸 쓰는 일을 오래 한 사람처럼 보이던데. 최소한 요새 흔히 보는, 자세 나쁜 십대 어린애들처럼 허약한 느낌은 아니었어. 동작도 기민하고 정확했고."

볕에 그을렸던가요?

"원래 살빛이 검은지 탄 건지는 알 수 없지만, 아마 탄 게 아닐까 싶어."

모두 그 남자를 보고 있었다고 하셨죠.

"보고 있었다고 할지, 다들 그 남자를 알아차리고 있었을 거야."

그 뒤 어떻게 됐습니까?

"다들 그 남자를 알아차리고 있었다고 생각한 건, 실내가 혼잡한데 그 남자 주변만 공간이 비어 있었기 때문이야. 잘은 몰라도 얽히지 않는 게 낫겠다고 무의식중에 판단했겠지. 전철에서도 어째 위험할 것 같다고 다들 거리를 두는 사람이 있잖아? 그때도 잠깐 그런 상태였던 거야. 그런데 남자가 갑자기 들고 있던 봉투를 바닥에 던졌어."

주둥이는 묶여 있었습니까?

"그래, 접착테이프 같은 걸로 꽁꽁 묶었더군. 그래서 찰싹 소리가 나면서 봉투가 바닥에 떨어졌어. 그 소리를 듣고 속에 액체가 들었다는 인상을 받았지."

물입니까?

"물인지 뭔지 모르지. 어렸을 때 야시장에서 물이 든 요요를 사서 놀다가 떨어뜨린 적 없어?"

있습니다. 물이 고무에 튀는 독특한 소리가 나죠.

"그래. 그 소리가 들린 거야. 그래서 속에 액체가 들었다고 생각했지."

그래서요? 주위 사람들이 놀랐겠군요.

"그야 물론. 다들 흠칫 놀라 그 남자를 봤어."

남자의 반응은 어땠습니까?

"모자를 푹 눌러쓰고 있어서 잘 보이지 않았지만 무표정한 얼굴로 태연해 보이더군."

그래서 어떻게 됐습니까?

"느닷없이 봉투를 콱 밟았어. 또 찰싸닥하고 큰 소리가 나더군. 맑은 소리라 주위에 똑똑히 들렸지."

안에서 뭐가 나오던가요?

"누르스름한 물이 나와서 남자가 밟은 반동으로 여기저기 튀었어. 근처에 있던 여자가 소리를 지르면서 피했던 게 기억나."

그래서요?

"남자가 몸을 홱 돌려 왔던 방향으로 달아났어. 정말 눈 깜짝할 새였어."

종이봉투를 남겨놓고 말이죠?

"그래. 뭉개진 봉투가 작은 웅덩이 속에 버려져 있었어. 그런데 자극성이 있는 이취가 나기 시작한 거야."

당신은 그때 아직 계단에 계셨죠?

"그래. 2층과 1층 사이 계단참에서 1층을 향해 내려가고 있었어. 한 박자 있다가 갑자기 냄새가 확 올라왔어. 바로 눈이 따끔거리고 눈물이 쏟아졌지."

연기가 보였습니까?

"아니, 연기는 없었어."

냄새가 먼저였다는 말씀이죠?

"그래. 어린애가 기침하면서 쓰러지는 게 보였어."

어린애? 근처에 어린애가 있었습니까?

"근처에 애들이 일여덟 명 있었어. 추운 날이었는데 똑같은 야구 유니폼을 입고 있었으니 연습하고 오는 길이 아니었을까."

몇 살쯤 된 애들이었습니까?

"초등학교 3, 4학년쯤 될까."

쓰러진 애는 한 명입니까?

"처음에 머리를 양쪽 귀 뒤로 묶은 여자애가 비실비실 주저앉았어. 그 뒤로 다른 애들도 괴로워하면서 주위에 난리가 났지."

쓰러진 여자애가 어땠는지 보이던가요?

"아냐, 얼굴이 새파랗게 질린 건 보였지만 그것도 잠깐뿐이었어. 눈 깜짝할 새 다들 앞다퉈서 도망치기 시작했으니까."

어른들은 어떻던가요?

"좀 있다가 다들 눈이며 입을 막았어. 누가 눈이 따갑다고 소리쳤지. 그땐 나도 눈이 따가워서 주위 상황이 보이지 않았어. 오싹하더군. 이대로 정신을 잃고 죽는 게 아닐까 싶어서 머릿속이 새하얘지고 꼼짝을 못하겠더라고. 그런데 사람들이 우르르 계단으로 몰려오는 바람에 그에 떠밀려 올라갈 수밖에 없었어."

그래서 온 길을 되돌아가셨군요.

"되돌아갈 수밖에 없었어. 사람들이 점점 밀려드는 바람에 이거 큰일 났다고 생각할 겨를도 없이 위로 자꾸자꾸 올라갔어. 걸음을 멈췄다간 밟혀 죽겠다 싶었어. 어떤 사람이, 나보다 훨씬 나이 많은 남자가 소리치더군. 저놈이다, 저놈이 독가스를 뿌렸다, 저 녀석을 잡아라, 블리치 한 놈이다, 하고 찢어질 것 같은 목소리로 연신 악을 써서 그게 신경에 아주 거슬렸어. 나보다 늙은 사람이 블리치 같은 말을, 자긴 젊은 놈들 말을 안다고 뻐기는 양 외쳐대는 게 아주 불쾌하더라고. 왜 애송이들한테 영합한 그런 경박한 말을 쓰는 거냐고 쓸데없는 생각을 하는 사이에 계단이 사람들로 꽉 찼어. 그런데……."

무슨 일이 생겼습니까?

"이번엔 위에서 사람들이 왁 몰려온 거야. 뭐가 어떻게 된 건지 알 수 없었어. 혹시 건물 전체에 가스가 살포된 건가, 그 남자 말고도 또 있었구나, 공범이 다른 곳에도 가스를 뿌렸구나, 하는 생각이 머리에 떠올랐지. 틀렸다, 이제 가망이 없을지도 모른다 싶었어. 손수건으로 입을 막고 싶어도 옴짝달싹할 수 없었어. 비명과 고함소리가 하도 요란해서 머리가 지끈지끈 아팠어. 그게 가스 탓인지 밀리는 탓인지도 알 수 없었어."

점원의 지시는 있었습니까?

"잘 기억 안 나는군. 사람들의 흐름이 워낙 거세서 점원이고 손님이고 구별이 안 됐고 다들 악을 쓰고 있었으니 말이지. 어느 점원이 소리 지른다는 건 알 수 있었지만 무슨 말을 하는지 알아들을 순 없었어. 방송이 나왔다는 말도 있긴 했지만 그 상황에선 아무도 못 들었을 거야."

눈이 따가운 건 어떠셨습니까? 계단에서 사람들한테 밀렸을 때요.

"밟혀 죽을 공포가 더 컸다 보니 그렇게 오래 아프진 않았던 것 같군. 통증에 신경 쓰고 있을 상황이 아니라 자기 몸이 어떤 상태인지 파악할 수 없었어. 온몸이 무자비하게 밀리지, 가슴이 답답해지지, 주위에서도 다들 신음하고 있었어. 끔찍했어. 끔찍한 체험이었어. 평소 다들 모른 척하면서 감추고 지내던 게 한꺼번에 날로 드러났어."

최종적으로 어디까지 가셨습니까?

"결국 2층 입구 근처까지 갔던가. 밑에서 밀고 위에서 밀고 해서 자기 의지로 움직일 방향을 정하기가 불가능했어. 바로 뒤 아래쪽에서 애 우는 소리가 났는데 안 들리게 된 게 마음에 걸렸어. 엄청난 힘이 가해지고 있다는 건 상상이 됐으니 아직 뼈가 무른 어린애의 내장이야 순식간에 터질 테지."

아이들이 많이 죽었습니다. 다들 내출혈이 심해 온몸에 멍이 들었다더군요.

"참 가슴 아프고 잔인한 일이야. 무슨 일이 생기면 늘 결국 약한 사람이 희생되니."

사람들의 흐름이 바뀐 건, 남자가 봉투를 밟는 걸 보시고 몇 분쯤 뒤였습니까?

"글쎄. 아주 오랜 시간처럼 느껴졌지만 실제로는 십 분이나 그 정도 아니었을까. 무슨 일이 생겼는지 끝내 알 수 없었어. 왜 사람들의 흐름이 갑자기 바뀌었는지도 알 수 없었지만, 어느새 사람들이 이번엔 아래층을 향해 뛰는 걸 보고 가스가 찬 게 아니구나, 아니, 어쨌든 다들 별 이상 없는 것 같고 가스가 다소 찼어도 일단은 여기서 도망치는 게 낫겠다고 판단했겠지. 그래서 다들 앞다퉈서 밖을 향해 뛰었어. 나도 몇 년 만에 죽을힘을 다해 뛰었고. 시계를 볼 생각이 든 건 한참 지나서였고, 밖으로 나와 바깥 공기를 마시고 나서야 비로소 시간이 돌아온 느낌이었어. 한동안 몸이 떨리는 게 가라앉지 않았어."

"다친 데는 없으셨습니까?"

"그렇게 무지막지하게 밀린 데 비해선 무사했지. 흐름에 거스르지 않은 덕인지도 몰라. 한동안 근육통에 시달리긴 했지만. 사람이 많은 데 가면 지금도 가끔씩 숨 막힐 때가 있어."

기억이 되살아나실 때도 있습니까?

"아니. 냄새가 되살아날 때는 있지만."

아까 말씀하신 냄새가 말입니까?

"아니, 그건 죽음의 냄새라기보다 공포의 냄새야. 그 십몇 분간 인간이 발하는 공포의 냄새를 맡은 거야. 강렬한 냄새였어."

어떤 냄새인지요?

"땀과 짐승 냄새. 체면이고 뭐고, 자존심이고 존엄이고 뭐고 없어. 있는 건 생에 대한 욕구와 집착뿐. 비참함과 어리석음과 천박함, 그런 것에 대한 혐오감과 체념이 사람들 표정 뒤에 들러붙어 그 모순에 얼굴을 일그러뜨리고 있었어. 지금까지 필사적으로 체면을 지키면서 일하고 감춰왔건만, 이런 데서 순식간에 이렇게 비참하고 딱한 모습을 드러내게 됐다는 노여움과 수치. 왜 하필이면 자기가 이런 꼴을 당해야 하느냐는 원망. 그런 곳에 있고 나면 어떤 걸 가장 많이 느끼는지 아나? 비참함, 수치스러움, 패배감이야. 그런 곳에 있었다는 패배감. 브랜드로 치장하고, 차랑 집을 사고, 점잔 뺀 얼굴로 남부럽지 않은 생활을 해왔건만, 그날 그곳에 있었던 탓에 무지막지한 공포를 맛보고 위험한 일을 당하고 차마 눈 뜨고 볼 수 없을 만큼 꼴사나운 모습을 드러내고 말았다는 패배감. 시간이 조금만 어긋났다면, 다른 곳에 가 있었다면 이길 수 있었는데. 그날 그곳에 있었다는 불운을 선택했을 때 진 거라는 감정에 시달려야 해."

패배라고요.

"그래. 이상한가?"

네. 그건 사고라고 할지, 재앙이었잖습니까. 그걸 승패로 표현하는 건 어쩐지 안됐다는 생각이 듭니다만.

"그건 자네가 당사자가 아니라서 그래. 자네는 당사자가 될 수 없어. 상상할 수밖에 없으니까. 자네들은 객관적인 시각에서 바라볼 수 있을지 모르지만, 그 일을 직접 당한 우리는 이제 외부에서 바라볼 수 없어. 지금까진 나도 그랬지만 이번 일로 처음 그걸 알았어. 그때 그곳에 있으면서 난 아무것도 할 수 없었고 내가 어떤 상황에 처한 건지도 알 수 없었어. 뭐 하나 선택할 수 없었고 생각할 틈도 없었어. 운이 좋아서 지금도 살아 있지만 어쩌면 죽었을지도 몰라. 그것도 내가 선택한 게 아냐. 난 완전히 무력했어. 그걸 생각하면 그 사건에 관해 솔직히 아무 말도 하고 싶지 않아. 지금 이러고 있어도 어딘지 모르게 모래를 씹는 것처럼 어색하고, 수치심 같은 게 느껴져."

하지만 어쩌다 휘말렸을 뿐인데 패배했다고 말하는 건 흔치 않은 감상 아닌지요?

"다들 말을 않는 것뿐이야. 난 이게 무슨 감정일까 생각하다가 패배가 가장 가깝단 생각이 들었어. 노파심에서 덧붙이자면 어디까지나 내 개인적인 감상이 그렇다는 거야."

네, 그건 압니다.

"방법이 없어. 이제 예전 상태로 돌아갈 순 없어."

그건 대체 어떤 사건이었을까요? 누구나 알고 싶어 하는데 아무도 그 답을 모릅니다.

"범인 없는 사건이란 말도 있는 모양이던데. 그렇지만 그런 건 거짓말이야. 한 명인지 백 명인지는 몰라도 범인은 역시 있어."

범인은 누굴까요?

"그 남자는? 그 남자는 대체 누구였지? 아직 안 잡혔지? 역시 그 남자가 범인이겠지. 그 녀석 때문에 다들 괴로워했으니."

경찰과 소방 당국에서 현장검증을 실시했지만, 가스의 원인이 될 만한 물질은 결국 1층 그 장소에선 발견되지 않았다던데요.

"사람들한테 밟혀 사라졌겠지. 종이봉투는?"

봉지는 발견됐습니다. 발견되긴 했지만, 거기서도 문제가 될 법한 건 못 찾았습니다. 다만 액체의 흔적은 있더군요.

"뭐였어?"

가장 근접한 건 개 오줌인 모양입니다.

"뭐?"

종이봉투에 개의 소변이 들어 있었던 것 같습니다.

"하지만 분명히 자극취가 났는데. 모두 눈이 따가워질, 그런 심한 냄새가 났다고."

암모니아는 아닌 게 아니라 자극취가 나긴 합니다만, 종이봉투에 들어 있던 정도의 양으론 별일은 없었을 거라고 합니다.

"어린애가 쓰러졌다고. 그것도 여러 명."

그에 관해선 아직 조사 중입니다만, 어린애가 쓰러진 건 봉투가 원인이 아니었다고 여겨집니다.

"뭐? 그럼 애들은 왜?"

아직 확실한 건 모릅니다.

"말도 안 돼. 우리가 개 소변 때문에 그런 고통을 겪어야 했다는 말인가? 그렇게 고생했는데, 죽은 사람까지 나왔는데. 그런데도 그자는 죗값을 안 치른다고? 그런 일이 용납된다고?"

경찰도 그 남자를 찾고 있습니다. 어떻게 처리할지는 경찰에서도 고민 중인 것 같습니다만. 죄목은 어떻게 될지 모릅니다.

"어이가 없군. 하여간 어이가 없어. 끔찍한 일이야. 그런 하잘것없는 일 때문에 그런 엄청난 참사가 벌어지다니. 개죽음이 따로 없군. 방금 이야기는 처음 듣는데 사실인가? 그런 이야기는 어디에도 공표되지 않은 것 같은데."

네. 독극물은 발견되지 않았다고만 공표했습니다. 이건 이 자리에서만 드리는 말씀입니다. 당신도 질문에 답하기로 승낙하셨을 때, 여기서 한 이야기를 외부에 발설하지 않는다는 각서에 서명하셨죠.

"말 안 해, 그런 거. 말할 수 있을 것 같나? 안 그래도 패배감에 시달리는데."

아닙니다. 그런 일은 절대로 없으리라 믿습니다.

"당연하지."

당신은 그 사건이 오로지 그 남자 때문에 일어났다고 생각하십니까?

"무슨 뜻이지? 그게 아닌 건가? 역시 공범이 또 있었던 거야?"

그걸 조사하는 중입니다.

"자네는 대체 어디 소속이야? 구? 도? 국가? 그것도 아니면 민간 조사 회사? 경찰하곤 신물이 날 정도로 이야기했지만, 경찰 쪽 사람은 아닌 것 같군. 설마 공안은 아니겠지."

죄송합니다만 그건 밝힐 수 없습니다. 그에 관해서도 각서에 쓰여 있었다고 생각합니다만.

"그래, 알아. 그냥 좀 이상했을 뿐이야. 하지만 뭐지? 그곳에서 일제히 그런 하잘것없는 짓을 해서 대체 뭐가 어떻게 된다는 건가? 무슨 이벤트였다는 건가? 악질적 장난?"

우연인지 계획적인 일인지는 알 수 없습니다. 다만 저희가 지금까지 조사한 바로, 그날 오후 점포에서 몇 가지 일이 동시에 일어났다는 사실이 점차 판명되는 중입니다. 그게 작위에 의한 것인지, 그것들을 연결시키는 게 있는지 없는지를 여러분의 증언을 토대로 조사하는 겁니다. 경찰과 소방 당국에서 물리적으로 현장검증을 한 결과만 보면 아무 일도 없었다는 게 되니 말이죠. 그렇게 많은 희생자를 낸 사건 아닙니까. 저희는 꼭 원인을 밝혀내고 싶습니다.

“그야 그렇겠지. 다른 사람들 생각도 다들 같아. 제대로 조사해 주면 좋겠군. 부탁해.”

네.

“하지만 내가 본 바로는 그 남자 때문에 다들 뛰기 시작했다는 것밖에 모르겠는데. 그렇게 큰 점포에서 내가 본 건 기껏해야 그 정도야. 대체 무슨 일이 일어났던 걸까. 그때로 다시 돌아갈 수 있다면…… 아, 맞다, 그런 점포엔 CCTV가 있을 텐데. 관리는 전문 경비회사에 용역을 줄 테고, 꽤 많은 카메라가 설치돼 있지 않나? 그걸로 수상쩍은 인물이 확인되지 않았어?”

그건 경찰 쪽에서 회수해 조사했지만 특별히 눈에 띄는 건 없었다고 들었습니다. 도망치는 손님들만 있고 연기나 가스 같은 건 보이지 않았다고, 직접적인 원인이 될 만한 건 찾을 수 없었다고 합니다.

“사각도 많을 테니 말이지. 얼굴이 똑똑히 보이지도 않겠지.”

그 때문에 저희는 당신의 앙케트에 주목한 겁니다. 남자가 나타나기 전 당신은 죽음의 냄새를 맡았다고 하셨습니다. 혹시 그곳에서 그밖에도 무슨 일이 일어났던 게 아닌가. 아니면 무슨 일이 일어나려 하고 있었던 게 아닌가. 당신은 그걸 감지하셨던 게 아닐까요.

“그건 지나친 생각이야. 어쩌다가 그런 생각이 든 것뿐이라고.”

후각이 예민하시다는 건 오늘 하신 말씀으로 잘 알 수 있었습니다. 어쩌면 무의식중에 뭔가를 느끼신 게 아닙니까? 느닷없이 뛰어든 남자가 종이봉투를 밟아 뭉갠 것만으로도 주위 손님들이 패닉에 빠질 만한, 그런 바탕을 만든 뭔가를.

"패닉에 빠질 만한 바탕이라. 그렇게 막연한 말을 한들. 시간도 벌써 꽤 지났는데 이제 와서 분위기를 기억해내기는 좀."

다시 한 번 순서대로 떠올려보십시오. 당신은 공구를 사고 위층에서 내려오셨습니다. 목적지는 지하 식품 매장. 부인께서 부탁하신 장을 보려고 그곳으로 가고 계셨습니다. 사다 달라고 하신 게 뭐였죠?

"에, 뭐였더라. 결국 못 샀으니 잊어버렸군. 잠깐 기다려봐."

찬찬히 생각해보십시오.

"음, 아니, 잠깐. 수첩에 썼을지도 몰라. 아니, 분명히 썼어. 잠깐 실례."

지금 갖고 계십니까?

"그래. 아, 여기 있군. 그래, 이거야. 아직 아무 일도 없었을 때 쓴 메모야. 이때로 돌아가 다시 시작할 수 있으면 좋을 텐데."

내용은?

"우유, 파, 연두부, 과자 두 개."

과자 두 개?

"아니, 좀."

특정한 과자입니까? 늘 드시는 것?

"아니, 개인적으로 쓰려는 거라. 그냥 좀 선물로 주려고."

어디 나가실 예정이었습니까?

"아니, 그냥 이웃사람한테 주려고."

무슨 문제라도 있으셨습니까? 실례되는 질문을 드리는 것 같습니다만.

혹시 그때 그 일에 관해 생각하셨던 건 아닙니까?

"……."

죄송합니다. 그때 심경과 관계가 있을 것 같아서요. 결코 사생활을 침해할 생각은 없습니다.

"……집사람이."

예?

"아내가 가끔씩 기억이 없어질 때가 있어서."

네?

"약간이야. 아직 그렇게 심하진 않아. 일상적인 집안일 같은 건 전혀 문제없어. 그렇지만 본인도 자기가 가끔씩 기억이 건너뛸 때가 있다는 걸 알거든. 그걸 무척 마음에 걸려하고 불안해해. 난 상황을 외면하지 않고 아내의 상태를 최대한 냉정하게 관찰해서 그때 그 사람이 어떤 상태였는지 숨김없이 이야기해줘. 그렇게 앞으로의 상황을 같이 주의 깊게 지켜볼 생각이야."

네.

"우리 집은 큰아들 내외하고 손주가 2층에 살아. 현관도 따로 쓰고 완전히 분리돼 있는데, 물론 건축비는 내가 냈지. 뒤치다꺼리는 해주겠다면서 아들놈이 워낙 애걸복걸했어야지. 그런데 아들 내외한테 제 어미가 그런 상태란 걸 알렸는데도 믿으려 들질 않아. 인정하려 들질 않는 거야. 아버지가 착각한 거다, 둘 다 아직 젊은데 무슨 소리냐, 우리도 얼마나 건망증이 심해졌는지 모른다고 웃어넘기려고 해. 그러면서 전 같으면 두 주에 한 번씩은 식사를 같이했는데 이젠 온갖 구실을 붙여 오지도 않아. 손주만은 내가 이것저것 기초과학 지식이라든지 도구 만드는 법을 가르쳐 주니까 장차 도움이 될 거라고 생각하는지 혼자 보내는군."

자식은 부모가 노쇠했다는 걸 인정하기가 쉽지 않습니다.

"그건 이해해. 나도 지나온 길이니 말이지. 누구나 쉽지 않을 테고 충격을 받아. 하지만 저번에 손주가 와서 그러더라고. 뭐라고 했을 것 같아? '할머니, 나사가 풀렸다면서요?' 그 말을 들었을 때 받은 충격을 도저히 못 잊겠어. 아들 내외가 그런 말을 했다는 것 아니겠나? 손주 스스로 그런 말을 할 리는 없으니 말이지. 제 아비 어미가 뒤에서 그런 말을 하는 걸 듣고 우리 집에 와서 말한 거야. 어떻게 그런 몹쓸 말을 하는지. 게다가 나만 들었다면 또 모르겠는데, 집사람도 그때 손주 말을 듣고 있었다고. 집사람이 얼마나 상처 입은 표정을 짓던지. 무척 침울해져선 손주 간식을 준비하면서 눈물을 글썽이는 거야. 뭐라 위로할 말이 없었어."

네.

"그래, 그날 집사람한테 부탁을 받았어. 집사람은 병원에 다녀와서 결심했던 거야. 오랫동안 가까이 지내온 옆집 사람하고 건너편 집 사람도 내 기억이 가끔씩 건너뛰는 걸 어렴풋이 알아차린 것 같다, 앞으로 폐를 끼칠 수도 있으니 여보, 조그만 과자 상자라도 사와요, 설명드리러 당신도 같이 가주셔야 해요, 그랬어. 시설에 신세 지는 건 아직 좀 더 있어야 할 거라고. 마침 반상회 일이 있으니 그 김에 인사하자고. 손주 말을 듣고 오히려 인정하게 된 걸 수도 있고, 적극적으로 대처할 계기가 된 건 다행이었다고 할 수 있을지 모르지만, 그래도 집사람이 그런 말을 꺼낼 결심이 서기까지 그 심정을 생각하면 가슴이 아파 견딜 수 없어. 뭣보다도 아들 내외의 몰인정한 말이 머리를 떠나지 않아서 말이야. 내 자식이긴 해도 그때만큼 아들 내외가 원망스러웠던 적이 없어. 아니, 그때는 거의 밉더군. 게다가 손주 놈은 잘못이 없다는 걸 알면서도 마음속 한구석으로 그런 잔인한 말을 내뱉은 손주도 미웠을지 몰라. 손주 준다고 산 공구를 들고 난 그때 내 집 위에 살고 있는 세 사람을 진심으로 미워하고 있었어."

그 생각을 하면서 계단을 내려가셨군요.

"지금 생각하니 그렇군."

그러다가 그 냄새를 맡으셨다고요.

"죽음의 냄새…… 비정한 냄새야. 그래, 야구 유니폼을 입고 걸어가던 애들은 손주와 같은 또래였어. 눈에 띈 애가 특히 손주하고 체격이 비슷했어. 난 돈깨나 들었을 유니폼을 맞춰 입고 야구 방망이를 둘러메고 다른 손님하고 부딪치건 말건 혼잡한 점포 내를 싸돌아다니는 그 애들, 그리고 거기 모여 있는, 좀만 참고 제 손으로 하면 되는 걸 뭐든 다 사서 해결하려드는 주제에 돈 없다고 징징대면서 우리한테 손 벌리는 아들 내외 또래의 젊은 가족들을 증오하고 있었어. 하지만 그 냄새를 맡은 순간 난 깨달았어…… 그들도 우리를 증오한다는걸. 돈벌이에 급급하고 물건을 소유하는 데만 정신이 팔려서 좋은 사회를 만들지 못한 우리 세대. 돈을 쓰고 물건을 갖고 소비하는 게 행복이다, 학력이 중요하다, 공부만 잘하면 된다, 남들하고 나란히 서는 게 중요하니까 쓸데없는 생각은 하지 마라. 우리가 그런 것만 머리에 주입하고 생활의 기술도, 사고 능력도, 살아가는 데 필요한 지혜를 주지 않은 걸 그들은 원망하고 있어. 그날 그곳은 증오로 가득 차 있었어. 그들은 자기 자식도 미워하고 있었어. 자식들만 없으면 자기들을 위해 돈을 쓰고 경력도 쌓을 수 있었는데, 왜 자기 시간을 희생해서 돈만 잡아먹는 애들한테 봉사해야 하나. 자기를 보면 자식들이 야박할 건 뻔하니까 장차 자식한테 기대할 수 없다는 걸 그들은 누구보다도 잘 알거든. 앞이 안 보이는 불경기에, 바깥 날씨는 춥고, 올림픽에서도 영 이기질 못해. 다들 짜증이 나서 미워할 대상을 찾고 있었어. 그날은 그런 날이었던 거야."

그러고 보니 당시 동계 올림픽 중이었죠. 그새 까맣게 잊어버렸습니다.

"그래. 역시 우리는 패배감으로 가득 차 있었던 거야. 패배감이란 건 증오로 전환되기 쉽거든."

증오. 그런 분위기였습니까? 정말로요?

"글쎄. 내 개인적 의견이 그렇다는 거야. 그렇지만 자네도 거리를 걷다 보면 모두 짜증나서 불만을 쏟아놓을 계기를 찾는 것처럼 느껴질 때가 있을 텐데? 다들 애써 자신을 억누르려고 하지만 어떤 계기만 있으면 폭발해서 몹쓸 일이 벌어질 것처럼 느껴질 때가."

네, 자주 있습니다. 한여름 아침 출근 시간이라든지, 꼭 불만 덩어리 같죠. 살의나 다름없는 게 느껴질 때도 있습니다.

"그렇지? 그때도 그랬던 거야. 다들 말로 표현하진 않았지만 불만과 불안으로 꽉 차 있었어. 평소엔 애써 감추고 있지만 그땐 가죽이 얇아져 있었어. 그걸 뭔가가 바늘로 찌른 거야. 그래서 단숨에 분출해서 드러나고 만 거야."

일어날 일이 일어난 걸까요.

"글쎄. 하지만 한편으론 모두가 파국을 기다렸는지도 모른단 생각이 들어. 다들 말은 않지만 이대로 끝날 리 없다고 생각하고 있었던 거야. 그러다 그때 모두가 동시에 때가 됐다고 느낀 거지. 그렇게 된 일이 아닐까."

그럼 지금부터 몇 가지 질문을 하겠습니다. 여기서 한 말은 밖으로 나가지 않습니다. 질문에 대해 본 것, 느낀 것, 아는 것을 솔직하게, 마지막까지 성심껏 나한테 말해줄 수 있겠니?

"진짜 아무한테도 말 안 해요?"

그래. 아무한테도 말 안 할게.

"아빠, 엄마한테도요?"

그럼. 선생님한테도, 아무한테도 말 안 할 거야.

왜 널 여기로 불렀는지 알지? 올해 2월에 M이란 점포에서 사람이 아주 많이 죽고 다치고 했다는 건 알지? 그때 일을 알고 싶어서 여러 사람한테 물어보고 있거든. 아주 많은 사람한테. 사람들한테 들은 이야기를 참고해서 사건이 어떤 식으로 일어났는지 조사하는 거거든. 그러니까 여기서 들은 이야기를 딴 사람한테 하진 않을 거야.

그러니 네가 경험한 일을 들려줄래?

"그럼 괜찮고요."

고마워. 그럼 먼저 이름이랑 학년을 말해주렴.

"아소 사야카예요. 초등학교 6학년이고요."

사야카구나. 6학년. 그럼 그때 사야카는 아직 5학년이었겠네?

"네."

사야카, 그날 이야기를 하기 전에 하나 물어봐도 될까?

"네."

사야카는 이 면접을 싫어했지? 왜 그랬어?

"싫어하지 않았어요."

하지만 이 방에 들어오기 싫다고 했다며? 정 하기 싫으면 그만둬도 돼.

"그 사람이 싫었던 것뿐이에요."

그 사람?

"언니 전에 거기 앉아 있던 사람이요."

뭐? 희끄무레한 양복 입고 은테 안경 쓴 젊은 남자 얘기니?

"네."

왜?

"그냥요."

만난 적 있는 사람이야?

"아뇨. 그냥 싫었어요."

그렇구나. 알았어. 그럼 그날 이야기를 해볼까? 사야카가 그날 뭘 했는지 가르쳐줄래? 기억나니?

"그날은 소프트볼 팀에서 점심 먹으러 갔어요."

소프트볼? 그날 아주 춥지 않았어?

"연습은 안 했어요. 12월부터 3월까지 연습은 쉬거든요."

그럼 사이가 아주 좋은가 보구나.

"코치 선생님이 한턱낸다고 해서요."

코치?

"네. 점심 사줄 테니까 그 대신 다같이 유니폼 입은 사진을 찍자고 했어요. 방망이랑 글러브도 갖고 오라고요."

그래? 어째서? 뭣 때문에?

"코치 선생님네 회사 홍보지에 싣는대요."

아아, 홍보지.

"지역 자원봉사 활동을 한다는 코너가 있다고, 협조해달라고요."

그렇구나. 그래서 일부러 갔던 거구나. 코치 선생님이 뭐 사주시던?

"패밀리레스토랑 가서, 마음대로 시켜도 된다고요."

사야카는 뭐 시켰어?

"해물 필래프요."

맛있었어?

"그럭저럭요."

몇 명이나 모였니?

"여덟 명쯤."

사야카는 포지션이 뭐야?

"2루수요."

그럼 요새도 연습하겠구나?

"아뇨, 그만뒀어요."

그만뒀어?

"입시 때문에요."

아, 그렇구나. 6학년이니 말이지. 사립 시험 볼 거구나? 학원은?

"지금은 일주일에 세 번 가요."

언제부터 다녔는데?

"3학년 때부터요."

바쁘겠구나. 소프트볼을 그만두다니 아쉬운걸.

"그렇지만 발레랑 영어는 계속해요."

어머, 발레랑 영어도 배워?

"네."

그럼 방과 후엔 바쁘겠구나.

"다들 그래요. 미나미는 주산이랑 피아노도 배우는걸요."

다들 바쁘네.

"네. 아빠는 봄부터 학교가 토, 일 이틀 노니까 소프트볼을 좀 더 하는 게 좋지 않을까 생각한 것 같아요."

왜?

"그런 지역 동아리 활동을 하면 입시 때 도움이 될 거라고요."

그래?

"몰라요. 그렇지만 친구네 엄마도 그랬어요. 걸스카우트에 들어간 언니 동생이 둘 다 좋은 데 붙었다고요. 걸스카우트는 도움이 아주 많이 된대요. 그렇지만 6학년 올라가면 학원 가는 날이 하루 더 느니까 역시 무리라고 그만둔 거예요."

하긴 그러네. 전부 계속할 순 없지.

그래, 그럼 그날은 왜 M에 들어간 거야?

"엄마가 거기 주차장으로 3시에 데리러 오기로 했거든요. 생각보다 빨리 도착해서 처음엔 현관 근처에 있었는데 춥기도 하고, 또 사람들이 자꾸자꾸 들어오는데 다같이 거기 있으면 방해되니까 1층 안쪽의 자판기 있는 휴게실로 가자고 리카가 그랬어요. 리카는 휴대전화 갖고 있으니까 엄마한테 전화 오면 그때 나가면 된다고요."

점포 안은 어떻던?

"사람이 아주 많아서 복잡했어요. 바깥은 추웠는데 안은 굉장히 더웠어요."

다같이 1층 안쪽으로 걸어갔지? 한 줄로.

"네."

사야카는 줄 어디쯤에 있었어?

"맨 뒤요."

통로에 사람이 많았어?

"네, 엄청요. 계속 다른 사람이랑 부딪쳤어요."

그래서?

"그래서……."

그래서 어떻게 됐어?

"잘 모르겠어요. 어지러워져서요."

왜 어지러워졌지?

"몰라요. 더워서요."

감기 걸렸나?

"더워서 그랬을 거예요."

그때 근처에 어떤 사람이 있었어?

"기억 안 나요."

잘 생각해보렴. 누가 근처로 오지 않았니?

"이상한 사람은 있었어요."

이상한 사람?

"검은 옷 입은 사람. 뒤쪽에서 뛰어왔어요."

검은 옷 입은 사람이란 말이지. 얼굴은 봤니?

"안 봤어요. 어지러워서."

목소리는 들었고?

"아뇨. 그렇지만 이상한 냄새가 났어요."

어떤 냄새? 코가 찡한 냄새?

"아뇨, 좀 달라요. 울렁울렁하고 화장실 같은 냄새요."

화장실 같은 냄새? 어디 화장실? 사야카네 집?

"네."

비누 같은 냄새? 아니면 샴푸? 그것도 아니면 세제?

"아뇨, 아빠가 쓰는 병에 든 거 같은."

남자들이 머리에 바르는 거 말이니? 병에 들어 있고 하늘색이라든지 초록색처럼 옅게 색이 든?

"아마 그럴 거예요."

그 냄새 때문에 어지러워졌구나?

"몰라요. 아마."

그 뒤는 생각나니? 검은 옷을 입은 사람은 어디로 갔어?

"몰라요. 어지러워서 휘청거리다가 주저앉았는데 얼른 거기서 나가고 싶어서 일어나 열심히 뛰었어요. 점포에 들어올 게 아니라 다같이 미카를 따라갈 걸 그랬다고 후회했어요. 주위가 시끌시끌한 건 들렸지만 휴게실 안쪽에도 출구가 있어서 거기로 가야겠다고 생각했어요."

무사히 나왔지?

"네. 다들 밖에 있었어요. 나랑 반대 방향으로 뛰어가는 사람도 많더라고요. 왜 저기 출구가 있는데 다들 뒤로 뛰어가는 걸까 이상했어요."

뛰는 도중에 다른 냄새도 나던?

"아뇨."

그 검은 옷 입은 사람을 봤어?

"못 봤어요."

그렇구나. 저기, 방금 미카라고 했지? 미카도 같은 소프트볼 팀에 있는 애니? 같이 도망쳤어?

"아뇨. 미카는 코치 선생님 차를 타고 갔어요."

그러고 보니 너희가 주차장에 있을 때 코치 선생님은 어디 있었어? 먼저 갔어?

"네. 미카는 들어온 지 얼마 안 돼서."

데려다준 거구나.

"네. 다들 혼자선 코치 선생님 차에 안 타거든요. 그렇지만 코치 선생님은 꼭 누굴 데려다주고 싶어 해요. 그러니까 아직 들어온 지 얼마 안 되는 미카한테 코치 선생님이 타라고 한 거예요."

어? 왜 혼자선 안 타는데?

"이상한 거 하니까."

누가? 코치 선생님이?

"네. 그래서 다들 코치 선생님 차엔 안 타요. 탈 때는 세 명 이상이 뒷좌석에 타자고 다같이 정했어요. 코치 선생님 옆에 앉으면 이상한 거 하니까."

이상한 거라니?

"……."

너희 어머니들은 그걸 아셔?

"모르겠어요. 그렇지만 나랑 리카랑 에미네 엄마는 코치 선생님 차에 타면 절대 안 된댔어요. 누구네 엄마가 데리러 올 때까지 꼭 셋이서 기다리라고요."

코치 선생님이 이상하다는 걸 아시는 거야. 사야카는 엄마한테 얘기 안 했니?

"했어요. 그렇지만 이제 금방 6학년이 될 거니까, 그럼 입시 때문에 안 되겠다고 하고 그만두재요. 그 편이 모나지 않고 좋다고."

코치 선생님은 나이가 어떻게 되셔? 동네 분이니?

"아주 아저씨예요. 소프트볼 할 때랑 다른 어른들이 있을 땐 그냥 보통이거든요. 웃는 얼굴로 잘 가르쳐줘요. 우리 아파트 이사장 아들의 회사 상사래요. 중매도 해줬대요. 애들을 좋아하고 지역에 도움이 되고 싶대서 그럼 우리 팀 코치를 맡아달라고 부탁한 거래요."

그랬구나. 미카는 몇 학년인데?

"4학년요. 반년쯤 전에 전학 왔는데, 우리 유니폼을 보고 자기도 들어오고 싶댔어요. 그런데 미카, 그러고는 얼마 안 돼서 그만뒀어요."

어? 코치 선생님 차로 가고 나서?

"네."

그 뒤 얘기해봤니?

"아뇨. 학교도 다르고, 이사 갔다고 들었어요."

못 만났구나.

"네. 미카가 가고 나서 미카, 괜찮을까, 하고 얘기했거든요. 원래는 엄마 차 타고 같이 가기로 했었는데, 미카는 금세 약속을 까

먹거든요. 게다가 우리가 코치 선생님 차에 안 타니까 코치 선생님 요새 굉장히 기분이 나빴어요. 그날은 꼭 누가 타야 할 것 같았어요."

엄마가 데리러 올 거라고 해도?

"네. 무서웠어요. 차 문을 열고, 누가 탈 때까지 꿈쩍도 안 할 것 같은 얼굴이었어요."

그래서 미카가…….

"말릴 걸 그랬어요. 하지만 그런 말 못 할 분위기였는걸요. 그때 점포에 들어가고 나서도 그 생각만 했었어요. 그렇지만 나랑 리카도 코치 선생님이 가슴 만졌으니까 미카도 한 번쯤은 괜찮을 거라고 생각했어요. 코치 선생님 차도 그 냄새가 엄청 나거든요. 화장실 냄새."

검은 옷 입은 사람 냄새 말이지?

"네."

코치 선생님은…… 지금도 있니?

"아뇨, 그만뒀대요. 직장 일이 바빠졌다고요."

그렇구나. 저 말이지, 사야카, 수영 좋아하니?

"네, 좋아해요. 전엔 수영 교실도 다녔는걸요. 헤엄칠 수 있게 됐을 때 그만뒀지만요."

있지, 수영복을 입었을 때 감춰지는 부분은 너만의 몸이야. 다른 사람이 만지면 안 되는 거야. 다음에 또 그런 일이 있으면 꼭 다른 사람한테 말하자. 알았지?

"……그렇지만."

그렇지만?

"……그런 식으로 말해봤자."

왜?

"아빠도 만지는걸요."

뭐?

"내가 목욕하면 꼭 나올 때 맞춰서 뭘 찾는 척하면서 화장실로 들어와요."

그러고는 만져?

"가슴이랑 다리랑."

싫다고 했어?

"그런 말 못 해요. 한 번 싫어하는 얼굴로 소리 질렀더니 아빠가 엄청 무서운 표정을 지었는걸요. 차 안에 있을 때 코치 선생님이랑 같은 얼굴. 그깟 일로 호들갑 떨지 말라고 엄청 무서운 얼굴로 말했어요."

너무하네. 엄마한테는 말했니?

"용기를 내서 말했는데 그냥 무시했어요. 아빠는 사야카가 예뻐서 그러는 거라고만."

사야카는 싫은데 말이지. 진지하게 들어주지 않는구나.

"네. 아빠는 직장에서 힘들다고요."

무슨 일을 하시는데?

"잘 모르지만 업무용 기계를 만드는 회사 총무래요."

총무과구나.

"사람을 많이 내보내서 일거리가 늘어났다고, 젊은 놈들은 권리만 주장하고 일은 안 한다고요."

사야카는 외동이니?

"네. 엄마가 팬이었던 가수의 애랑 같은 이름으로 지었대요."

그렇구나. 사야카는 뭘 할 때가 제일 재밌어? 지금 뭐가 제일 하고 싶니?

"느긋하게 있음 좋겠어요."

느긋하게? 발레랑 영어는?

"발레는 엄마가 배우고 싶었대요. 아동 극단이랑 둘 중에 뭘 할까 고민했는데, 극단은 입단료가 비싸서 발레로 정한 거예요."

그래. 발레 좋아하니?

"네, 예뻐서 좋긴 한데 매일 하는 게 아니니까 잘 안 늘어요. 강사 선생님네 애는 전혀 다른걸요. 콩쿠르 준비하는 애는 매일 몇 시간씩 레슨을 받으니까 못 당해요."

그렇구나.

"미나미네 집에서 느긋하게 있고 싶어요."

미나미란 애는 네 친구야?

"네. 영어 학원에 같이 다니고 지금 제일 친한 애예요. 가끔 미나미네 집에서 놀거든요."

집이 가까워?

"네, 비교적. 미나미는 아빠가 미국에 가 계셔서 지금 엄마랑 둘이 살아요. 넓은 방이 있는데 그림책이랑 사진책이 아주 많아요. 미나미네 엄마는 커다란 책상에서 일하는데, 책을 잔뜩 꺼내 늘어놔도 화 안 내요."

미나미네 엄마는 무슨 일을 하시는데?

"금융 연구래요. 외국 회사라서 시간이 자유롭대요."

미나미는 주산이랑 피아노도 배운댔지?

"네. 그렇지만 미나미는 활발하고 늘 적극적인 애니까 다 자기가 배우고 싶다고 한 거래요. 미나미네 엄마도 하기 싫으면 언제든 그만두라고 한대요. 그렇지만 미나미는 아직 안 그만둘 거래요. 학원이랑 영어랑 피아노랑 주산이랑 수영도 해요."

대단한걸.

"네. 미나미네 엄마는 컴퓨터로 일하고 있고 나랑 미나미는 그 옆에서 그림책을 펴놓고 노는데 큰 소리로 말해도 뭐라 안 해요. 가끔 같이 간식도 먹고 이런저런 음악도 들려줘요."

어머, 재밌겠네.

"네. 미나미네 엄마는 좋아하는 거랑 관심 있는 걸 소중히 하래요. 스스로 생각하는 게 중요하고 학교는 그다음이라고요."

사야카도 그렇게 생각하니?

"음, 아직 잘 모르겠어요. 그렇지만 엄마는 학교가 중요하대요. 좋은 학교에 안 가면 안 된대요."

엄마 말씀도 알긴 알겠는데.

"네. ……엄마는 미나미네 엄마를 별로 안 좋아하나 봐요."

의견이 달라서 그럴까?

"네. 미나미네 집에 놀러 가면 늘 엄마가 기분 나빠해요. 내가 미나미네 엄마 얘기를 하니까."

그렇구나.

"미나미네 엄마는 히토쓰바시 나왔대요. 학교는 안 중요하다고 그러는 건 자기가 좋은 대학을 나왔기 때문이라고요. 그러니까 미나미랑 똑같이 생각하면 안 된대요."

어렵네.

"엄마는 뭔가 재능이 있으면 모른다고 하지만, 나한테 혹시 무슨 재능이 있어도 일주일에 한 번 발레 가고 영어 학원을 다니는 정도론 재능이 있는지 없는지 알 수 없고 실력도 늘 수 없다고 생각해요. 뭔가 하는 애들은 아주 어렸을 때부터 그것만 하는걸요. 미국인 학교 다니는 애는 영어도 엄청 잘하는데 프랑스어까지 하더라고요."

미국인 학교에 다니는 애가 있니?

"네. 전에 동네에 혼혈인 애가 있었거든요. 하지만 외국에서 살다 온 게 아님 안 되잖아요? 엄마 친구 중에 애를 꼭 미국인 학교에 보내고 싶은 사람이 있었는데, 교육위원회가 엄청 무섭게 했다더라고요. 매주 교육위원회 사람들이 집으로 찾아와서 일본 학교에 들어가야 한다고 그랬대요. 그래서 그만뒀대요."

사야카는 커서 뭐가 되고 싶어?

"글쎄요…… 꽃집이나 과자 가게 주인?"

그거 좋은걸. 학교는 재밌니?

“네, 그럭저럭.”

컴퓨터 수업도 있지? 컴퓨터 좋아해?

“좋아하긴 하지만 학교에선 별거 안 해요. 우리 담임선생님, 컴퓨터 잘 모르는 것 같아요. 근처에 N 전기 연구소가 있어서 거기 엔지니어의 애들이 학교에 많거든요. 초등학교 들어오기 전부터 집에서 컴퓨터 하던 애들이 대부분이라 그 애들이 훨씬 더 많이 알아요.”

선생님도 힘드시겠다.

“네, 힘들어 보여요. 교과서도 맨날 바뀌고, 수업도 줄고.”

사야카는 그날…… 다같이 점심 먹고 M에 간 그날을 어떻게 생각해? 그날이 생각날 땐 어떤 기분이 들어?

“모르겠어요. 별로 생각 안 나요. 밖에 사람이 엄청 많았다는 것밖에. 내내 어지러웠고 엄마를 찾았으니까요. 그렇지만…….”

그렇지만?

“미카 얼굴이 생각나요. 손을 흔들면서 차에 올라탄 미카. 그럼 또 머리가 몽롱하고 어지러워져요.”

“미카를 만나고 싶니?”

“모르겠어요. 그렇지만 그 뒤 리카랑 에미랑 정했어요.”

뭘?

“꼭 여학교에 가자고.”

왜?

"남자는 다들 변태니까 절대 남자랑 단둘이 있지 말자고 다같이 정한 거예요."

사야카, 혹시 처음 이 방을 싫어했던 거, 안에 있는 사람이 남자라서 그랬니?

"네. 단둘이 방에 있으면 도와달라고 소리쳐도 밖에 안 들리잖아요."

그랬구나.

그렇지만 사야카, 남자가 다 엉큼한 건 아니거든. 좋은 사람도 많아. 아까 그 젊은 남자도 아주 좋은 사람이란다. 여자애가 늘 자기 몸을 지키려고 조심하는 건 좋은 일이지만, 그럼 좋은 남자가 불쌍하잖니.

사야카는 약속을 지키고 있어? 상대방이 학교 선생님이라도?

"저번에 우리 학교 교감선생님이 잘렸어요."

왜?

"여자 화장실이랑 애들이 옷 갈아입는 걸 내내 몰래 도촬했대요. 친구가 그러는데, 디지털카메라는 셔터 소리가 안 나서 도촬에 쓰는 남자들이 많대요. 선생님도 똑같아요. 그만 가도 돼요? 학원 갈 시간 됐거든요. 난 꼭 여학교 갈 거예요."

"먼저 확인해두고 싶은 게 있습니다. 여기서 한 발언은 법적 증거로 다뤄집니까?"

아닙니다. 여기서 하신 발언은 외부로 유출되지 않습니다. 어디까지나 2차 자료로 사용, 보관, 폐기될 겁니다.

"그럼 조사 비용은 어디서 나오죠? 어디서 인터뷰 조사를 주관하는 겁니까? 꽤 많은 사람을 대상으로 오랫동안 조사한다고 들었는데요."

그건 이 자리에서 제가 말씀드릴 수 있는 사안이 아닙니다. 불안을 느끼시는 건 이해합니다. 직업상 그러실 만도 하겠죠. 글쎄요, 제가 말씀드릴 수 있는 건, 이 사건의 전체상을 파악하는 게 저희 주목적이라는 겁니다. 물론 범인을 찾아낼 수 있다면 그건 그것대로 의의가 있겠습니다만, 실은 이번 조사에서 범인을 찾는 건 우선순위가 낮거든요. 그때 그 일이 어떤 식으로 발생했는지, 어떤 사건이었는지를 분석하고 파악하는 게 저희의 조사 목적입니다. 저희는 그게 뭐였는지 알고 싶은 겁니다.

"흠. 과학적, 학문적이란 건가요. 한때 유행했던 '복잡계' 자연현상이란 말입니까?"

굳이 말하자면 그런 생각에 가까운지도 모르겠군요.

"농담입니다. 이거야 원, 그런 대형 참사를 그렇게 시험관 속에서 벌어진 일처럼 취급한단 말입니까?"

어떻게 해석하시건 그건 당신 마음입니다.

"역시 이 이야기를 거절해야 했는데요."

하지만 당신은 이미 고문 변호사 팀을 떠나셨다고 들었습니다만.

"그래도 고객 정보의 묵비 의무와 관련된다는 건 틀림없죠."

저희가 알고 싶은 건 당신이 보신 경비 센터의 비디오테이프 내용입니다.

처음부터 끝까지 전부 본 사람은 손가락으로 헤아릴 정도밖에 없거든요.

"특이한 건 아무것도 없었어요. 언론에서도 경찰에서도 기대했던 모양입니다만, 카메라는 고정돼 있었고 사건의 전체상을 파악하는 데 도움 될 만한 건 아무것도 없었습니다."

그래도 상관없습니다. 카메라에 어떤 게 찍혀 있었는지, 그걸 보고 어떻게 느끼셨는지 알고 싶습니다.

"솔직히 지루하던데요."

네, 그런 이야기도 괜찮습니다. 어떻게 지루했는지, 어떤 지루한 게 찍혀 있었는지 알고 싶습니다.

"그 외엔 아무것도 안 묻는다는 말씀이죠? 정말 비디오테이프 내용이면 되는 겁니까?"

네, 정말 비디오테이프 내용만입니다.

질문을 시작해도 되겠습니까?

"그러시죠."

그럼 지금부터 몇 가지 질문을 드리겠습니다. 여기서 하신 말씀은 밖으로 나가지 않습니다. 질문에 대해 당신이 본 것, 느낀 것, 아는 것을 솔직하게, 마지막까지 성심껏 대답해주신다고 맹세하시겠습니까?

"고객에 대한 묵비 의무에 반하지 않는 한."

감사합니다. 그럼 당신의 성함과 연령, 직업을 말씀해주십시오.

"다나카 데쓰야, 서른아홉 살, 변호사입니다."

경비 센터의 비디오테이프를 보신 건, 사건이 있고 얼마나 됐을 때였습니까?

"며칠 뒤였군요. 비교적 얼마 안 됐을 때였죠. M 사원 몇 명, 경비 회사 사람 몇 명, 경찰, 소방 당국, 그리고 저희 고문 변호사까지 많은 사람이 같이 봤습니다. 테이프의 양이 워낙 방대해서 전원이 쭉 테이프를 본 건 아니었습니다만. 의외로 분위기가 살벌했던 게 기억납니다."

몇 시간 분량의 테이프를 보셨는지요?

"사건 발생 시각이라 여겨지는 2시 30분경부터 소방대원이 안에 있던 사람들의 구출 작업을 종료한 8시까지였습니다."

카메라는 몇 대나 설치돼 있습니까?

"그건 말씀드릴 수 없지만 상당히 많습니다. 다만 모니터의 수는 한정돼 있습니다. 그러니 카메라 한 대가 내내 한곳을 비추는 게 아니라 자동적으로 화면이 계속 바뀌게 돼 있죠. 테이프에 녹화된 영상은 어디까지나 복수의 카메라에 찍힌 영상을 이어붙인 거지, 그 시간 모든 카메라에 찍힌 것의 합계는 아닙니다."

해상도는 어느 정도 되죠?

"손님의 얼굴을 간신히 판별할 수 있을 정도군요. 전문가가 분석하면 좀 더 분명해질 테지만요."

그럼 분석하러 보내지 않은 겁니까?

"거기까진 모릅니다. 전 원래 보조적인 위치고 말이죠. M처럼 큰 회사쯤 되면, 고문 변호사라도 전 수습이나 다름없는 입장이라 모든 걸 알진 못했거든요. 이번은 소송 규모가 워낙 크다 보니 현재의 팀도 인원을 더 늘릴 겁니다."

당신은 어째서 팀에서 제외되신 겁니까?

"제가요?"

네. 적어도 비디오테이프를 볼 때까지는 M의 고문 변호사이셨다는 뜻이죠. 하지만 지금은 마치 남 일처럼 말씀하시잖습니까.

"그렇지 않습니다."

테이프 내용으로 돌아갈까요. 당신은 테이프를 처음부터 끝까지 보셨죠?

"대부분 보긴 했죠. 하지만 아까도 말씀드렸다시피 가끔씩 자리를 떴으니 빠짐없이 본 건 아닙니다."

보신 인상이 어떠셨는지요?

"글쎄요, 솔직히 기분이 좋진 않더군요. 높은 데서 떨어지고 넘어지는 사람들 모습도 수두룩이 찍혀 있었고 말이죠. 그곳에서 돌아가신 분도 많았던 셈이니까요."

사건 발생은 어떤 느낌이던가요?

"제가 받은 인상으론 '돌연하다'란 말 한마디면 족하더군요. 화면에 찍힌 건 갑자기 뛰기 시작한 사람들뿐. 정말로 갑자기. 사람들이 뛴 원인은 찍혀 있지 않았습니다."

일단 사건의 발단으로 여겨지는 인물이 몇 명 있긴 합니다만, 그들은 찍혀 있지 않았죠?

"네. 사건의 발단으로 여겨지는 인물 중에 제가 아는 건 1층으로 들어와 뭔가를 살포했다는 남자뿐입니다. 하지만 유해 물질의 흔적이 없었던 터라 그것도 확증은 없다고 하죠. 정말 기묘한 사건입니다. 결국 몇 달이 지나도록 아직까지 원인이 밝혀지지 않은 모양이더군요. 그날 그렇게 많은 사람들로 하여금 뛰게 한 건 대체 뭐였을까요. 집단 환상이나 집단 히스테리라는 설까지 등장했지만 그런 건 다들 대뜸 믿어주지 않죠. 그래서 음모론에 생화학무기설까지 갖은 소문이 떠돌고 있습니다."

인터넷엔 우주인이나 신흥 종교 집단의 소행이란 설도 있는 모양이더군요.

"뭐, 무책임한 인간이 할 법한 소리죠. 전 그보단 집단 히스테리설 쪽이 더 신빙성 있어 보입니다만."

그렇습니까.

"남자가 뭘 살포하고 나서 맨 처음 쓰러진 게 어린애라면서요?"

네. 다만 유독가스가 원인이었는지 아닌지 분명치 않습니다.

"원인이 뭐든 상관없어요. 그 애, 여자애였죠? 그것도 꽤 귀엽고 눈에 띄는 애였겠죠?"

네, 아마도. 일반적으로 볼 때 상당히 예쁜 애일 겁니다.

"역시 그렇군요."

무슨 말씀이시죠?

"전 의학 관련 논픽션을 읽는 게 취미거든요. 요새는 특히 미지의 흉악한 바이러스라든지 근절됐을 질병의 부활이 화제 아닙니까? 가령 결핵이 그렇죠. 그런 책을 많이 읽는데, 감염원을 추적하는 과정이 엔간한 미스터리보다 더 재미있어요. 기분 전환도 되고 말이죠."

그렇군요. 그래서요?

"오래된 의학 논픽션에서 읽은 적이 있습니다. 1960년대였던가 70년대였던가, 미국의 한 시골 초등학교에서 어느 맑은 날 아침, 학생들 수백 명이 호흡 곤란을 호소하면서 쓰러졌다고 합니다. 군대까지 파견하는 소동이 벌어졌다나요."

저런, 그건 섬뜩한데요. 대기 오염 같은 겁니까?

"그렇죠. 런던에선 과거 대기 오염이 하도 심해서 하루에 수천 명이 죽었다더군요. 그야말로 죽음의 안개입니다."

지금도 완만하게 오염이 계속되고 있겠죠.

"그럴 겁니다. 그래서, 원인이 뭐였다고 생각하십니까?"

대기 오염입니까?

"아뇨. 실은 소방 당국은 물론 의료 기관까지 총동원해서 조사했는데도 아무 이상이 없었거든요. 인체에 영향을 미칠 물질은 전혀 없었고 그런 흔적도 남아 있지 않았습니다. 이상을 호소한 애들을 조사해봐도 아무것도 발견되지 않았습니다. 문제될 게 아무것도 없었던 겁니다."

저런, 어째 이번 사건과 비슷하군요.

"그때도 애들을 대상으로 철저하게 인터뷰 조사를 했다더군요. 언제부터 몸이 안 좋아졌나. 어떤 식으로 안 좋았나. 주위 친구들 상태는 어땠나."

흠, 그래서요?

"그 결과, 최종적으로 한 여자애에 다다랐다고 합니다."

어이쿠.

"결론은 이렇습니다. 어느 날 아침, 한 여자애가 몸이 안 좋아졌다. 그 애를 보고 다른 애들도 같이 안 좋아졌다."

그게 전부입니까?

"네. 그게 전부였던 겁니다. 다만 이 사건의 경우, 전조가 있었습니다. 시골이긴 해도 옆 마을에 큰 공장이 있어 광화학 스모그가 발생하곤 했습니다. 사건 전날도 발생했던 걸로 기억합니다만, 그게 애들과 지역 사람들 머릿속에 있었던 모양입니다. 광화학 스모그는 몸에 해롭다는 인식은 있었다는 게 복선이죠. 문제는 그 여자애가 학교에서 눈에 띄는 존재, 다른 애들한테 동경의 대상이었다는 점입니다. 무슨 일이 있으면 모두 살짝 훔쳐보는 여자애. 선생님의 말이며 일어나는 일에 그 애가 어떻게 반응하는지 모두가 신경 쓰는 여자애. 바로 그런 애였던 거죠. 그런 애가 얼굴이 새파랗게 질려선 휘청거리는 걸 보고 다들 뭔가 이상이 발생했다고 동시에 생각했습니다. 실제로는 감기 기운 때문에 좀 어지러웠을 뿐이라고 합니다만."

그게 단숨에 연쇄 작용을…….

"네. 그런 경험 없습니까? 어렸을 때 유행성 독감 같은 걸로 휴교령이 내려진 적 있었을 텐데요. 그것도 그런 거죠. 처음엔 한두 명뿐인데, 다른 애들이 자기도 걸린 게 아닐까 의심하는 순간 눈 깜짝할 새 환자 수가 부풀어납니다. 그것하고 어쩐지 비슷하지 않습니까? 애들이 뭔가 이상이 발생했다고 생각했다, 그게 다른 반 애들한테까지 잇따라 전염됐다, 그렇게 된 겁니다."

당신은 이 사건이 그와 비슷한 현상이었다고 생각하시는군요?

"그것도 일부분 있으리라고 생각합니다."

그럼 나머지 부분은요?

"거기까지는 모르죠."

비디오테이프 이야기로 돌아가죠. 손님이 모두 탈출할 때까지 얼마나 걸렸습니까?

“글쎄요, 건물 안에 남겨진 사람들을 빼면 삼십 분이 채 안 걸리지 않았을까요.”

짧은 것 같기도 하고 긴 것 같기도 하군요.

“네. 하지만 도망치는 손님들 입장에선 분명 영원처럼 느껴졌을 테죠.”

그렇게 느끼신 분이 많았던 모양입니다.

“당신들은 사건의 전체상을 어떻게 파악하고 계십니까?”

아직은 아무것도 모릅니다. 이렇게 많은 분께 이야기를 여쭈면서 퍼즐 조각을 모으는 중이죠.

“하지만 대상자를 선별하시잖습니까? 미리 앙케트를 실시해 내용을 체크하고 뭔가를 기준으로 대상자를 선택하셨죠. 그 기준을 알 순 없겠습니까?”

죄송하지만 그건 불가능합니다.

“게다가 당신들은 대상자의 신변을 상세하게 조사한다는 인상을 받았습니다만. 비디오테이프만 해도 그렇습니다. 테이프를 본 사람이 소수로 한정되며 그중 한 명이 저라는 것까지 조사하고 접촉했죠. 솔직히 놀라운 정보망이라고 말씀드리지 않을 수 없군요.”

물론 대상자를 어느 정도 선별한다는 건 사실입니다. 객관적인 이성을 지녀 증언을 신뢰할 수 있는 사람인지, 조사 내용을 누설하지 않을 사람인지는 중요한 판단 요소이니까요.

"그야 그렇겠죠."

알겠습니다. 그럼 하나만 말씀드리죠.

물론 지금 드릴 말씀도 비밀을 지켜주시길 부탁드립니다.

"네, 압니다."

앙케트란 게 재미있어서 말이죠. 수백 장을 보다 보면 그걸 쓴 사람의 성격이 자연히 나타나거든요. 가령 거짓말을 썼다 해도 그 사람의 모습이 행간에 어렴풋이 드러나 있습니다. 글씨라든지 글투도 그렇고요.

"아아, 그럴 수도 있겠군요."

저희는 여백에 있는 걸 읽어내려 했습니다.

"여백?"

네. 쓰여 있는 말 외에 그 사람들이 느낀 바를요.

"어째 선문답 같아졌군요."

이상합니까?

"네. 조사의 목적이 더욱 알쏭달쏭해졌습니다."

당신은 변호사이시죠. 좋은 증인, 신뢰할 수 있는 증인은 직업상 잘 아실 텐데요.

"그렇죠. 형사 사건은 제 전문이 아닙니다만."

그렇지만 증인이란 게 원래 불확실한 거잖습니까? 인간의 눈은 애매해서 이렇게도 볼 수 있고 저렇게도 볼 수 있습니다. 그러니 자기가 본 걸 확신을 가지고 설명할 수 있는 사람은 그리 많지 않죠. 오히려 자기 기억의 모호함에 불안을 느끼는 증인 쪽이 저희한테는 중요한 겁니다.

"무슨 말씀이신지는 잘 압니다."

저희가 선택한 사람은 그런 분들입니다. 그러면서 이 사건에 대해 무의식중에 납득할 수 없는 어떤 것, 기묘함을 느낀다고 여겨지는 사람들이죠.

"납득할 수 없다."

네. 당신의 경우, 비디오테이프를 보신 분으로서 꼭 말씀을 여쭙고 싶은 것도 있었지만, 당신이 고문 변호사를 그만두셨다는 것도 요인이 됐습니다.

"아까도 말씀드렸듯이 그에 대해선 노코멘트입니다. 처음에 피차 확인했다고 생각합니다만."

네. 그럼 그냥 듣고 넘겨주십시오. 실은 저희가 듣기로 당신은 비디오테이프를 다 본 순간 자진해서 고문 변호사 팀을 떠났다던데요.

"……거짓말입니다."

그렇습니까?

"그게 아니에요. 테이프를 봤기 때문이 아닙니다."

상관없습니다. 저희도 최근 유행했던 저주의 비디오테이프 이야기를 하는 게 아니니까요.

"이거 참 난처하군요. 그런 것까지 조사했을 줄이야."

테이프의 어떤 부분이 불쾌하셨던 겁니까?

"테이프하곤 관계없다니까요."

말씀을 잘못 드렸군요. 그럼 다시 한 번 테이프를 본 인상을 말씀해주십시오.

"이거야 원. 당신, 검사檢事를 해도 되겠습니다."

알고 계시는지요? 당신은 아까부터 아직 한 번도 테이프의 내용을 말씀 안 하셨습니다. 손님이 도망치는 걸 봤다고만 하셨죠. 테이프의 내용을 언급하면 꼭 다른 이야기를 꺼내시는군요.

"그럴 의도는 없었는데 말이죠. 소위 도피일까요?"

지루한 테이프였다면 그럴 필요가 없을 텐데요.

"그렇게 몰아붙이지 마십시오. 그냥 생리적으로 불쾌했을 뿐입니다. 누구든 기분 좋을 리가 없잖습니까. 대형 참사가 찍힌 테이프고 희생자가 많이 나왔다는 걸 생각하면 소름이 끼친다고요."

희생자도 찍혀 있습니까?

"좀 있더군요. 사람들이 층층이 포개져 있는 장면이 몇 군데 찍혀 있었습니다."

아닌 게 아니라 보기 괴로운 영상이겠군요.

하지만 좀 전에 당신은 손님들이 모두 대피하기까지 삼십 분이 안 걸렸다고 말씀하셨습니다. 당신이 본 건 갑자기 뛰기 시작한 손님들과 쓰러져 있는 손님들. 그걸 제외하면 대부분의 영상은 아무도 없이 소방대원만 찍혀 있었을 텐데요.

"당신은, 당신은 그걸 안 봤으니까 그런 소리를 하는 겁니다! 그…… 그 검은 덩어리, 그게 에스컬레이터 밑에 쌓여 있는 사람들이라고 생각하면…… 아무리 구석이라 확실히 보이지 않고 한 사람, 한 사람 식별할 수 없다지만…… 그 거친 흑백 영상이 불현듯 떠오른단 말입니다. 거기 쌓여 있던 게 인간이란 기억과 함께. 그중 일부는 추락한 시점에 이미 살아 있지 않았습니다. 제가 그때 시체를 보고 있었다는 걸 생각하면……."

네.

"누구나 가는 곳입니다. 특수한 장소가 아니에요. 당신이나 당신 부인이었을지도 몰라요. 당신 어머니, 나였을 수도 있단 말입니다."

네.

"몹쓸 이야기입니다. 정말 너무나도 부조리하고 참혹한 이야기예요."

어째서 부조리합니까?

"네?"

당신은 왜 그게 부조리한 사건이라고 생각하십니까?

"아니…… 그렇잖습니까. 원인도 안 밝혀진 데다, 당신도 아까 납득할 수 없는 점을 느끼는 사람이 있다고 하셨잖습니까."

네. 그럼 당신도 납득할 수 없는 점이 있다고 생각하십니까?

"생각하고말고요. 애초에 왜 다들 한꺼번에 뛰기 시작한 거죠? 눈에 띄는 원인은 없었습니다. 그나마 원인이라 여겨지는 남자가 출현한 건 1층뿐. 그런데도 그때 2시 반경, 점포 내 몇 곳에서, 층도 위치도 각각 다른 데서 군중이 일제히 뛰기 시작했습니다. 대체 다들 뭘 피해 도망친 거죠?"

그게 사실입니까?

"그거?"

복수의 장소에서 군중이 동시에 뛰기 시작했다는 것 말입니다.

"그래요. 당신도 알 텐데요, 처음엔 계획적인 범행이라 생각됐다는걸. 몇 명이 점포 여기저기서 동시에 뭔가를 살포했다고 여겨졌다는걸."

네. 처음엔 그런 설이 가장 유력했죠.

"그래요. 그렇지만 그게 아니었습니다. '범인'으로 보이는 건 그 남자 한 명뿐. 나머지는 밝혀내지 못했죠. 그럼 그때 어째서 사람들이 동시에 도망쳤나. 이상하잖습니까?"

비상벨이 울렸기 때문 아닐까요? 대피하란 안내 방송이 나왔다고 들었습니다만.

"그런 방송은 분명히 있긴 했습니다. 하지만 그건 사람들이 뛰기 시작한 다음이었거든요. 사실입니다. 그러니 못 들은 사람도 많아요. 그땐 다들 이미 아비규환 속에서 죽기 살기로 도망치는 중이었으니까."

그것도 이상하군요.

아닌 게 아니라 같은 시각, 다른 장소에서도 손님들이 폭력 사태라고 착각한 사건이 일어났다는 건 알고 있습니다. 하지만 사람들이 도망친 건 한두 군데가 아니죠.

"네. 최소한 네 곳에서 도망치기 시작했죠. 다 다른 층이었으니 서로의 상황이 보였을 리가 없습니다."

경찰에선 뭐라던가요? 점포 측에선?

"이것저것 설은 있었어요. 가장 그럴싸했던 건, 각 층에 흩어져 있던 가족들이 휴대전화로 통화하다가 어느 한 층에서 도망치면서 그걸 가족한테 전했다, 그래서 다른 층에 있던 가족도 동시에 도망치기 시작했다 하는 설이었죠."

아아, 그렇군요. 아닌 게 아니라 그렇겠습니다. 가족이 흩어져서 쇼핑을 하다가 사건 발생 당시 휴대전화로 통화를 하고 있었다. 그렇게 생각하면 앞뒤는 맞는데요.

"그렇죠? 1층에서 가스가 살포됐다, 도망쳐라, 하면 다른 층에 있던 사람들도 당연히 도망치겠죠."

네.

"하지만 말이죠, 그럼 위층하고 시간 차가 나야 할 거 아닙니까? 1층에 있던 사람들도 무슨 일이 일어난 건지 바로 파악할 수 있었던 사람은 거의 없었고, 그 뒤 전화를 걸었다 쳐도 상대방이 전화를 받을 때까지 시차가 발생할 겁니다. 하지만 정말로 거의 동시였거든요, 손님들이 도망친 건. 어떻게 봐도 눈앞에서 무슨 일이 벌어졌다고 생각할 수밖에 없는 반응이란 말입니다. 다른 곳에서 폭력 사태로 착각한 사건이 있었다고 하셨죠. 그럼 거기 말고 다른 데서는? 그밖의 장소에선 무슨 일이 일어난 겁니까?"

그건 아직 알 수 없습니다.

다른 데서 무슨 일이 일어났다는 말은 아직 듣지 못했습니다. 남들이 도망치기에 자기도 덩달아 도망쳤다는 의견이 대다수 같더군요.

"음. 나머지 두 곳에서 맨 처음 도망친 사람은 대체 왜 그랬을까요?"

전문가는 공포의 전파란 말로 얼버무리더군요. 일리가 있는 말이란 건 인정합니다만.

"동시성입니까."

요샌 완전히 보편화된 말이죠.

"그렇긴 하지만 우리는 무의식중에 주위에서 온갖 정보를 얻고 있기도 하고, 또 생각해보니 다른 층의 소란이 전달될 수단이 하나 있군요."

그게 뭡니까?

"에스컬레이터입니다."

에스컬레이터?

"네. 계단이나 마찬가지로 에스컬레이터도 굴뚝 같은 것 아닙니까. 게다가 구석에 있는 계단하고 달리 에스컬레이터는 점포 중앙에 있죠. 귀라는 건 의외로 온갖 걸 듣습니다. 뒤에서 누가 무심코 한 말이라든지, 비가 오기 시작했다든지, 바람이 분다든지, 상사가 어쩨 분위기가 심상치 않다든지, 그런 여러 가지를 감지하거든요. 아파트에서도 어디서 현관문 여는 소리가 들리면 반사적으로 뒤로 물러나잖습니까? 다들 무의식중에 다른 주민하고 마주치는 걸 피하는 거죠."

그럼 손님들은 에스컬레이터를 통해 다른 층에서 일어난 일을 감지했다는 말씀입니까?

"그럴 가능성은 있습니다. 전원이 감지하지 못해도 상관없어요. 아까 애들 이야기처럼, 민감한 몇 명이 감지하면 주변에 전염됩니다. 집단 안에서 인간은…… 아니, 인간만이 아니라 동물은 개체로 있을 때와 다른 행동을 한다는 건 아시겠죠. 다들 그때 집단 속의 동물이었던 겁니다. 그 때문에 평소보다 민감했고, 충동적으로 행동했습니다."

그렇군요. 그게 피해를 키웠다는 말씀이죠.

"어느 시대나 감지하는 사람은 소수 아닙니까. 대부분의 사람은 그에 반응하는 것뿐이죠. 그러나 지금은 정보 기기가 그걸 증폭시킵니다. 패닉을 키워요. 자칫 잘못하면 지구 규모로 패닉이 확대됩니다. 작년 9·11 테러가 그랬잖습니까."

그렇죠.

그래서, 당신은 비디오테이프에서 뭘 보신 겁니까?

"……뭘 보다니요?"

당신이 불쾌감을 느낀 것 말씀입니다.

"이거야 원, 보아하니 뭔가를 고백해야 놔줄 모양이군요. 좋아요, 말하죠. 그저 무서워진 것뿐입니다."

뭐가 무서워지신 겁니까?

"M의 고문 변호사로 있다는 게 말입니다."

비디오테이프를 보고 말씀입니까?

"그래요. 겁쟁이라고 비웃으셔도 상관없습니다. 전 줄곧 기업간의 소송이나 기업 대 소비자의 재판 같은 일만 해왔습니다. 바꿔서 말하면 사람의 생사에 관련된 일을 해본 적이 없었던 겁니다. 솔직히 말하죠. 전 도망친 겁니다. 너무나도 많은 사람이 죽었고 비탄에 빠진 수많은 가족이 배후에 존재하는 사건에 관여하는 게 견딜 수 없어졌던 겁니다. 게다가 전 M 측 입장에 있었던 셈이니 조금이라도 M에게 유리하도록 온갖 전략을 짜내야 합니다. 물론 그게 제 직업이니까 그에 대해 이의를 제기할 생각은 털끝만큼도 없어요. 뭣보다도 그 사건이 전적으로 M의 책임이었는지 어떤지 그것도 의문이고 말이죠. 그러나 전 비디오테이프를 보면서 견딜 수 없어졌습니다. 거기서 도망치고 싶었습니다. 그래서 책임자가 아니란 걸 핑계로 꽁지 빠지게 달아난 겁니다."

그걸 후회하십니까?

비디오테이프를 보신 게 트라우마가 된 겁니까?

"글쎄요. 후회하는지 어떤지는 아직 모르겠습니다. 트라우마란 말은 이제 지겹군요. 별 경험도 없는 사람이 꼭 트라우마란 말을 쓰고 싶어 하잖습니까. 자신의 섬세함을 자랑하는 도구라고 생각하는 걸까요. 전 그저 그 사건에 얽히는 게 싫었습니다. 죽은 사람을 생각할 수밖에 없는 상황에 있다는 게 견딜 수 없어서 도망친 겁니다. 이제 만족하셨습니까?"

그럼 테이프에 관해 하나만 여쭙겠습니다.

당신이 죽은 사람의 모습에 혐오감을 느끼셨다는 건 잘 알았습니다. 그밖에 인상에 남은 것, 알아차린 것은 없으신지요?

"그밖에? 질문의 진의를 도통 모르겠군요. 어째 유도 심문을 하는 것처럼 보이기도 합니다만."

그건 지나친 생각이십니다.

뭔가 마음에 걸린 건 없으십니까? 작은 일, 사소한 일이라도 상관없습니다.

"음, 아까부터 계속 말씀드렸다시피 본 거라곤 달리는 사람들뿐이었으니 말이죠."

뭐든 상관없습니다.

"……어린애가 있었습니다. 부모랑 떨어졌는지 아무도 없는 점포 안을 어린애가 아장아장 걷더군요. 아직 한 서너 살밖에 안 된 것 같았습니다. 그래서 주위의 소란에도 영향을 받지 않았는지 어리둥절한 표정이었죠. 실제로 점포 내부는 아무 이상이 없었으니 생각해보면 그럴 만도 합니다만. 그러고 보니 그 애에 관해선 신문에도 안 나왔던데요. 무사히 부모를 찾았는지, 아니면 부모가 변을 당하지는 않았는지 좀 마음에 걸리는군요. 그러다 어디론가 가버리면서 화면에서 사라졌습니다만."

그 애를 다시 보면 알아보시겠습니까?

"아뇨, 그건 무리일 겁니다. 얼굴도 기억 안 나고…… 다만 손에 뭔가 들고 있었는데요. 맞습니다, 그게 먼저 눈에 띄었어요."

뭘 들고 있었습니까?

"잠깐만요. 봉지 같은 거였는데. 이런 식으로 손에 들고 질질 끌고 있었습니다. 인형은 아니고…… 뭐였지? 붉은색이고 축 늘어진…… 안 되겠습니다. 모르겠군요."

그밖에는?

"……."

시간은 많습니다.

기다릴 테니 찬찬히 생각해보십시오.

"실은 딱 한 가지, 마음에 걸린 게 있습니다."

어떤 겁니까?

"그렇지만 그런 사람은 저밖에 없는 것 같더군요. 다른 사람들을 관찰했는데 같은 걸 언급한 사람은 아무도 없었습니다. 그러니 제 기분 탓일 수도 있습니다. 전 좌우지간 비디오테이프 때문에 예민해져서 한시라도 빨리 그곳에서 달아나고 싶었으니까요."

눈에 보여도 못 알아차린다든지 구태여 말할 생각을 않는 건 종종 있는 일입니다. 그때까지 알아차리지 못했던 걸 누가 말하면서 모두가 인식하는 것도 흔히 있는 일 아닙니까.

"그렇긴 합니다만, 이 경우 너무 막연해서 말이죠."

그렇지만 느끼셨잖습니까?

"별건 아닙니다. 제가 마음에 걸렸던 건 손님들의 시선인데요."

시선? 도망치는 손님들의?

"그렇습니다. 다들 앞다퉈서 도망치는데……."

네.

"그중 몇 명이 꼭 똑같은 데를 보고 있는 겁니다."

네? 어디를요?

"글쎄요, 어디일까요. 처음엔 카메라를 보는 것처럼 느껴지더군요. 카메라가 어디 있는지 알고 도움을 요청하는 건가 싶었습니다."

그렇지만 도망치면서 카메라를 알아차릴까요?

"바로 그겁니다. 카메라는 손님 눈에 잘 안 띄는 곳에 설치돼 있단 말이죠. 그러니 그런 상황에서 카메라를 봤다고 생각하긴 어렵습니다."

그렇죠. 그게 대체 어느 부근입니까?

"시선으로 보건대 천장 근처에 있는 뭔가가 아닐까 싶습니다. 이렇게, 시선이 여기저기 떠돌다가 비스듬히 위를 향하는 겁니다. 거기 뭐가 있다는 건 확실합니다. 다들 같은 곳에 눈을 주니까요."

비상등이나 안내 표시가 아닐까요?

"저도 그렇게 생각했습니다. 하지만 설계도를 봐도 거기엔 아무것도 없더군요."

나중에 들어가 확인하실 수 없었습니까?

"안엔 못 들어갔습니다. 그럴 기회를 요구할 수도 있었겠지만, 안에 들어갈 용기가 없었습니다."

뭘 봤을까요?

"글쎄요…… 모르죠. 아무튼 전…… 전, 그 눈을 견딜 수 없어서."

어떤 눈이었는지요?

"아무것도 없어요."

아무것도?

"네, 아무것도. 공포도, 절망도 없었습니다. 모두 무표정한 겁니다. 도망치는 중인데도. 안색이 달라져 동물처럼 도망치는데도 무표정. 뭔가를 보고 있는데, 하지만 아무것도 보고 있지 않아요. 텅 빈 눈, 텅 빈 얼굴. 다들, 다들 똑같은 얼굴이었어요. 그 얼굴이 꼭 이쪽을 보는 것 같아서. 녹화된 영상인데도 바로 그 순간 점포 안에서 절 보는 것 같아서."

그게 섬뜩하셨다고요.

"그렇습니다. 그런데 아무도 못 알아차리는 겁니다. 이쪽을 보고 있다고 말해도 다들 '기분 탓이다' '우연히 얼굴이 그쪽을 향했을 뿐이다'라고만 하더군요. 전 오히려 그게 점점 더 섬뜩해진 겁니다. 여러 사람이 명백히 이쪽을 보고 있는데도 다들 아무것도 못 느껴요. 그걸 견딜 수 없었습니다."

알겠습니다.

불쾌한 기억을 떠올리게 해드려 죄송합니다. 마지막으로 하나만 더 여쭙겠습니다.

"그러시죠."

혹시 사건의 희생자 중에 아는 분이 계신 것 아닙니까?

"……."

어떻습니까?

"……처음부터."

네?

"처음부터 그게 목적이었군."

예?

"꽤나 멀리 우회했군요. 그것도 기술입니까?"

무슨 말씀이신지 모르겠습니다만.

"그럼 이렇게 말씀드릴 걸 그랬죠. 제가 죽였다고."

네?

"그런 고백을 기대했던 게 아닙니까. 비디오테이프니 뭐니 괜히 빙빙 둘러 질문할 것 없이 처음부터 그렇게 분명하게 묻지 그러셨습니까."

저, 무슨 뜻입니까?

"그래요, 제가 죽인 겁니다. 그래서 그 비디오테이프를 견딜 수 없었습니다."

당신이 그 사건을 일으켰다는 말씀이십니까?

"그래요."

어떻게? 당신이 어떻게 사건을 일으킬 수 있었다는 거죠?

"그게 아닙니다. 다른 손님들은 휘말린 것뿐입니다. 제가 죽이고 싶었던 건 한 명뿐입니다. 그 인간이 그날 그곳에 갔기 때문에 다른 손님들까지 희생된 겁니다."

그 사람이 누굽니까?

"그건 말씀드릴 필요가 없을 것 같군요. 당신들하곤 상관없는 일이니까. 그날 제가 오랫동안 미워해온 인간이 거기 있었습니다. 전 그 인간을 죽여버리고 싶었습니다. 그날 그걸 실행에 옮길 생각이었습니다."

당신은 그날 그곳에 가실 계획이었던 겁니까?

"그건 아닙니다. 하지만 그날 그 인간을 만나기로 돼 있었죠. 그 인간은 절 만나기 전에 그 점포에 간 겁니다."

당신은 그날 그곳에 갔습니까?

"아뇨."

그럼 당신과 그 사건은 무슨 관계입니까?

"그러니까, 전 그 인간을 미워했습니다. 그 때문에 사건이 일어난 겁니다. 공포와 증오가 전파된 겁니다."

죄송합니다만 정말 그렇게 믿으시는 겁니까?

"네. 그럼 안 됩니까?"

당신은 그렇게 생각하고 싶으신 거군요. 당신이 범인이라고. 그 사건은 당신이 일으켰다고. 이유가 뭐죠?

"그렇게 생각하고 싶은 게 아니라 사실이 그런 겁니다. 제가 그 인간을 죽이려고 했던 걸 용케 알아내셨군요."

오해 마십시오. 저희가 어떻게 생각했는지 설명드리죠. 당신이 비디오테이프를 거부한 건 희생자 중에 아는 사람이 있었기 때문이 아닌가 하는 의견이 있었습니다. 하지만 당신과 상대방의 관계까지는 모릅니다. 적어도 희생자 중에 혈연은 없었죠.

"그렇죠. 혈연은 아닙니다. 생판 남입니다."

그 인물을 테이프에서 보셨습니까?

"……봤다고 생각합니다."

어디쯤에서 보셨는지요?

"도망칠 때입니다."

그 인물을 봤기 때문에 고문 변호사를 그만두신 겁니까?

"네, 그래요. 그 인간이 절 봤구나 싶었습니다."

당신을 봤다고요?

"네. 그 인간하고 눈이 분명히 마주쳤습니다."

그런 것처럼 느껴지셨군요.

"아뇨, 그게 아닙니다. 테이프를 보는데 그 인간이 저하고 시선을 맞춘 겁니다."

아, 예.

"게다가…… 그 인간은 절 보고 웃었습니다."

네?

"절 보면서 조소했어요. 제가 자기를 죽이려 한다는 걸 알고 실행에 옮기지 못한 절 비웃은 겁니다."

그런 느낌이 드셨군요.

"네, 그랬습니다."

당신 결론은 이겁니까? 그 사건은 당신 잘못으로 일어났다, 당신의 살의에 수많은 사람이 말려들었다고?

"제가 일을 그만둔 건 무서웠기 때문입니다."

왜죠?

"기뻐할 것 같았거든요."

기뻐한다고요? 뭘 말씀입니까?

"그 인간이 죽은 걸 말이죠."

무서우셨던 게 아닙니까? 섬뜩하셨던 게 아닌가요?

"그야 그렇죠. 그렇게 많은 사람이 죽었는데, 저 혼자 그 인간이 죽은 걸 내심 기뻐하고 있었으니까요. 당신이라면 어떻게 생각하시겠습니까? 그런 자기가 혐오스럽지 않을까요? 수많은 사람이 죽은 걸 보고 생리적 혐오감을 느끼면서도 불쾌한 인간이 죽었다고 좋아하는 자기 자신을 혐오하지 않겠습니까? 전 비디오테이프를 보면서 혐오감을 느끼면서도 얼굴 근육이 누그러지는 걸 억누를 수 없었습니다. 그냥 됐으면 너무 좋아서 웃음이 날 것 같았어요. 그런 저 자신이 무서워 견딜 수 없었습니다. 어때요? 제가 미친 것 같습니까? 당신은 없어요? 죽어버렸으면 하는 녀석? 아까부터 당신 얼굴에 쓰여 있단 말입니다. 제가 죽였단 말을 꺼냈을 즈음부터 이거 터무니없는 녀석을 인터뷰하는 게 아닌가, 겉으론 멀쩡해 보이지만 실은 위험한 녀석한테 걸린 게 아닌가. 자, 어디 솔직히 말해봐요. 남한텐 별 이야기를 다 시켜놓고."

아니, 그런 건…….

"그렇죠? 무리할 것 없습니다. 하지만 당신은 절 미쳤다고 할 자격이 없을 것 같은데 말이죠. 당신은 많은 사람이 죽든 말든 상관없잖습니까? 제가 비디오테이프에서 시체를 보고 혐오감을 느끼든 말든 아무래도 상관없죠. 당신들은 학술적으로 이 사건을 분석하고 연구하는 게 목적인 것 같으니까요. 제가 보기엔 그게 훨씬 더 이상합니다. 아니, 우리 모두 이상한 겁니다. 인간의 죽음에 점점 둔감해지죠. 교통사고로 한두 명쯤 죽은들 신문에 나긴 할지. 수천 명, 수백 명 죽지 않는 한 신경도 안 써요. 그런 주제에 언론은 한 사람의 목숨이 지구보다 소중하다느니 뭐니 염치도 없이 그런 소리를 합니다. 언론이 이 사건 때문에 얼마나 기뻐했는지 전 기억합니다. 수수께끼에 싸인 대량의 죽음, 정체불명의 대형 참사. 자신도 말려들 수 있었던 비근한 죽음. 얼마나 스릴 넘칩니까? 다들 기뻐 어쩔 줄 몰라 하더군요. 언론도, 시청자도 다음 참사를 기다리고 있습니다. 그리고 다음 참사가 일어나면 그쪽으로 몰려가 M에서 죽은 수많은 사람들, 지금도 입원 중인 사람들, 끝없이 이어지는 소송 따위 까맣게 잊어버릴 테죠. 이상하지 않습니까?"

그건 지금 저희가 이야기하는 내용과 상관없다고 생각합니다만.

"과연 그럴까요. 제 생각은 다른데요. 결국 우리가 죽인 겁니다, 그 비디오테이프에 찍혀 있던 많은 사람을. 당신들도 공범입니다. 우리가 다같이 그들을 죽인 겁니다."

어떻게 말씀입니까.

"이미 여러 번 설명드렸을 텐데요. 증오의 전파, 공포의 전염으로 말입니다. 아니면 우리 모두의 기대 탓이라고 해도 될 테죠. 이렇게 폐쇄된 시대에 다들 무슨 일이 벌어지길 기대하고 있었습니다. 일상을 잠시 잊고 열중할 수 있는 사건을 모두가 기다렸던 겁니다."

우리가 그 사람들을 죽였다고요.

"그래요. 당신도 그중 한 명입니다."

죽은 사람은 친구분이셨습니까?

"아닙니다. 그런 인간이 친구는 무슨. 육 년 전에 헤어져 다른 남자하고 재혼한, 한때 내 아내였던 하찮은 여자입니다."

어디 갔었어?

"담배랑 술 사왔어. 넌 맥주면 되지?"

자몽 주스는 왜?

"술이랑 번갈아 마시면 개운하거든. 요새 자몽 주스랑 섞어 먹는 게 유행이잖아? 실제로 과즙이 숙취에도 좋다고 그러고."

그런 걸 신경 쓸 정도면 그렇게 많이 안 마시면 될 거 아냐.

"조절이 돼야 말이지. 마시기 시작하면 계속 마시게 되는 걸 어떡해."

혼자 마실 때도?

"이상하게 혼자 마실 땐 별로 못 마시겠지 뭐야. 일 끝내고 한잔 하는 정도로 만족하게 되던걸. 왜 남이랑 같이 마시면 그렇게 많이 마시게 되는 걸까 몰라. 일종의 대인공포증일까. 술을 마시다 보면 긴장도 풀리고, 즐겁고 친밀한 분위기인 것처럼 착각하게 되잖아."

술자리란 게 원래 에너지가 필요하지. 사람도, 분위기도 열기를 띠게 되니 말이야. 흥겨운 술자리엔 엄청난 파워가 있어. 목소리도 커지겠다, 실제로 칼로리를 소비하지 않을까. 그러니까 에너지를 유지하려면 술이란 연료를 계속해서 보급해야 하는 걸지도. 불 피울 때도 활활 타오르기 시작했을 때 장작을 팍팍 넣어줘야 하잖아?

"아아, 정말 그럴지도. 그 에너지, 어떻게 활용할 방법이 없을까. 분위기가 무르익으면 조명이 밝아진다든지, 전골냄비의 화력이 세진다든지."

아하하.

"오오, 저 방 밝은 것 좀 봐, 무르익었나 보군, 하고 멀리서 봐도 알 수 있어. 좋아, 우리도 뒤질 순 없지, 하고 다른 방 간사가 경쟁의식을 불태워."

그럼 무르익지 않는 방은 어두워지고?

"응. 재미없는 접대 같으면 전골냄비의 불이 훅 꺼져. 손님, 안됐군요, 저희 가게는 불이 꺼지면 그걸로 끝이라 말입니다, 그럼 계산하시죠, 하는 거야."

너무하네. 그 기분 나쁜 건 뭐야?

"화이트 러시안."

보드카에 우유?

"우유는 위벽을 보호해준다고."

진짜 그런 술이 있어?

"코엔 형제 영화에서 봤어."

그걸 마시고 나서 자몽 주스를 마시면 위 속에서 우유가 굳지 않을까. 전에 그런 과자 있지 않았어?

"우유 젤리? 그건 한천이 들어가서 굳는 거 아냐? 괜찮아. 메뉴에 칼루아 밀크가 있는 바는 대개 시가時價의 과일 안주도 있잖아."

아, 그런가. 아니, 그렇지만 그건 얼마 안 되잖아.

"뭔지 몰라도 엄청난 일 한다며? 소문 들었어. 꽤 오래 하네, 그 일."

그 이야긴 됐어. 네 일 이야기나 하자.

"안주 좀 만들까? 깡통밖에 없지만. 정어리랑 콘비프. 아, 그러고 보니 치즈도 있네. 미리 말해두는데 그렇게 고급은 아냐."

아니, 됐어. 이 집, 아직 쓰는구나.

"응. 솔직히 원고 쓸 땐 여기가 더 편하거든. 여기 있으면 마음이 놓여."

학교 다닐 때부터 있었잖아? 인기 드라마 작가면서. 아차, 방송작가였던가?

"둘 다. 여기, 방세가 이십 년째 똑같거든. 하다못해 버블 전성기 때도 그대로였지 뭐야."

우에하라에 있는 아파트는?

"일주일에 그쪽 닷새, 이쪽 이틀쯤 될까. 그냥 그 정도."

혼자만의 공간에 찾아와서 미안한걸. 가족은?

"데리고 온 적 없어. 뭐, 유사시를 대비해 주소는 알고 있지만 다들 구태여 올 생각을 안 하나 봐. 괜찮아, 너처럼 여기서 마시고 가는 사람도 간혹 있으니까. 엔간한 바보다 편하다더라."

맞아. 절대로 어디 있는지 안 들키고 말이지. 요샌 뭘 써?

"오늘은 시놉시스 쓰는 중. 멍하니 있었어."

수요일 9시 드라마 쓰지? 시청률은 어때?

"그럭저럭. 합격선에 턱걸이한 정도? 그렇지만 이번 시즌은 드라마마다 죄 성적이 나쁜 모양이야."

다 쓴 거야?

"이제 최종회만 남았어."

용케 그런 걸 쓴단 말이지. 무섭지 않아? 자기가 쓴 거에 곧바로 수치가 나오는 셈인데.

"오히려 그게 스릴 있고 재미있을 때도 있어. 타격을 받을 때도 많지만. 게다가 지금은 뭐가 히트를 치는지 알 수 없으니 말이야. 거의 재수 아닐까 싶기도 해. 다들 필사적으로 성공 방정식을 찾아내려고 하는데, 유행의 주기가 워낙 짧아져서 한 시즌이 끝날 즈음엔 세계가 아예 딴 세상이 돼 있어. 주연 배우의 포지션이랑 인기의 영향도 있고, 세태도 있고, 시청자의 기분도 있고. 요샌 거의 기분 아닐까."

흠, 녹록치 않은 세계군.

"응. 쓰는 쪽도 소모되는 데다 밑에서 계속 치고 올라오고 말이지. 드라마는 횟수랑 개수가 일정한데 드라마작가는 계속 나오지, 예비군도 엄청 많거든. 다들 왜 그렇게 드라마작가가 되고 싶어 하는 걸까."

의자 뺏기 게임이군.

"바로 그거야."

요샌 드라마작가의 시대라고들 하잖아.

"글쎄. 그게 언제 적 이야기야? 앞으론 팀 단위의 공동각본이 대세일 것 같은데. 옛날엔 그랬고 지금도 있긴 하지만 앞으론 더 하지 않을까. 미국은 벌써 다 그렇고. 그렇지만 예산이 달라도 너무 달라. 저쪽엔 전세계에 판매할 공산이 있으니까 돈 좀 들여도 수지가 맞거든."

일본의 콘텐츠도 요새 주목받고 있잖아. DVD가 주류가 됐으니 영어랑 일본어 자막을 붙여주면 좋을 텐데. 요즘 일본 영화는 다들 중얼중얼 말하니까 대사를 못 알아듣겠더라. 보는 나도 슬슬 난청 기미가 있으니 젊은 애들은 뭔 말을 하는지 도무지 못 알아먹겠던걸.

"중얼중얼 말하는 게 '자연스러운' 느낌이 들어 그런 거 아냐? 어째 그럴싸하게 보이기도 하고, 잘하는 것처럼 느껴지는 거야."

앞으로 노년층이 늘어날 텐데 일본 영화에도 일본어 자막을 붙여야 한다고 봐.

"응. 귀가 안 들리는 사람도 있고 말이지. 그렇지만 미국 사람은 자막 같은 거 안 봐. 자막을 읽어가면서까지 외국 영화 보겠단 사람은 뉴욕에나 있을까."

그래?

"응. 유럽 사람들은 읽지만."

작풍이 다양하던데. 형사 드라마도 있고, 코미디도 있고. 이런 것도 하는구나 싶을 때가 많아.

"너무 여러 우물을 판다는 말도 들어. 둘 중 하나 아니겠어? 계속 변해가거나, 누가 봐도 알 수 있는 스타일을 확립하거나."

살아남기 위해서?

"개인적 의견이지만."

한 회 쓰는 데 시간이 얼마나 걸려?

"머릿속에 대강의 흐름이 잡혀 있으면 하루 내지 이틀."

어, 그렇게 금방?

"다들 아마 비슷할걸. 다른 사람들 경우는 잘 모르긴 하지만."

방법론 같은 게 있는 거야? 난 이렇게 쓴다, 하는 식으로.

"딱히 없지, 아마. 쓰기 시작할 땐 늘 전에 어떻게 썼는지 기억이 안 나. 이번에도 쓸 수 있을까 불안해지고."

저런, 무섭겠는데.

"응, 무서워. 이것저것 생각하기 시작하면 잠이 안 와."

그런 땐 어떻게 해?

"그때그때 달라. 산책도 가고, 술 마시러도 나가고, 줄담배도 피우고."

뭔가 의식 같은 건 없어? 목욕을 한다든지, 선반 위의 물건을 바꿔 놓는다든지. 그런 이야기 많잖아. 마당에서 죽도를 휘두른다든지.

"그거 완전 문호인걸. 없어, 그런 거. 습관을 들여서 조건반사로 쓸 수 있게 하는 것도 아닌 게 아니라 방법이긴 하지만, 그랬다간 언젠가 그 방법이 안 통하게 됐을 때가 무섭지 않아? 조건반사로 못 쓰게 되면 그땐 어쩌냐고."

슬럼프도 있어?

"그렇게 사치스러운 거 없어. 슬럼프가 있다는 건 술술 써질 때도 있단 말이잖아. 그런 거 있으면 좋게? 맨날 슬럼프라고. 쥐어짜고 또 쥐어짜다가 전에 버린 것 중에 뭐 써먹을 게 없나 늘 뒤적거리는걸. 꽁초 줍는 거랑 비슷한 분위기."

하하. 오랜만인걸. 그래, 그러기도 했지. 그나저나 아직도 피우는구나.

"쓰기 시작하면 아무래도 피우게 되더라고. 그래도 요샌 밤새도록 피우면 가슴이 답답해져서 줄이려고 노력 중이긴 해. 집에선 안 피워."

동맥경화가 걱정되는군.

"그러게. 넌 끊었어?"

응, 평소엔 안 피워. 일 끝날 때만 한 대 피우고.

"그 정도가 제일 맛있지. 뻑뻑거리는 게 목적이 되면 맛도 안 느껴져."

그러고 있으니까 학창시절하고 변한 데가 거의 없는걸. 그때 이미 일하고 있었잖아.

"응, 이 집에서. 그러니까 여기 있으면 곁다리로 학생 노릇 하던 시절의 기분 그대로야. 일 시작한 지 벌써 몇 년 됐다는 게 가끔 안 믿길 때가 있어."

그렇겠군.

"너 휴대전화는?"

음성사서함으로 해놨어.

"뭐야. 혹시 무슨 연락 기다리는 건가 싶었거든."

아니, 그렇지 않아. 그렇게 보였어?

"그냥. 아니면 됐고."

이런 데 와서 일하진 않아.

"아니, 그런 뜻이 아니라. 실은 이 집, 휴대전화가 불통이거든."

어? 왜?

"봐봐. 안테나 없지?"

아, 정말이잖아. 도심인데. 하긴 도회지에서도 잘 안 터지는 데가 있긴 하더라.

"응. 여기가 딱 블랙홀이야. M이란 큰 마트 있잖아? 나가는 길에 보이는 거기. 2월에 그런 큰 참사가 있고 나서 지금은 영업 안 하지만. 보아하니 지형이랑 입지 문제로 그 건물이 전파를 가로막는 모양이야."

아무리.

"다른 원인이 또 있을지도 모르지만 아무튼 이 집, 아니, 이 건물 전체에 휴대전화가 안 터져. 진짜야. 전화기 들고 건물 안이랑 주위를 걸어 다녀봤는걸."

꼭 거짓말 같은 이야기군. 도시괴담으로 있을 것 같아.

"섬 같은 데 가면 산 저편이랑 이쪽이랑 연결되는 게 다르더라. 차폐물이 있느냐 없느냐로 명쾌하게 나뉘지. 아아, 역시 전파는 실재하는구나, 하고 묘하게 납득되던걸."

흠. 그럼 주민은 곤란하겠어.

"그게 그렇지도 않아. 아래층에 사는 사람들은 죄 노인이라 휴대전화랑 연이 없고, 이게 참 재미있는 이야긴데 휴대전화가 안 터진다는 말을 듣고 일부러 이사 온 사람도 있대."

그거 수상쩍은걸.

"요샌 연락이 안 된다는 핑계를 대기 어려워졌잖아. 전파가 안 미치는 곳에 있고 싶은 사람도 개중 있지 않겠어? 그것 때문에 여기, 옛날엔 대학생들만 살았는데 요샌 학생이 안 들어와. 요즘 세상에 휴대전화가 없으면 살 수 없는 건 회사원도, 여고생도 아니고 대학생이니까. 휴강이니 미팅이니 같은 업무 연락이 이젠 죄 문자로 오니 말이야."

흠, 힘들겠어. M에서 쇼핑한 적 있어?

"아니, 없어. 가까워 보여도 실제론 보기보다 거리가 있는 데다, 어차피 이 집 냉장고엔 맥주나 넣는 정도라 그렇게 큰 마트에 갈 필요가 없거든."

근처에 편의점은 있고?

"두 군데."

그럼 M에 들어가 본 적이 없구나.

"응. 이상하지? 건물은 그냥 남아 있는데 이제 아무도 없다니."

그 건물을 처음 봤을 때, 사건이 일어나기 훨씬 전이었는데도 비석으로 보였다는 사람이 있더라.

"그렇네. 그러고 보니 대학 다닐 때 선샤인 60을 보고 그런 생각 했었는데. 친구가 졸업논문 쓰기 전에 테마로 다룰 문호의 묘에 참배한대서 따라갔었거든. 조시가야 묘지에서 비석 앞에 서서 참배했다가 고개를 들었는데, 하늘에 그거랑 똑같이 생긴 거대한 비석이 있지 뭐야. 순간 오싹했는데 다시 보니까 선샤인 60이었어."

아아, 그렇군. 조시가야란 말이지. 문호는 누구?

"잊어버렸어."

여기, 사건이 있기 전부터 휴대전화가 안 터졌어?

"그걸 잘 모르겠어. 원래 여기 올 땐 전화를 음성사서함으로 돌려놓는 버릇이 있었거든. 그래서 이 집에선 전화기를 꺼내본 적이 없었는데, 초봄에 우연히 재계약 때문에 집주인이랑 통화할 기회가 있어서 꺼냈던 거야."

그럼 이제 곧 소문이 나겠어. M에서 죽은 사람들의 저주로 전파 장애가 발생하게 됐다고.

"그때 다들 휴대전화로 구조를 요청했는데 통화가 안 됐기 때문이란 거지?"

그렇지. 아니면 사건이 발생한 시간이 되면 구조를 요청하는 전화가 온다든지.

"아이고, 싫어라. 안 그래도 전화는 무서운데."

응, 무섭지. 유선전화도 무섭지만 휴대가 가능하게 된 전화도 무서워. 전화는 늘 정신이 말짱하잖아.

"정신이 말짱하다고?"

응. 내가 술을 마시건 울건 졸건 전화는 늘 말짱하지. 휴대전화는 꼭 술자리에서 혼자 안 취한 녀석 같아. 그래서 전화벨이 울리면 어색한 거야. 정신이 말짱한 녀석은 무섭잖아. 말짱하니까 불평도 못 하고.

"아닌 게 아니라 그렇네. 흠, 재미있는걸. 전화만은 늘 정신이 말짱하다."

어째 자기가 바보처럼 느껴질 때가 있지.

"착신전환 기능이라고 있잖아? 집으로 온 전화를 돌려서 받는 거. 그거 기분 나쁘지 않아?"

왜?

"어째 싫잖아. 기계한테 감시 받는 것 같고. 자기 집 전화가 '쳇, 짜식, 집에 없군. 그렇다고 놔줄 줄 알고? 기필코 찾아내고 말겠어' 하고 부하한테 연락해."

부하라니, 휴대전화 말이야?

"응. 〈2001 스페이스 오디세이〉가 생각나지."

HAL?

“응. 도중에 HAL의 시선으로 승무원을 보는 장면이 있잖아? 입술을 읽어 무슨 말을 하는지 엿듣는 장면.”

그래, 있었지.

“어쩐지 그런 이미지랄까. ‘어딜 가든 뻔히 다 안다’ 하는 것 같다고 할지, 아무 말도 않지만 내내 지켜보는 느낌.”

응. 결국 개인을 포위하는 방향, 가둬놓는 방향으로 몰아넣는 게 사회의 진보 같다니까.

“자기들이 만든 거한테 감시당하는 거야.”

최종회는 어떻게 돼?

“뭐?”

지금 쓰는 드라마.

“혹시 지금까지 본 거야?”

응. 녹화해놨다가 봤어.

“오늘 만나니까?”

그것도 있지만 그냥.

“어떻게 됐으면 좋겠어?”

벌써 정해졌어?

“응, 일단.”

해피엔드?

“글쎄. 요샌 어떤 게 해피엔드인지 알 수 없잖아.”

옛날 연속극은 최종회에서 문제가 죄 한꺼번에 해결되고 해피엔드를 맞이하는 게 많았잖아? 그게 늘 이상했어. 그런데도 자꾸 보게 되고, 그러다 결국 납득하게 되고.

"난 납득 안 되던 쪽. 왜 여기서 화해를 하는 건데 싶고, 지금까지 그렇게 뻗대다가 최종회라고 갑자기 말귀가 좋아지는 거 이상하지 않아? 싶었지."

옛날부터 비뚤어진 애였구나.

"그렇지, 뭐. 나 같으면 이렇게 끝내겠다든지, 그런 생각 많이 했었어."

그게 지금 직업으로 이어진 건가?

"그럴지도 몰라."

그래서, 해피엔드야?

"오늘따라 끈질기네? 해피엔드였으면 좋겠어?"

응. 드라마는 드라마니까 기분 좋게 끝났으면 좋겠어.

"생각해볼게. 지금은 드라마 끝내기가 쉽지 않은 시대잖아. 해피엔드로 만들면 사실성이 없다는 둥 부자연스럽다는 둥 하니까. 데드엔드면 안 그래도 세상 살기 고달픈데 꿈 좀 꾸게 해주면 어디 덧나느냐고 하고."

까다롭군.

"응. 속편 만들려고 그런다는 둥 스폰서의 의향 때문이라는 둥 귀신같이 눈치채고 말이야."

다들 잘 아는구나.

"일본 사람은 메타픽션도 사이코도 이미 소화했으니 말이지."

그거 사실 엄청난 일이지 않아? 말로 보편화되다니. 사이코패스란 게 원래 보통 사람이 알 말이 아닌데, 그게 누구나 아는 말이 된 셈이잖아. 성희롱이며 스토커도 그렇고. 전엔 그런 존재를 막연히 감지하기만 했는데, 말이 되는 순간 갑자기 인지되지. 거꾸로 획일적인 꼬리표가 되기도 하지만.

"말은 무서워."

맞아. 취재 같은 것도 자주 해?

"응, 뭐. 프로듀서라든지 스태프 몇 명이랑 같이 취재도 하고, 자료도 읽고, 인터뷰도 하고. 그렇지만 취재에 많이 의지하진 않아."

세세한 데가 틀렸다느니 뭐니 그런 항의가 들어오진 않고?

"항의는 많이 받지. 그렇지만 어차피 픽션이고 판타지인데 일일이 신경 쓰다 보면 한이 없어. 다큐멘터리랑 드라마의 차이가 뭔지 알아?"

각본이 있고 없고 아냐?

"다큐멘터리라고 각본이 없는 건 아냐. 내 생각에 다큐멘터리는 보이는 픽션이고 드라마는 보이지 않는 픽션인 것 같아."

보이는 픽션?

"실재하는 픽션이라고도 할 수 있을까. 교통사고가 발생했다. 목격자가 증언했다. 목격자는 분명 그 자리에 있었고 실제로 사고가 일어나는 걸 봤다. 목격자는 곧잘 있는 요즘 젊은이의 무모한 운전 탓이라고 했다. 하지만 기억은 거짓말을 하는 데다, 그 사람의 지식이며 선입견으로 하는 말이 달라지거든. 아닌 게 아니라 운전자는 젊은 사람이었고 머리를 염색했어. 하지만 운전자가 스트레스가 많은 직업이라 흰머리가 눈에 띄어서 염색했다든지 부모가 쓰러져 서두르는 중이었다는 걸 알았다면, 목격자는 그런 말을 안 했을 거야. 사진도 트리밍에 따라 피사체가 전혀 다르게 보이거든. 역사적 특종이란 사진이 알고 보니 트리밍 때문에 잘못 해석된 거였더라 하는 사례도 있잖아. 그러니 사실이라 불리는 것도 실은 거짓말을 해."

사실도 거짓말을 한다?

"응, 내 생각엔."

그럼 어떻게 사실을 알아내야 하지?

"글쎄. 사실이 하나가 아니고 여러 개란 걸 인식하는 수밖에 없지 않을까. 사람 눈의 수만큼 사실이 존재하는 거야."

사람 눈의 수만큼. 그럴지도 모르겠네.

"맥주, 냉장고에 더 있어."

응, 마실게. 또 그 괴상한 술 마시려고?

"익숙해지면 맛있어. 마셔볼래?"

아니, 그만둘래. 정어리 통조림 먹어도 될까.

"응. 그럼 잠깐 데우자."

미안.

"뭔가 요기를 하긴 해야지."

M은?

"응? 무슨 말 했어?"

M에 대해 어떻게 생각해? 그건 어떤 사건이었을까?

"아직 원인 불명이잖아? 기분 나쁜 사건이지. 신흥 종교 집단의 소행이란 소문이 사실일까. 하지만 가스의 흔적은 없었다며?"

아무것도 알아낸 게 없는 모양이더라.

"실은 나, 그날 여기 있었거든."

사건이 있었던 날? 내내?

"응. 엄밀히 말하면 그 전날 밤부터."

일 때문에?

"응. 상황이 엄청 절박했거든."

드라마?

"응. 봄부터 시작한 드라마 첫 회가 도무지 써져야지. 마감은 진즉에 지났는데 써질 생각을 안 해 진짜 절박했어."

상상만 해도 무서운 일이네.

"배우도 다들 스케줄 잡아놨는데, 정말 기분 최악이었어. 그래서 그 전날 밤 도망치듯 여기로 온 거야. 내일 밤까지 찾지 말라고 하고."

일 관계자들은 여기 몰라?

"몰라. 이런 데가 있다는 건 알지만."

그럼 스태프도 당황했겠어.

"각오는 돼 있지 않았을까. 하루만 더 기다려달라고 문자는 보내놨으니까."

비장한 기분이었어?

"아주 많이. 이게 마지막 보루란 느낌이었지. 좌우지간 어떻게든 해야 할 상황이었어."

전날 밤 여기 온 게 몇 시쯤이야?

"10시쯤 됐을까. 도중에 마일드세븐 한 보루랑 주먹밥, 초콜릿을 잔뜩 사왔어. 책상 앞에 앉으면 바로 쓰자고 단단히 결심하고 왔거든. 뭐든 상관없으니까 일단 쓰기 시작하고 보자, 그런 절박한 심정이었어."

상당히 비장하네.

"하나도 못 썼으니까. 말 그대로 백지 상태. 콩트든 뭐든 좌우지간 원고지 한 장은 메우자고 생각했어."

줄거리는 정해져 있었고?

"응, 줄거리는. 출연진이 먼저 정해진 것도 있어서."

그래서 정말 한 장 썼어?

"그게 말이지, 기억나는지 모르겠지만 그날 엄청 추웠잖아? 그래, 맞아, 그 무렵 한파가 닥쳐서 밖에 나가기 귀찮아 한동안 여기 안 왔거든. 그랬더니 방이 꼭 냉장고 같더라고. 아랫집 사람도 집에 없었는지 바닥에서 냉기가 스멀스멀 올라와서 발만 들었다 놨다 하는 사이에 순식간에 한 시간이 지났지 뭐야. 애 태우랴, 추위에 떨랴 하느라 패닉에 빠졌지 뭐. 결국 여기에 와도 한 장을 못 쓰는구나, 여기 오면 어떻게든 될 거라고 한 가닥 희망을 걸고 있었건만 안 써지는구나. 방은 따뜻해졌는데 그래도 안 써져. 사람이 궁지에 몰리니까 정말 꼼짝을 못 하겠더라. 여기 앉아서 책상 위로 깍지 끼고 그림같이 앉아 있었어. 옆에서 봤으면 넋 나간 것처럼 보였을지도 몰라. 조용했어. 아주 조용했어. 그렇게 꼬박 스물네 시간 앉아 있었어. 이 방이 세상의 전부인 것 같았어."

커튼은 치고 있었어?

"응. 내내 치고 있었어. 그날은 아주 추운 날이었거든. 바람도 안 불고 휴일이라 시간 감각도 없었어. 평소엔 커튼을 치고 있어도 밖이 환해지는 걸로 시간 경과를 알 수 있게 마련인데 그날은 그런 것도 모르겠더라. 낮인지 밤인지도 알 수 없었어. 스물네 시간이 한 열 시간처럼 느껴지던걸."

엄청난 집중력인데.

"쓸 때는 집중했지만 그 외엔 그냥 멀거니 넋 놓고 있었어. 너무 무서워서 꼼짝도 할 수 없었어. 생각나는 거라곤 최악의 사태뿐이고. 뭐라고 변명해야 할까, 무슨 소리를 들을까, 두 번 다시 일을 못 받진 않을까. 계속 나쁜 방향으로만 생각이 흘러서 식은땀만 흘리고 있었어. 플롯을 짠다든지 시퀀스를 만드는 단계는 이미 지났으니 이젠 대사를 쓰는 수밖에 없는데, 장면이 전혀 떠오를 생각을 안 하는 거야. 난 첫 장면이 안 떠오르면 못 쓰거든. 정신이 들어보니 어느새 새벽 5시쯤 됐더라. 한 줄도 못 썼는데. 변명할 말만 궁리하는 사이에 아침이 됐지 뭐야."

눈 좀 붙일 생각은 안 했어?

"졸리지 않았어. 너무 무서워서. 원고를 다 쓴 다음에야 잘 수 있다는 걸 아니까 잘 생각은 눈곱만큼도 안 들었어."

기분 전환을 해보잔 생각은? 잠깐 산책을 한다든지. 따뜻한 커피를 사온다든지.

"기분 전환이란 건 작업이 시작돼야 할 수 있는 거잖아. 집중해서 작업하다가 한숨 돌리는 거라면 말 되지. 그렇지만 아무것도 시작한 게 없고 어쩌면 좋을지 알 수 없는 때는 기분 전환을 하려야 할 길이 없거든. 그래도 물 끓여서 차 마시고 주먹밥을 먹고. 그러고 나니까 그제야 배짱이 생기더라. 어쩔 수 없다, 첫 장면이 떠올라야 뭘 해도 할 수 있다. 그렇게 포기하고 그냥 첫 장면이 나와주길 하염없이 기다렸어."

그런 건 어떻게 나오는데? 우연히? 아니면 여러 개 생각해놓고 그중에서 골라?

"글쎄. 내가 궁금한걸."

그렇지만 그때도 최종적으론 나온 셈이잖아? 몇 시쯤 생각난 거야?

"그 장면을 쓰기로 확실하게 정해진 게 오후 3시 지나서. 장면이 어렴풋이 떠오른 건 점심때쯤이었을까."

어떤 식으로?

"이거, 도망치는 여자 이야기거든. 왜 도망치는지는 잘 알 수 없게 돼 있어. 여자는 아주 냉정하고 머리가 좋고 터프해. 여자가 추격자를 따돌리면서 도내를 전전하는 건 알 수 있지만, 사정이 있어서 도심을 떠날 수 없다는 걸 별로 많지 않은 대사로 설명해야 해. 여럿 있는 추격자 중 누가 같은 편이고 누가 적인지도 알기 쉽지 않아. 첫 회는 계속 도망만 다니면서 여자가 얼마나 만만치 않은지, 얼마나 보기 좋게 추격자를 물리치는지를 보여주는 게 거의 다야. 설명은 2회 이후로 넘기는 그런 전개."

〈터미네이터〉 같은 느낌이군.

"그러게, 그것도 느닷없이 쫓기기 시작하고 적이랑 아군이 분명치 않은 패턴이었지."

그 정도로 명확하면 오프닝 장면쯤은 금세 나올 것 같은데.

"나도 그럴 줄 알았지 뭐야. 그래서 더 초조했던 거고. 계산이 틀어진 것까지 합쳐서 점점 더 혼란에 빠졌던 거야."

그래서 첫 장면은 어떻게 정해졌어?

"도망치는 여자를 찾는 남자. 거의 따라붙어 여자가 가까이 있다는 것까진 알아. 그런데 못 찾겠어. 그러다 어떤 계기로 여자가 있는 곳을 알아채. 그 계기가 내내 생각 안 났던 거야."

장소는 어떤 곳?

"너저분한 상가 건물과 건물 사이. 이제 곧 날이 밝을 시간."

밤새 내내 쫓고 있었군. 양쪽 다 지쳤겠어.

"그래."

뭐가 떨어지는구나?

"응. 여자는 비상계단 계단참에 숨어 있었거든."

뭘 떨어뜨린 건데?

"그걸 내내 알 수 없었어. 일부러 떨어뜨린 건지, 우연히 떨어뜨린 건지."

그래서?

"머릿속에 물웅덩이가 떠올랐어. 흐릿하게. 물웅덩이가 있고 거기 뭐가 비쳐. 그런 이미지가 낮부터 자꾸만 떠올랐거든. 그래서 뭘까, 왜 물웅덩이일까, 하고 생각했어. 물웅덩이에 뭐가 비친 걸까. 그런데 물웅덩이에 남자의 그림자가 비치더라고. 그러면서 겨우 이야기가 떠올랐지. 아스팔트에 괸 물웅덩이. 거기에 걸어가는 남자들이 비쳐. 남자들은 주위를 둘러보고 있어. 주위는 쥐 죽은 듯 고요해. 그런데 비상계단에서 뭐가 땅 부딪는 소리가 나더니 밑으로 떨어져. 그게 웅덩이에 떨어져서 물이 튀어."

그게 뭔데?

"맥주병 뚜껑. 남자들의 시선이 위를 향해. 거기 누가 있어. 머리 모양으로 젊은 여자라는 걸 알 수 있지만 얼굴은 안 보여."

맥주병 뚜껑이라. 상가 건물 비상계단에 떨어져 있을 법하네.

"응. 그 장면이 떠오르면서 여자가 병뚜껑을 일부러 떨어뜨렸다는 걸 알았어. 여자가 적의 시선을 끌거나 다른 데로 유도하는 재주가 있는 아주 지능적인 도망자라는 것도."

그때가 오후 3시였어?

"오후 3시. 그렇지만 그때부턴 단번에 썼어."

신기하네. 쉬지 않고?

"중간중간 표현 때문에 고민하긴 했지만 거의 단숨에 쓴 셈이야. 그 다음부턴 먹는 시간도 아까워서 내처 썼지. 그래서 완성한 게 밤 11시 반. 아슬아슬하게 시간에 댄 거야."

텔레비전을 볼 겨를도 없었던 셈이군. 바깥에서 떠들썩한 소리는 못 들었어?

"유난스레 소방차가 많이 지나간다는 생각은 했어. 하지만 전혀 신경 안 썼지."

근처에서 불이 났으리란 생각도 안 한 거야?

"그때는 불이건 뭐건 다 쓸 때까지는 용납 못 한다는 심정이었어. 지금 방해하면 누가 됐든 죽여버리겠다는 기분."

그럼 사건은 언제 안 거야?

"원고를 보내고 프로듀서한테 연락하고 집에 돌아와서. 아드레날린을 다 써버리고 흡족한 기분으로 집에 왔더니 남편이 텔레비전을 보는데 어라 싶더라고. 어디서 본 건물인데 했더니 M이길래 놀랐지 뭐야. 그때는 이미 사망자 수가 엄청나게 늘어났을 때라, 그렇게 가까운 데서 이런 사건이 있었다는 게 신기했어."

사람들이 도망치는 기척 같은 건 안 느껴졌어?

"전혀. 근처에선 도망치는 사람이 없었을걸. 모르긴 몰라도."

그 이후에 여기 온 건 언제야?

"한동안 안 왔어. 2회부터는 집에서도 애 안 먹고 쓸 수 있었고, 또 어째 오기 좀 그렇더라고."

왜?

"그게 뭐랄까, 내가 여기서 '야, 신 난다, 써진다!' 하고 있었을 때 거기서 많은 사람들이 목숨을 잃었다고 생각하니까 묘하게 죄책감 같은 게 들지 뭐야. 게다가 근처에 있었는데도 전혀 못 알아차렸고. 하마터면 이튿날 아침 신문 볼 때까지 모를 수도 있었던 셈이잖아? 그게 어쩐지 부조리하다고 할지, 잔혹하게 느껴지더라고. 세상에 온갖 몹쓸 일이 벌어지고 있는데 왜 그 사건만이냐고 하면 할 말 없지만."

맥주병 뚜껑으로 야, 신 난다, 써진다! 했단 말이지. 원래 그런 거야?

"응. 됐다, 써진다 싶은 순간이 있어. 이제 됐다, 싶은."

흠. 죄책감이라. 나중에 현장을 보러 가고 그랬어?

"아니. 무서워서 싫어. 현장에 가면 너무 사실적으로 느껴지잖아. 안에서 벌어졌을 일을 상상하게 되고. 하지만 나도 모르게 멍하니 그 건물을 보고 있을 때가 있어. 여기 오는 길에, 또 왔다 가는 길에. 담배를 피우면서 하얀 건물을 꼼짝 않고 물끄러미 바라보곤 해. 무의식중에."

하얀 비석을.

"이유는 모르겠지만."

어때? 그 사건을 드라마로 쓰라면 쓰겠어?

"쉽지 않을걸. 시간이 좀 더 지나야 하지 않을까. 게다가 원인불명에 희망이 없는 이야기잖아. 영웅이 있는 것도 아니고, 힘들 거야. 요즘엔 모델이 있는 이야기를 드라마로 만드는 건 미담이 아니면 무리야. 연극이면 또 모를까. 연극이면 가능할지도 몰라. 옛날부터 어떤 큰 사회적 사건이 발생하면 먼저 연극부터 나왔잖

아. 지카마쓰도 실제로 있었던 사건을 소재로 삼곤 했고. 이거, 연극이 나올까. 어떤 이야기일까."

사건의 원인을 어디서 찾을 것 같아?

"원인이라. 원인이 있다면 좋겠지만 만약 정말 이대로 원인이 안 밝혀지고 끝난다면 진짜 희망이 없을 것 같지 않아? 오해로 패닉을 일으켰다는 설명을 사람들이 납득할 것 같아? 신흥 종교 집단, 생화학 무기, 무차별 살인마. 모든 사람이 납득하는 스토리를 쓰기는 쉽지 않아. 뭣보다도 우리는 이미 사이코도, 메타픽션도 소화했으니 말이지. 어지간해선 믿어주지 않을 거야. 현대인한테는 이유가 없다는 것만큼 무서운 게 없는 거야."

얼마 전에 프랑스에서 베스트셀러가 된 책 중에 개미의 세계를 그린 게 있었거든.

"개미? 벌레 개미?"

그래. 개미한테 인간은 너무 커서 보이지 않아. 어느 날 갑자기 거대한 발바닥이 내려와 짓밟혀. 개미한테는 그야말로 하늘이 무너져 내린 듯한 느낌일 테지. 비도 그래. 개미가 느끼기론 트럭만 한 물방울이 떨어지는 거잖아? 그런 것 하나하나가 청천벽력 같은 존재인 거야.

"그렇겠네. 트럭만 한 물방울이 떨어진다면 사활 문제겠어. 초현실적 세계인걸."

혹시 인간한테도 그런 존재가 있지 않을까 하는 구절이 있었거든, 그 책에.

"그런 존재?"

너무 커서 안 보이는 존재. 다들 어쩌다 이렇게 살고 있긴 하지만 사실 그 누군가한테 지구 따위 부엌 구석 거미줄에 걸린 모래알이나 다름없는 존재라, 어느 날 눈에 띄어 그 누군가가 청소하거나 무심코 걷어버리거나 하는 일이 없기를 빈다고 쓰여 있었어. 그건 싫겠더라고. 걷어버리는 쪽이야 자기가 걷어낸 게 어떻게 될지 신경 쓰지 않겠지만, 그 쪼그만 모래 알갱이 같은 지구에 팔십억 명의 인간이 있다는 걸 생각하면 슬프지 않아?

"너무나도 무력해서?"

이유가 없으니까. 우연히 손이 닿는 바람에 거미줄을 걷어낸 것뿐이면 비난할 수도 없잖아.

"그야 그렇지. 그거 신이랑 다른 거야?"

달라. 아니, 같은 걸지도 모르지. 요새는 신이 차고 넘치는 시대잖아.

"내 생각에 신은 이제 인간한테 관심이 없는 것 같아."

이제? 전엔 있었다는 뜻이야?

"응. 아주 오래전엔. 그렇지만 지금은 눈곱만큼도 관심이 없어. 지금은 분명히 딴 데 관심이 있을걸."

딴 데라니?

"글쎄, 그야 모르지. 다른 세계의 버섯이나 도마뱀, 뭐 그런 거 아닐까. 적어도 우리는 어떻게 되든 상관없는 거야. 우리는 신의 관심을 끌려고 자해 행위를 되풀이하지만 신은 우리가 죽건 살건 진짜 관심 없으니까 그냥 버려두고 있어. 전에도 죽겠다, 죽겠다 했지만 결국 안 죽었겠다, 시끄럽고 귀찮은데 그냥 알아서 죽든지, 그렇게 생각하고 있을지도."

자해 행위라. 아닌 게 아니라 그런 부분은 있을지도 모르겠군.

"어쩌다 이런 이야기가 나왔지? 아, 개미."

M 사건이 연극이 될 것인가 하는 이야기야.

"연극은 안 될 것 같은데. 스포트라이트를 비출 개인이 존재하지 않으니 말이지. 흉악 범죄라면 범인이 있고 배경이 있지만 그건 그런 사건이 아니잖아. 게다가 어쩌면 앞으로 그런 사건이 늘지도 몰라."

그런 사건?

"M 같은 사건."

구체적으로 말하자면?

"부조리하고 이유가 없는 대량 사망 사건."

또 어느 마트에서 사람들이 패닉을 일으킬 거라고?

"그건 어떨지 모르지만. 어쩐지 그런 생각이 들어."

넌 옛날부터 감이 좋았지.

"아휴, 괜한 소리를 했네. 말은 무서운데."

이제부터 최종회 쓰는 거야?

"응, 뭐."

그만 갈까?

"아냐, 괜찮아. 그냥 있어."

그래?

"뭐하면 좀 눕지 그래? 너 불면증이지? 얼굴을 보면 알아."

알겠어? 깜박깜박 졸긴 하는데 푹 자질 못하겠지 뭐야. 그러게, 여기선 잘 수 있을 것도 같아. 방석 좀 쓸게.

"응. 난 알아서 일할 테니까."

그럼 실례.

"다만 말이지, 이 방에서 자면 꿈을 꿔."

어떤 꿈?

"하얀 집 꿈. 커다란 집인데 아무도 없어."

흠.

"늘 그래. 늘 똑같은 집이고, 아무도 없어. 누가 없나 찾아보지만 아무도 없어."

여기서 자면 그 꿈을 꾸는 거야?

"응. 이상하지? 옛날엔 안 꿨는데 한 이 년 전부터 여기서 잠깐 졸면 꼭 꾸지 뭐야."

어떤 집인데? 무슨 특징이 있어?

"집이라기보다 건물일까. 한가운데가 뻥 뚫려 있고 위층까지 계단이 이어져."

그거 어째 M의 내부랑 비슷한걸.

"그래? 아주 넓은 집인데 아무것도 없이 텅 비었어. 늘 혼자. 나 혼자. 그 거대한 집 안에 늘 나밖에 없어. 살아 있는 사람이 나 말고 아무도 없는 세계란 걸 꿈속에서도 알 수 있어."

이 인형은 뭐죠?

"딸애 거예요."

왜 여기 두셨습니까?

"그 이래로 딸애가 인형에 손을 안 대서요. 그래서 거기 놔두기로 한 거예요. 지금은 거의 제 것, 아니, 모든 분의 것이나 다름없답니다."

모든 분?

"물론 연락 모임 분들이죠. 그리고 이웃분들도 계시고요."

여기 오시곤 합니까?

"네. 멍하니 시간을 보내실 수 있는 장소로 이곳을 개방했으니까요. 되도록 편하게 들르실 수 있는 분위기를 만들려고 한답니다. 날씨가 좋을 땐 가급적 창문이랑 문도 열어놔요. 대문에 꽃도

장식하고요."

그러고 보니 예쁜 꽃이 놓여 있더군요. 들꽃이 중심이고 야단스럽지 않아서 쉽게 들어올 수 있었습니다.

"언제든 오십사 말씀드리긴 하지만, 어떠신가요. 다른 사람의 집에 찾아가려면 용기가 필요하지 않나요? 여기는 좀 깊숙이 들어온 곳이고 말이죠. 실제로 이 앞까지 와서 얼마 동안 대문 앞에서 머무적거리는 분들도 계신답니다. 와보시면 정말 개방적인 분위기란 걸 아시지만요. 아무튼 조금이라도 편히 들어오실 수 있게 해드리고 싶어서요."

일주일에 몇 분쯤 오시는지요?

"글쎄요, 전엔 하루에 몇십 분 오시기도 했지만 지금은 한 분도 안 오시는 날도 있고요. 오시는 분이 대체로 정해진 느낌이랄까요. 정기적으로 오시는 분도 계시고, 또 혼자선 못 오시겠다는 분도 계세요. 안 오시면 안 오시는 대로 그것도 괜찮아요. 여기가 필요 없어지면 그건 그것대로 좋은 일이고, 언젠가 그냥 살롱으로 이용된다면 그것도 목적을 달성한 게 되니까요."

댁이 참 멋집니다. 아닌 게 아니라 여기선 차분하게 시간을 보낼 수 있을 것 같군요. 요새는 집을 개축해서 작은 가게를 여는 분도 많다고 들었습니다.

"집이 좁아 부끄럽네요. 여기는 가게가 아니지만요."

그럼 이건요? 과자죠? 삼백 엔. 이쪽은 천연염색물. 팔백 엔. 이것도 연락 모임 분들께서……?

"아, 과자는 이웃분이 가끔 만들어 가져다주세요. 그 댁 자녀분이 알레르기가 있어서 재료에 신경을 많이 쓰시기 때문에 몸에 좋다고 평이 좋거든요. 천연염색은 연락 모임에 나오는 분께서 하시는 거예요. 댁 마당에 나는 풀만 쓰신다네요. 손을 놀리면 마음이 차분해지신다고, 만드신 걸 갖다 놓고 싶다고 하셔서요. 값이 매겨져 있긴 해도 들이는 공을 생각하면 재료비도 안 나와요. 사실 처음엔 가격도 따로 없었답니다. 원하시는 분은 그냥 가져가시라고 했죠. 하지만 역시 공짜로 가져가려니 마음이 편치 않으신지, 다들 돈을 놓고 가시지 뭐예요. 얼마를 놔둬야 할지 모르겠다고 난처해들 하셔서, 차라리 처음부터 가격을 정해놓는 게 낫겠다고, 그냥 실비만 받는 거죠. 제가 강요하는 건 아무것도 없어요. 여기를 이용하시는 분들 마음에 모두 맡기거든요. 전 정말 장소를 제공할 뿐이고요. 실제로 여기를 이용하시는 건 그분들이랍니다."

일주일에 며칠 여기를 개방하시는지요? 계속 집을 제공하시는 셈인데, 집을 비울 수 없어서 힘들지 않으십니까?

"월, 화, 목, 사흘이니까 힘들 것도 없어요. 뭣보다도 여기서 마음의 안식을 찾으시는 분이 아직 많은데 제 사정으로 그만둘 순 없지 않겠어요? 가능한 한 계속할 생각이에요."

따님은요? 잘 지냅니까?

"네, 덕분에. 올봄에 유치원에 들어갔답니다. 유치원 갔다 집에 오면 와 계신 분들이 귀여워해주시죠."

따님이 찍힌 비디오 영상이 한때 화제가 됐었죠.

혹시 이 인형이 그……?

"네. 솔직히 그 때문에 얼마나 힘들었는지. 그 사진이 우리 딸애라는 게 알려지면서 별 이상한 소리를 하는 사람들이 다 나타나더군요. 기적의 소녀라고 떠받들질 않나, 텔레비전이며 잡지에서 몰려오질 않나. 거절하느라 얼마나 힘들었는지 몰라요."

기적의 소녀란 말이죠. 아닌 게 아니라 그런 제목을 본 기억이 있군요.

부모와 떨어져 그 어마어마한 상황에서 용케 다치지도 않고 무사했습니다.

"그건 정말 다행이에요. 지금도 가끔 딸애를 보면서 정말 다행이라고 생각할 때가 있답니다. 그렇게 많은 사람이 죽었는데요."

하지만 시어머님이 돌아가셨죠.

"복잡한 심정이에요. 한편으론 기적이라고 떠받들리면서 또 한편으론 애도의 말을 들어야 하니 말이에요. 어머님이 딸애를 구해주신 거라고, 손녀를 구하고 대신 희생되신 거라고 말해준 친구도 있었지만, 이것만은 비교할 수 있는 일이 아니잖아요? 플러스마이너스로 계산할 수 있는 것도 아니고요."

어머님은 어디쯤에서……?

"1층 계단 부근이에요. 다른 많은 분처럼 압박당해 질식하셨어요. 모습을 봤을 땐 여기저기 골절돼서…… 처음엔 못 알아봤지 뭐예요. 아니, 인간인 줄도 몰랐어요. 눈에 그 색이 들러붙어서……. 하여튼 생각지도 못한 색이었거든요. 뭐랄지, 보랏빛이

다 못해 거의 군청색으로 보일 지경이었죠. 온몸에 내출혈이 심해서. 인간의 피부에서 그런 색깔이 날 줄은 몰랐어요."

상심이 크셨겠습니다. 합동 장례식엔 참가하셨습니까?

"네. 보도진이 얼마나 많이 와 있는지 그땐 너무 잔인하다 싶고 우리가 무슨 구경거리인가 싶어서 분개했지만, 역시 그런 의식은 필요하더군요. 매듭을 짓는 게 필요해요."

저도 갔는데, 그렇게 많은 사람이 상복을 입은 광경은 처음 봤습니다. 기이한 분위기에 압도되겠더군요. 그 자리에 모인 모든 사람이 부조리한 슬픔 앞에 당혹했다고 할지, 화가 나 있다고 할지.

"네, 맞아요. 하지만 슬프긴 해도 연대감, 일체감은 있었죠. 예기치 못한 불행을 당한 사람들끼리의, 어쩔 수 없이 비참하고 강렬한 연대감이."

그럼 매듭이 지어지셨습니까?

"네, 일단은. 자기 자신한테 그렇게 타이를 계기 정도는 되지 않았나 싶군요."

인형 좀 봐도 될까요?

"그러세요. 아까부터 관심을 보이시는군요."

이 얼룩은요? 소문이 사실입니까?

"아, 네, 사실이에요. 누구 건지는 지금도 알 수 없지만요."

그럼 인형에 피가 묻어 있었다는 게 사실이었군요. 인형 색이 이렇게 옅었습니까. 사진으론 더 짙어 보였는데요. 따님이 인형을 질질 끌고 있고, 바닥에 선 같은 게 그어져 있었죠.

"빨고 싶었지만 그것도 어째 그러게 안 되더라고요. 그렇다고 버릴 수도 없고 말이죠. 한동안 몰래 그늘에 내놓고 말렸는데, 완전히 마르는 데 며칠씩이나 걸리지 뭐예요. 딸애는 당일엔 암말 안 하더니 마르는 동안 피 냄새가 난다고 싫어하고요. 그 이래로 거들떠도 안 보네요. 그전엔 어딜 가든 손에서 놓질 않았는데 말이에요."

하지만 이상하군요. 따님은 다친 데가 없었잖습니까?

"네, 타박상 하나 없었죠."

돌아가신 분들도 대부분 사인은 내장 파열, 전신 타박 내지 질식사였다고 들었습니다. 피를 흘린 사람이 있다는 말은 못 들었는데요. 대체 어느 분 피였을까요?

"정말 이상하죠. 딸애한테도 몇 번씩 물었지만 기억이 안 난다고 하네요. 주위에서 어른들이 아주 많이 뛰더래요. 몇 번 다른 사람들이랑 부딪치고 인형이 걸리고 했지만 피가 묻은 건 까맣게 몰랐던 모양이에요. 인형을 자꾸 놓칠 뻔해서 죽기 살기로 꽉 쥐고 있었단 말만 하고요."

그렇군요. 그래서 '기적의 소녀'가 됐군요.

"그게 무슨 뜻이죠?"

이상한 소문이 있었습니다. 어느 신흥 종교 단체에서, 아마 기독교 계열이었던 것 같습니다만, 그게 성흔이라고 주장하고 나선 겁니다.

"진짜 별 이상한 소리를 하는 사람들이 다 있군요."

성흔은 보통 손바닥에 나타나는 것 아닙니까? 왜 인형이 피를 흘린다는 말인가. 그 부근의 설명이 영 터무니가 없었습니다만.

"타인의 상처에 소금을 쳐 바르고 남의 불행을 이용하는 인간이 세상에 이렇게 많다니요. 대체 무슨 생각인지 이해가 안 되는군요."

피해자 모임에도 종교 단체가 여럿 찾아왔더군요. 큰 곳에서 수상쩍은 곳에 이르기까지 잔뜩.

"그럴 테죠. 저희 집에도 왔었어요. 이런 일을 당한 건 조상님 모시는 걸 소홀히 한 탓이라고, 대문 앞에 사악한 기운이 모여 있다고, 검은 그림자가 잔뜩 들러붙어 있다고 하지 뭐예요. 밖에서 북을 치고 말이죠. 거의 협박이나 다름없는 이상한 소리를 하는 사람들도 왔었답니다. 한참 설명을 늘어놓더니 결국은 단지를 사라느니 도장을 사라느니 하더군요. 현관 앞에서 멋대로 끙끙대고 고함치고 하더니 영을 퇴치했다면서 돈 내놓으라고 한 사람까지 있지 뭐예요. 정말 얼마나 화가 나던지요. 그런 권유를 피하러 여기 오시는 분도 많았어요. 대체 어떻게 알아냈는지 전화도 엄청 쏟아지더군요. 벨이 거의 끊임없이 울렸어요. 한동안 자동 응답으로 해놓고 살아야 했죠. 전화 때문에 노이로제가 생겨서 여기로 도망쳐온 젊은 어머니도 있었답니다. 초인종을 딩동, 딩동 눌러대는 게 무서워서 집에 가기 싫다고, 남편분이 집에 오실 때까지 여기 계신 적도 있어요."

엄청나군요. 과열 취재라고 하나요. 이번 사건은 피해자 수가 많았던 터라 취재 경쟁도 아주 치열했죠. 피해자의 사진과 신상 정보만으로 한 면이 다 메워지고 말이죠. 충격이 컸습니다.

"처음엔 범인이 있다고들 했으니까요. 테러다, 범인이 여러 명이다 해서 난리가 났었잖아요. 신문 제목이 얼마나 무서웠는지 몰라요. 그렇지만 범인이 없다는 게 밝혀지면서 다들 어쩐지 슬그머니 목소리를 낮추지 않았나요."

명확한 악한이 없는 게 되면서 눈에 띄게 관심을 잃었죠. 그 뒤로는 다들 어물쩍 사회 불안이며 군중심리가 문제란 방향으로 빠졌습니다.

"뭐랄까, 개운치 않은 불안감만 더하고요."

어쩐지 꺼림칙한 느낌이었죠.

"대형마트랑 백화점마다 한동안 경비원 같은 사람들이 돌아다니더니 이젠 다 없어졌더군요."

그런 사건은 이어지게 마련이니 말이죠. 그러니 많은 사람이 드나드는 상업시설에서 사람들의 불안을 해소하기 위해 경비를 강화한 겁니다.

"정말이지 범인이 있어주면 얼마나 좋았을까요."

지금도 원인이 밝혀지지 않았으니 말이죠. 여러 장소에서 불안에 사로잡힌 사람들이 동시에 움직여 패닉에 빠졌다는 식으로 석연치 않게 설명되고 말았습니다. 미국 심리학자가 뭐라 난해한 말로 설명했는데 잊어버렸군요. 그땐 다들 그 설명에 덥석 달려들었던 것 같은데요.

"최소한 이름이라도 붙었으면 좋았을 텐데요. 설명할 수 있는 말이 있으면 그나마 조금은 더 나았을 텐데. 미워할 상대가 없다는 건 꽤 비참한 일이에요. 저도 그렇지만, 그 이유로 고통스러워하는 사람들도 많거든요. 미움이며 슬픔을 쏟을 데가 없으면 스스로를 납득시킬 수 없어요. 자기 안에서 말로 표현하질 못해요. 결국 어떻게 되느냐 하면 다들 자책하는 거예요. 저도 그랬답니다. 왜 잃어버렸을까, 왜 그날 그곳에 가족을 데려갔을까, 왜 우리였을까, 하고요."

괴로우시겠군요.

"네, 그래요. 주위 사람들은 괜찮다고 말해주지만 그래도 소용없는걸요. 남들은 우리 죄의식을 분명 이해하지 못할 거예요. 당사자가 아니면 모를 테죠. 죽은 사람은 죄 고령자랑 어린애였고 말이죠. 근력과 체력이 있는 이십대에서 오십대까지는 희생자가 거의 없었잖아요? 살아남은 사람들은 거기에 대해서도 죄의식을 느끼거든요. 게다가 그렇게 난리가 났었는데도 벌써 빠른 속도로 잊혀가요. 원인도 모르고요. 그래서 이런 곳을 만든 거예요. 저 자신을 위한 일이기도 한 거죠."

여기는 피해자 모임과 연락을 취하지 않습니까?

"네."

왜죠? 거기가 가장 큰 단체 아닌가요?

"그쪽은 굳이 가리자면 법적 문제를 처리하기 위한 곳이니까요. 마트에 대한 소송이며 위로금 협상과 관련해 공적인 연결 통로 역할을 하는 모임이고 말이에요. 우리는 정말 개인적 성격에 사적 차원의, 정신적인 모임이거든요. 폐쇄적일지 모르지만, 조용한 은신처 같은 이런 공간이 필요해요. 이해해주시면 좋겠네요."

그럼 여기엔 취재차 찾아오는 사람도 거의 없겠군요.

"네. 처음 생겼을 때 존재를 알고 몇 분이 찾아온 적은 있지만 지금은 거의 없어요."

그렇습니까.

"당신은 어디서 여기 이야기를 들으셨나요?"

친구한테 들었습니다. 그날 역시 그곳에 있던 친구가 있어서요.

"그분은 무사하신가요?"

네, 다치긴 했지만 다행히 생명에 지장은 없었습니다.

"다행이네요. 혹시 정신적으로 힘드시면 언제든 오시라고 전해주세요."

네, 그러겠습니다.

"다들 필사적으로 일상생활을 되찾으려 하시다 보니 천천히 슬퍼할 겨를도 없지 뭐예요. 어떻게든 잊으려고 하시죠. 하지만 그건 좋지 않아요. 참혹한 일이 일어났으니까 오히려 천천히 슬퍼해야 해요. 시간을 들여 희생자를 애도해야지, 안 그러면 얼마 있다가 상처가 곪기 시작해요. 충분히 슬퍼하지 않으면 마음의 회복이 늦어질 거예요."

정말 그런가 봅니다. 친구도 바쁘게 살면서 잊어버린 줄 알았는데 오히려 요즘 들어 플래시백이 더 심하다고 하더군요.

"꼭 오시라고 말씀해주세요."

그런데 여긴 팸플릿은 없습니까?

"팸플릿?"

네.

왜, 있잖습니까. 당신이 나눠주시던 캐나다의 삼림 리조트 투자 팸플릿 말입니다.

"네? 그게 무슨 말씀이신지? 무슨 말씀을 하시는지 모르겠군요. 그런 건 여기 없어요."

그렇습니까. 당신한테 받았다고 들었는데요.

합동 장례식 때도 어떤 사람한테 팸플릿을 주셨다면서요?

"설마요. 사람을 잘못 봤겠죠."

과연 그럴까요. 위로금으로 투자하지 않겠느냐고 하셨다던데요. 보세요, 이 광고지 말입니다. 연 수익 20퍼센트라니 굉장한데요. 이런 저금리 시대에 믿기지 않는 숫자군요.

"저, 뭔가 착각하신 게 아닌가요? 제가 원래 그런 일이 많거든요. 비슷한 나이에 체격이 비슷한 사람이 워낙 많으니까요. 이런 저런 사람을 닮았다는 말을 원래 자주 들어요."

흠, 그렇습니까. 아닌 게 아니라 호감을 주는 외모에 반듯해 보이니 신뢰감을 주죠. 이 집도 조용하고 편안한 분위기겠다, 당신 인품을 믿고 돈을 맡기는 사람도 있지 않겠습니까?

"저기, 무슨 일로 오신 거죠? 여기를 취재하러 온 게 아니었나요? 대체 누가 보낸 건가요?"

보내기는요, 자발적으로 온 겁니다. 아니면 누구 짐작 가는 사람이 있습니까?

"있는 말 없는 말 하는 사람은 많아요. 이렇게 다양한 사람이 드나드는 것만으로 몰인정한 소리를 하는 사람은 동네에도 있거든요. 불특정 다수의 인간이 드나들다니 너무 조심성이 없다나요. 저희는 그저 여기서 조용히 슬퍼할 시간을 공유하고 싶은 것뿐인데요. 그것도 안 된다는 건가요?"

그런 말이 아닙니다. 그저 당신의 영업 활동을 합동 장례식 뒤에 봤다는 사람이 있어서 말이죠.

참, 그러고 보니 피해자 모임에서도 여기 이야기를 하더군요. 어디서 입수했는지 피해자 모임 명부에 있는 사람들한테 차례대로 전화를 걸어 카운슬링 같은 걸 하고 있으니 오라고 하고선, 가보면 투자를 권유한다고 말이죠.

"피해자 모임? 역시 그 사람들한테 갔었군요."

합동 장례식이 있은 다음입니다. 기자 회견이 있었고요.

"그 사람들 말을 믿는 건가요? 저희는 여기 오시는 분들 이야기를 찬찬히 들어드리는 것뿐이에요. 마음속에 있는 걸 원하실 때 털어놓게 해드리고 싶은 것뿐인데, 그 사람들은 왜 그런지 저희를 적대시하더군요. 도대체 이유를 모르겠네요."

그건 또 왜죠? 이해관계가 있는 것도 아닌데요.

"그런 건 원래 사람마다 입장이 달라서, 속을 들여다보면 꽤 지저분하게 마련이거든요. 돈이 얽혀 있으니 말이죠. 위로금을 받고 합의할 건지, 소송할 건지 갖고도 내부 분열이 일어나서 지금도 꽤나 싸우고 있다고 들었어요."

그렇습니까.

"그야 그렇죠. 각 집마다 사정이 있으니까요. 그렇게 많은 피해자가 각자 자기한테 유리한 주장만 한다면 의견이 모아질 리가 없죠. 그러니 저희 활동에 몹시 민감한 거예요. 저희가 회원들한테 무슨 쓸데없는 바람이라도 넣는다고 생각하는지, 다들 그렇게 의심에 가득 차 있네요. 참 딱하기도 하지."

아닌 게 아니라 사람이 많으면 쉽지 않을 테죠.

"의견을 하나로 모으는 것조차 여간 힘든 게 아니라, 제가 듣기론 뒤에서 온갖 공작을 꾸민다던데요. 소문으론 돈도 오간다나요. 변호사랑 수상한 브로커도 뒤에서 여러 명 움직인다고 하고요. 꼭 그런 브로커들이 어디서 나타나더군요. 마트 측 대리인이나 같은 그룹의 모회사와도 복잡한 관계가 있다나 봐요."

소문은 많이 들었습니다만.

"마트 측은 마트 측대로 손님들한테 개별적으로 접근해서 꾀를 불어넣어 이간시키려 한다더군요. 조금이라도 자기들한테 유리한 방향으로 추진하려고 말이죠. 불쾌한 이야기 아닌가요. 그래서 전 그 모임에 들어가지 않은 거예요. 그런 원색적인 일에 얽히고 싶지 않았어요."

그럼 투자사기를 하신 적이 절대 없다는 말씀이죠?

"무슨 말씀을 하시는 건지 통 모르겠네요."

투자사기가 어떤 건지 아십니까?

"글쎄요."

믿기지 않을 만큼 고금리 배당을 약속하고 투자하게 하는 겁니다. 투자 대상은 다양합니다. 대개 해외 사업이나 금융 상품이죠. 그렇지만 결국은 옛날부터 있었던 수법입니다.

아시겠죠? 처음엔 적은 액수를 빌려 매번 정확하게 갚습니다. 그렇게 해서 신뢰를 얻어놓고 큰돈을 빌려 행방을 감추는 겁니다.

고배당을 약속하고 우선 시험 기간 동안 적은 액수를 투자하게 합니다. 몇 달 동안은 순조롭죠. 매달 십만 엔, 이십만 엔씩 정확하게 배당이 입금됩니다. 이런 식으로 고객이 믿게 해서 점점 투자액을 늘리게 하는 겁니다. 그러다 큰 금액을 투자하면 배당이 딱 그치고, 직접 찾아가보면 아무도 없어요. 완전한 사기죠.

"저, 제가 언제까지 이런 이야기를 들어야 하나요? 제 시간만이 아니라 여기를 필요로 하시는 분들 시간까지 뺏고 있는 거예요."

지금은 아무도 없잖습니까. 어쨌든 들어주세요.

이건 엄연한 범죄입니다. 투자자를 모집한 개인 및 기업은 처벌을 받습니다.

하지만 실제로 투자자를 모집하는 건 다른 사람이란 말이죠. 처음에 일정 인원을 모으는 일을 담당하는 거죠. 그 방면의 프로가 초기에 고객을 모집해 투자하게 합니다. 프로는 사업을 벌인 회사에서 상당한 보수를 받습니다. 그러다 고객이 모여 입금이 궤도에 오르면 자기는 손을 뗍니다. 이런 프로가 여러 회사를 옮겨 다니면서 고객을 모읍니다.

"어머나, 제가 깜박했네요. 오늘은 제가 볼일이 있어 나가야 하거든요. 이만 가주시지 않겠어요? 저하곤 상관없는 이야기 같고 말이죠."

저런, 찾아올 사람이 있는 게 아니었던가요? 일주일에 사흘, 되도록 여기를 열어둔다고 하시지 않았습니까? 여기서 마음의 안식을 찾으시는 분들이 있을 텐데요.

"당신이랑 상관없는 일 아닌가요?"

당신은 고객의 마음을 사로잡는 재주가 있다고 옛 상사분이 말씀하시더군요.

"네?"

원래 N 식품 영업사원이셨다죠? 유능한 세일즈맨이라 동기들 중에서도 영업 성적이 늘 일등이었다던데요. 그런 혹독한 세계에서 표창까지 받으셨고요. 그런데 칠 년 전 회사를 그만두셨습니다. 그 뒤 어떤 일을 하셨습니까?

"딱히 한 것 없어요. 살림하느라 바빠서 가끔 친구 일을 도와주는 정도입니다."

남편분은요?

"당신한테 말할 필요가 없군요."

여기 당신 명함이 있습니다. 이 명함을 받은 사람한테서 이야기를 들었습니다.

보세요, 당신 이름이죠? 흔치 않은 이름이죠. 회사 이름이 다

다르군요. 실버스타 물류, 고키 자원 개발, 모두 경시청에 적발돼 뉴스에 나온 기업들인데요. 당신과 다른 사람입니까?

"부탁받고 사람을 소개한 적은 있어요. 이름만 빌려준 적도 있고요. 그것뿐이에요."

고객을 모집하셨죠?

"그 일에 관해선 이야기하고 싶지 않아요. 이거 보세요, 제가 꼭 뭘 한 것처럼 말씀하시는데 저도 피해자란 말이에요. 전 설명을 듣고 좋은 상품이라 권해드린 것뿐이에요. 저도 손해를 봤다고요. 더는 생각하고 싶지 않아요. 시어머니가 입원해서 돈이 필요했고 말이죠."

그래서 속인 겁니까? 고배당이란 게 거짓말이란 걸 알면서 그런 상품을 팔았나요?

"전 피해자입니다."

당신도 위로금을 투자했습니까? 이번엔 몇 명 모아야 하죠? 여기 '마음의 살롱'에서 몇 명이나 모았죠?

"전 그 사건으로 시어머니를 잃은 사람이란 말이에요. 잘도, 잘도 그런 소리를 하네요."

집을 나간 남편분의 어머님이시죠. 남편분은 이 집에 어머니를 두고 나갔습니다. 당신과 시어머니는 원래 관계가 좋지 않았던 데다, 시어머니는 치매가 시작된 뒤로 늘 당신에게 욕설을 퍼부었다고 들었습니다.

왜 그날 일부러 마트로 데려간 겁니까? 없어져서 오히려 다행이라고 생각하는 거 아닌가요?

"당신, 아이 있어?"

네?

"없지? 그렇게 매니큐어 예쁘게 바르고 손톱을 길렀으니 말이야. 기저귀 갈아본 적도 없을 테지. 노인네 기저귀 갈아본 적 있어? 있을 리가 없지."

그게 이 이야기와 무슨 상관이죠?

"뭐 어때? 지금껏 당신 이야기를 들었는데 나도 상관없는 이야기 좀 한들 안 될 거 없잖아? 세상 사람들은 말하지, 악독한 며느리라느니, 가엾다느니. 그럼 자기들이 하면 될 거 아냐? 가여우면 자기들이 하면 되잖아. 그러고도 가엾다는 말이 나오면, 세상에, 정말 마음이 넓은 사람도 다 있다고 내가 박수 정도는 쳐줄 수 있어."

힘들면 뭐든 다 용서되는 겁니까?

"내가 보기엔 당신 같은 사람이 더 위험해. 당신 같은 사람이 시어머니를 죽이는 거야. 그렇잖아? 당신, 지금껏 뭐든 다 남한테 시켜왔잖아? 공부를 잘해서 좋은 대학 나와서 남들 다 아는 언론사에 취직해서, 정장 빼입고 남한테 마이크 들이대면서 살아왔잖아? 당신 같은 사람은 절대 못 견딜 거야. 남을 위해 하루 종일 자기 시간을 제공할 수 있을 리 없지. 내가 왜 이런 짓을 해야 하나, 왜 내 시간을 써야 하나, 그럴 거야. 그래서 당신 같은 사람이 자식이며 시어머니를 죽이는 거야."

차별이에요.

"차별하는 건 당신 아냐? 아까 여기 들어왔을 때 그 눈빛. 내가 몰랐을 거 같아? 나도 직장 다닐 땐 당신 같은 눈빛을 했으니까 한눈에 알아봤어. 난 바쁜 사람이다, 사회 최전선에서 의의 있는 일을 하고 있다. 여기 오는 사람은 한가한 인간들. 느긋하게 과자나 굽고 태평하게 천연염색이나 하는 주부는 참 속 편하고 한가하기도 하지. 얼굴에 그렇게 쓰여 있었어. 당신들 대기업에 속한 인간들, 분 단위의 일을 하는 자기 시간은 남들이랑은 다르다고, 자기 시간은 타인의 시간보다 귀중하다고 생각하는 인간들은 속으론 자원봉사를 경멸해. 이제부턴 자원봉사의 시대라고, 기업인도 자원봉사를 통해 지역과 연계해야 한다고 말하지만 그건 폼 잡는 것에 불과해. 남자는 노후에 있을 자리를 확보하고 싶은 것뿐. 사실은 자원봉사 따위 수상쩍고 끈적끈적한, 자기만족을 위한 소일거리라고 생각하지?"

그렇지 않아요. 최근엔 NPO나 NGO 등 제대로 된 단체가 점점 힘을 갖게 됐잖습니까?

"'최근엔'이란 말이지. 당신, 정직한 사람이네."

전 차별 같은 건 하지 않습니다.

"우리 여자들은 세상에 태어났을 때부터 차별당해. 설마 당신, 지금 어쩌다 남자들이랑 같은 일을 한다고 자기는 차별 안 당한다고 생각하는 건 아니겠지? 그 정도로 바보는 아닐 것 같은데. 아, 하긴 세상에 공부만 잘하는 바보가 많긴 하지."

범죄자한테 그런 말 듣고 싶지 않군요.

"범죄자? 누가?"

당신 말이에요. 당신한테 투자사기를 당해 울고 있는 사람이 많다고요.

"터무니없는 소리. 난 피해자야. 투자를 권한 것 때문에 내가 얼마나 힘들었는데. 당신이라면 어떻겠어? 개인으로 일한다는 게 상상이 가? 얼마나 취약한 입장인데. 일거리를 소개해주는 사람을 고발할 수 있을 것 같아?"

당신은 상당한 보수를 받고 회사가 문 닫기 전에 도망쳤을 텐데요.

"그건 당신 억측일 뿐이잖아."

과연 그럴까요.

"내가 모를 거 같아? 시어머니가 죽어서 내가 좋아한다고 동네 사람들이 수군거리는 거 다 안다고. 어디 마음껏 수군거리라고들 해. 어차피 타인은 이해 못 하니까. 그 사람들이 생활비도 안 주는 남편의 어머니를 보살펴준 것도 아니고."

죽은 사람도 말입니까?

"죽은 사람?"

네. 제 친구 어머니는 당신 때문에 노후 자금을 전부 날려버리곤 아무한테도 말 못 하고 자살하셨습니다. 게다가 한 번만이 아니었죠. 첫 회사로 실패하고 나서 이번 회사는 틀림없다면서 두 번이나 권했어요. 친구 어머니는 어떻게든 손실을 만회해야 한다는 생각에 또 당신 권유에 응하고 만 거예요. 노후를 위해 모은 돈을 잃은 사람은 그밖에도 많았다고요. 부부가 함께 자살한 사람도 있어요. 그 사람들 가족 눈을 똑바로 보고 자기는 피해자라고 말할 수 있습니까?

당신, 합동 장례식 뒤에 제 친구한테도 여기 살롱 이야기를 했죠? 친구가 본가에서 딱 한 번 마주친 적이 있다는데 기억 못 하는 모양이군요. 친구는 기억력이 아주 좋아서 한 번 본 얼굴은 절대 안 잊거든요. 그래서 장례식 때도 어디서 본 얼굴이라고 바로 알아차렸다더군요.

"생트집 잡지 마. 난 그런 사람 몰라."

그래도 잡아뗄 건가요?

"사람의 기억을 어떻게 믿어?"

친구 기억은 확실해요.

"흠. 당신, 사적 원한 때문에 여기 온 거네. 근무 시간에."

그렇지 않아요.

앗, 뭘 하는 거예요?

잠깐, 이러지 말아요.

"뭐긴, 보시다시피 당신 사진을 찍는 거야."

무슨 권리로. 하지 말라니까요.

"흥, 저널리스트는 무슨. 남의 사진은 늘 아무렇지도 않게 찍으면서. 그래놓고 다들 자기가 찍히면 안색이 달라져서 화를 내지. 찰칵찰칵 자기들 맘대로 찍어대는 걸 당신이 한번 당해보라고. 집을 나설 때마다 카메라를 들이대면 어떤 기분이 드는지 한번 당해봐. 기자니 카메라맨이니 하는 인간들은 자기는 늘 카메라 이편에 있다고 생각하지. 자기만은 복면을 쓴 존재고 안전지대에서 발언할 수 있다고."

데이터를 삭제하세요. 지금 당장.

"카메라맨 몇 명이랑 이야기해본 적이 있어. 그 사람들, 실은 자기도 찍는 건 좋지만 찍히는 건 싫다고 하지 뭐야. 어이가 없어서. 어쩌면 그렇게 뻔뻔한지. 자기가 찍는 건 괜찮다고? 자기만은 허용된다고? 타인한테 한번 찍혀봐. 신문이며 주간지에 언제 찍은 건지 모를 자기 사진이 한번 실려보라고. 기분이 정말 근사하니까. 쓰는 기사는 죄 거기서 거기인 주제에. 공격하기 쉬운 데만 공격하면서 정의 좋아하시네. 언론의 자유라니 웃기지 마. 슬금슬금 눈치 보면서 자율규제나 하는 주제에. 거기다 당신은 친구 원한을 풀겠다고, 그것도 단단히 착각하는 친구 때문에, 사적인 용건으로 찾아와서, 그래놓고 월급을 받지. 이렇게 다들 어떻게든 살겠다고 마음의 평화를 찾으러 오는 곳에까지 쳐들어와서 정의를 주장해."

사적인 용건이 아닙니다. 허가를 받았어요.

"허가? 누구 허가?"

데스크 허가요.

"아, 그래? 상사가 허가해줬으니 된다고? 그래서 당신, 여기 있다고?"

취재에 응한 사람은 당신 아닌가요?

"그래, 맞아. 그래서 이곳 살롱의 귀중한 시간을 빼서 착각으로 점철된 당신 이야기를 참고 들어준 거 아냐?"

아무도 안 왔잖아요.

"홀로 있을 수 있는 곳이 여자한테 얼마나 필요한지 모르나 보지. 그렇겠지, 당신은 철들었을 때부터 자기 방이 있었고 회사에도 책상이 따로 있을 테니까. 그래, 중학교 때 그런 애가 있었어. 친구가 차이면 남자한테 가서 항의하는 착각도 유분수인 여자애가. 그럴수록 친구가 더 상처를 입는데 말이지. 당신 하는 짓도 그거랑 마찬가지야."

당신 반드시 붙잡힐 거예요. 이번엔 도망칠 수 있을지 몰라도 이제 곧 법도 개정돼서 권유한 사람도 체포되게 될걸요.

"몇 번을 말해야 알겠어? 나도 피해자라니까. 그렇게 위험한 상품인 줄 몰랐다고. 속은 건 나도 마찬가지야."

한두 회사도 아니고 이렇게 비슷한 상품을 권해놓고 그런 바보 같은 거짓말이 통할 줄 알아요?

"난 당신처럼 똑똑하지 않아서."

당신의 권유를 받고 위로금을 투자한 사람들을 조사하고 있어요. 철저히 조사해서 당신한테 간 돈이 얼마나 되는지 밝혀내고 말겠어요.

"그런 적 없다니까. 대체 몇 번을 설명해야 하지?"

그렇지만 돈을 모은 건 사실이죠?

"왜, 그분들이 자발적으로 내놓은 돈을 돌려주라고?"
돈을 안 돌려주면 그건 도둑이죠.
"지장보살상을 세워도?"
네?
"그 돈으로 공양할 거라고. 그게 나쁜 일이야?"
지장보살상이라니, 어디에 말이죠?
"근처에 후계자가 없는 작은 절이 있어. 커다란 은행나무 너머로 M도 보이지. 우린 그 절을 매입할 예정이야."
종교법인?
"그래. 그 사건으로 돌아가신 분들을 공양하는 절을 만들 생각이야. 지장보살상은 그곳에 세울 거야."
당신, 설마 그곳에 돈을 기부하게 해서…….
"시주야. 다들 그걸 바랐어. 이 돈을 써달라고 했다고. 내가 다른 사람들을 대신해서 잡무를 처리하는 것뿐."
사람들의 위로금을 거기 쓰는 척 꾸밀 생각이군요.
"애먼 소리 마. 진짜 절에 쓸 거야. 공사가 끝나면 초대해줄 생각도 있어."
종교법인. 이거야말로 궁극의 투자사기군요. 비과세 액수만 해도 상당한 이윤이 되겠어요.
"당신 정말 벽창호네. 상사가 선입견은 위험하다고 가르쳐주지 않아? 그 직업, 안 어울리는 거 아냐?"
교주는 당신이고요?

"그 인형을 봐. 당신이 아까부터 신경 쓰던, 비디오에 찍힌 인형을 말이야."

이게 왜요?

"그게 절의 본존이 될 거야."

이게? 이 피 묻은 인형이?

"왜, 그럼 안 돼? 살아남은 인형, 성스러운 피가 묻은 인형인데. 그걸 여기 놔두는 이유를 알겠어? 다들 잊고 싶지 않은 거야. 잊고 싶지만 잊을까 봐 무서운 거야. 그래서 다들 인형을 보러 오는 거야. M은 아마 헐리겠지. 그 사건의 흔적은 지상에서 사라지게 돼. 세상 사람들은 이미 그 사건을 잊었어. 오늘 이렇게 쳐들어와 유세를 부리는 당신도 다음 사건 현장에 가면 금세 날 잊어버릴 걸. 하지만 우리는 잊어선 안 돼. 이 비참한 연대감, 몸 안에 낙인처럼 찍힌 죄의식을 어딘가에 남겨두어야 해. 잊히게 둘 줄 알고? 나 역시 피해자란 말이야."

당신을 보면 피해자랑 가해자는 종이 한 장 차이란 생각이 드네요.

"종이 한 장 차이? 농담 마. 싸워야 하는 건 늘 피해자 쪽이라고. 피해를 입증할 의무는 피해자 쪽에 있단 말이야. 피해자는 크나큰 핸디캡을 지는 셈이야. 국가의 보호를 받는 가해자랑 어떻게 비교를 해? 피해자는 모질어져야만 살아남을 수 있어."

앞으로도 다른 사람들한테 위로금을 뜯어낼 생각인가요?

"뜯어내는 게 아냐. 시주를 받는 거지."

그게 무슨 위로가 된다는 거죠?

"글쎄. 그건 그 사람들한테 물어봐야지, 난 몰라. 아무튼 난 공양할 수 있는 절을 만들 뿐."

정말, 정말로 공양을 하고 싶은 건가요?

"글쎄. 그건 당신 상상에 맡길게."

아, 스쿨버스. 따님이 돌아온 모양이군요.

"그래. 그럼 이제 곧 사람들이 올 거야. 딸애 얼굴을 보러."

사람들?

"그래. 사람들은 딸애한테 시주하는 거거든."

따님한테요? 왜죠?

"우리가 매입할 종교법인의 대표자가 그 애야."

아무리요.

"왜? 그 애만 한 적임자가 또 어디 있다고? 그 참혹한 사건에서 상처 하나 없이 살아남은 기적의 소녀인데."

오랜만입니다. 어이쿠, 안색이 좋으시군요.

“안녕하셨습니까.”

좀 어떻습니까? 식욕은 있나요?

“네, 꼬박꼬박 챙겨 먹습니다.”

맛있게 드시는지?

“요새 들어 겨우 맛있다고 느껴지게 됐습니다.”

다행이군요.

수면은? 잠은 잘 주무십니까?

“네, 이제야. 몇 주 전부터 정말 상태가 좋아서 어제는 오랜만에 꿈도 안 꾸고 푹 잤습니다. 아침이 정말 상쾌하더군요.”

호오, 잘됐군요.

오늘 아침 메뉴는 뭐였죠?

"오늘은 일찍 일어나서 제가 직접 차렸습니다. 눈이 번쩍 뜨이는 바람에 말이죠. 밥 짓고, 쑥갓을 깨로 무치고, 연어 굽고, 낫토도 곁들이고요. 미역하고 유부를 넣어 된장국도 끓였습니다."

그거 맛있겠는데요. 멋진 아침 식사군요. 요리는 잘하십니까?

"네, 뭐. 싫어하진 않습니다. 결혼한 이래로 아내한테 맡기고 살았습니다만. 저희 집은 부모님이 맞벌이를 하셨거든요. 어머니는 외가에서 하는 요정에서 종업원으로 일했고, 아버지는 철도원이셨습니다. 침대차 차장이셨죠. 그 때문에 집안일은 집에 있는 사람이 한다는 게 원칙이었던 데다, 두 분 다 요리를 잘하셨거든요. 특히 아버지는 별 대단한 요리를 하시는 건 아니지만 금세 척척 만들어내곤 하셨습니다. 부모님 휴일이 맞지 않으니 세 식구가 한자리에 모이는 건 정말 흔치 않은 일이었어요. 어머니만 계시거나 아버지만 계시거나. 아버지 쉬시는 날엔 곧잘 둘이 같이 저녁을 짓곤 했습니다. 아버지는 가르치는 재주가 있으셨거든요. 말수가 많진 않지만 요점을 확실하게 파악하고 있다고 할지. 머리에 쏙 들어오게 가르쳐주셨죠. 제가 하는 요리는 전부 아버지한테 배운 겁니다."

외동이셨습니까?

"네. 집에 오면 아무도 없었으니 형제가 있는 사람이 그렇게 부러울 수 없더군요."

형을 갖고 싶으셨습니까? 아니면 누나?

"다 좋죠. 형이든 누나든, 남동생이든 여동생이든. 부모님이 안 계실 때 둘이서 이야기도 하고 같이 텔레비전도 보고, 그런 걸 해 보고 싶었습니다. 집안 공기를 공유하는 게 꿈이었던 겁니다."

부인께 형제분은?

"아내도 외동이라 말이죠. 아내는 언니가 갖고 싶었다더군요."

그래서 아이들한텐 형제를 만들어줘야겠다고 생각하셨군요.

"네. 결혼 당초부터 둘이서 그렇게 정했습니다."

자제분이 셋이던가요?

"네. 아들, 딸, 아들입니다. 큰애가 올해 초등학교에 들어갔고 이 년 터울이죠."

염원을 이루셨군요.

"네, 덕분에. 장난이 한창 심할 때라 집 안이 난장판입니다만. 육아는 격투예요. 물론 애는 귀엽고 같이 노는 게 즐겁긴 하지만 하루만 봐도 녹초가 되는군요. 녀석들을 매일 상대하는 아내는 정말 대단한 겁니다. 존경스럽죠. 구조 훈련을 하는 편이 훨씬 편합니다."

일 쪽은 어떻습니까?

"일은 지장이 전혀 없군요. 오히려 현장에 있을 때 더 냉정하고 정신적으로도 편합니다. 일 자체엔 사건 직후부터 거부감이 없었습니다. 평소 훈련으로 몸이 반사적으로 움직이니까요. 오히려 출근하면 긴장감 어린 공기에 마음이 놓일 지경입니다."

출근을 못 하게 된 분도 계시는데요.

"그런 모양이더군요. 실제로 그만둔 동료도 있습니다."

어떻습니까? 아직도 그날 일이 생각나십니까?

"그건…… 네, 가끔."

무서우십니까?

"음, 무서운 건 이제 없군요. 지금까지 여러 현장을 봐왔으니까요. 매번 충격은 있지만 머릿속에 그걸 담아둘 파일이 자연히 생기거든요. 그러니 아닌 게 아니라 잊을 수 없는 큰 사건이긴 해도, 지금은 파일에 보관되어 있으니 그것만 플래시백을 겪거나 하진 않습니다."

그런 직업을 가진 분들은 원래 그렇습니까?

"글쎄요, 잘 모르겠군요. 대처 방법은 사람마다 다르지 않을까요. 하지만 처리하는 방법이 자기 나름대로 확립돼 있지 않으면 힘들고 오래 못 버틴다는 건 확실하군요. 어느 지점에서 딱 끊고 돌아보지 않는다든지, 다 잊었다고 생각한다든지. 결국에 가서 의지가 되는 건 평소 훈련과 동료들입니다. 아니, 그보다 마지막 순간에 목숨을 내맡길 수 있는 건 그 둘뿐이죠."

플래시백이 없다고 하셨는데 사건이 생각나실 때는 있는지요?

"그건 있습니다. 매일 새로운 사건이 발생하다 보니 뒤로 자꾸 밀려나긴 합니다만, 근처를 지날 때면 가끔 머릿속 한구석으로 대체 무슨 일이 있었던 걸까, 어쩌다 그렇게 됐을까, 생각하곤 합니다. 원인은 지금도 궁금합니다. 신문이나 잡지에 관련 기사가 있으면 꼭 읽죠."

그렇지만 요새 기사가 눈에 띄게 줄었던데요. 한동안 그렇게 떠들썩하더니.

"해마다 그런 경향이 강해지더군요. 마치 스콜처럼 모든 언론이 오로지 그걸로 도배됐다가 뚝 그칩니다. 하지만 그 사건은 피해가 막대했잖습니까? 그렇게 많은 사람이 죽은 데다 원인은 여전히 오리무중. 그런데도 다들 눈 깜짝할 새 잊어버렸습니다. 아니, 잊으려고 하죠. 이해할 수 없는 건 생각하기 싫은 겁니다. 어느새 그 사건 자체가 없었던 일이 됐다는 생각이 들 때도 있어요. 월드컵에 열광하느라 그 사건이 일어났을 무렵 동계 올림픽이 있었다는 것조차 잊어버렸을걸요. 정말이지, 사건의 주기가 너무 짧아요. 텔레비전 채널을 쉴 새 없이 돌리는 것하고 같은 레벨로 뉴스가 소화됩니다."

최근엔 도시괴담이 됐더군요. 젊은 사람들 사이에선 M이란 점포가 마치 괴담에 등장하는 요괴 같은 존재로 살아 있습니다. 새로운 무시무시한 이미지죠.

예전에 어린 여자애가 살해되는 사건이 발생했을 때 'M 군'이 어떤 기호처럼 됐습니다만, 그와 비슷한 게 느껴집니다.

"맞습니다. 일반 사람들은 명백히 그 사건을 생각하고 싶어 하지 않아요. 사람들한테 그건 기피해야 할 터부인 겁니다. 그 때문에 그렇게 괴상하게 채색되고 수상쩍은, 비좁은 자리로 밀려났습니다. 그 정도로 큰 사건의 종착점이 그래도 되는 건가 싶습니다."

그렇죠. 소송이며 배상 문제는 지저분한 장기전이 될 것 같고 말이죠. 법률상으로 사건이 매듭지어지는 건 앞으로 한참 더 있어야 할 것 같군요.

그런데 당신이 식욕을 잃고 잠을 설치게 된 원인은 뭐였다고 생각하십니까? 일은 계속하고 계시고 현장이 더 편하게 느껴진다고 하시면서요.

시간도 이만큼 흘렀으니 지금이라면 스스로 아시지 않겠습니까?

"그건 알고 있었습니다. 처음부터."

하지만 지금까진 가르쳐주지 않으셨죠.

"이제야 겨우 말로 표현할 수 있게 된 거란 생각이 듭니다."

왜죠?

"글쎄요. 시간이 흐른 덕분일까요. 아니면 전엔 이유를 생각하기 싫었는지도 모르죠."

무슨 이유였습니까?

"집에 가기 싫었기 때문인 것 같습니다."

집? 자택 말씀입니까? 가족이 기다리는 집에?

"네."

그건 또 왜죠?

"무서워서 그렇습니다. 집에 가는 게."

부인이? 아니면 자녀분이?

"가족은 사랑합니다. 제 입으로 말하긴 뭐합니다만 가정은 원만하다고 생각합니다."

그렇다면 어째서입니까?

"무서운 겁니다. 가정이 원만하기 때문에 무서운 겁니다."

행복하다는 게 무서우십니까? 행복하기 때문에 무서우신 겁니까? 혹시 자신이 행복하다는 데 죄책감을 느끼시는 게 아닙니까?

"그게 아닙니다. 전 그렇게 착한 사람이 못 됩니다. 자기 생각밖에 안 하죠. 지금 제가 누리는 행복을 잃을까 봐 무서운 겁니다."

다르지 않습니다. 당신은 비참한 현장을 보고 당신의 가정이 행복하다는 데 죄책감을 느끼는 겁니다. 피해자들과 당신 자신을 비교하는 거죠. 그건 자연스러운 일이고 당연한 반응입니다.

"아뇨, 선생님은 오해하시는 겁니다. 그렇게 아름다운 이야기가 아닙니다."

아름답고 아니고 하는 문제가 아니죠. 그게 자연스럽다는 이야기입니다.

"그렇지 않습니다."

왜 그렇게 생각하시죠?

"지금까지 말씀 안 드렸습니다만, 제가 이런 형태로 이야기하는 건 이번이 처음이 아닙니다."

저런. 전에 상담 치료를 받으신 적이 있다고요?

"네. 꽤 오래전 일입니다. 취직한 직후였죠."

기간은 얼마나?

"일 년 가까이 다녔군요. 아홉 달 아니면 열 달."

괜찮으시면 이유를 말씀해주시겠습니까?

"당시 부모님을 연달아 여의었거든요."

어느 분이 먼저였습니까?

"아버지였습니다. 어느 날 평소처럼 집에 돌아왔더니 경찰이 있더군요. 현장검증 때 늘 보던 사람들인데도 자기 집에 있는 걸 보고 무척 동요했던 게 기억납니다."

아버님 사인은?

"정말 운이 없게…… 싱겁게 돌아가셨습니다. 친구분 가게에 한잔하러 가셨다가 젊은 취객들 싸움을 말리려 하셨나 봅니다. 그러다 떠밀려 넘어지면서 머리를 부딪쳐 그대로 작고하셨습니다."

상대방은 기소됐습니까?

"아뇨. 정말 소심한, 거의 어린애나 다름없는 젊은이여서요. 취하면 불끈해서 시비를 거는 타입인지, 술이 깨고 났더니 정말 어안이 벙벙할 정도로 어린애더군요. 아버지를 떠민 것도 기억을 못하는 모양입니다. 저하고 어머니 앞에서 새파랗게 질려선 부들부들 떨었어요. 저쪽도 홀어머니가 키웠다는 겁니다. 얼마나 고생을 많이 했는지 저희 어머니보다 훨씬 젊은데도 머리가 하얗게 샜더군요. 그런 그쪽 어머니가 조그만 몸뚱이로 무릎을 꿇고 빌지 뭡니까. 저도 어머니도 그저 멍하니 보고만 있었습니다."

딱하게 되셨습니다. 노여움을 풀 데가 없었군요.

"그렇다기보다 화를 낼 마음도 안 났습니다. 정말 어안이 벙벙해서 멍하니 있었죠. 아버지가 별안간 사라졌다. 그런 느낌이었습니다."

어머님이 충격이 크셨겠습니다.

"뭣보다도 어머니가 망연해하셨죠. 아마 실감이 안 나셨을 겁니다. 전에도 일 나가면 며칠씩 얼굴을 못 보고 지내는 게 당연했으니까, 너희 아버지가 오늘은 어디 가 계실까, 그런 느낌이었습니다. 지금 생각하면 신기하죠. 저나 어머니나 아버지가 돌아가셨다는 걸 실감하지 못했어요. 둘 다 아버지가 계속 존재하는 척하면서 생활했던 것 같습니다. 문득 얼굴을 들면 아버지가 집 뒤에서 묵묵히 빨래하는 모습이 보일 것만 같았습니다."

이어서 어머님도……?

"아버지가 돌아가시고 반년쯤 뒤였을까요. 이것도 참 싱거웠죠."

병환으로 돌아가셨습니까?

"네, 중증 거미막밑 출혈이었던 모양입니다. 어느 날 밤 두통이 심하고 메스껍다면서 감기약을 먹고 일찍 주무셨거든요. 이튿날 아침 일어나시질 않길래 가보니까 의식이 없었습니다. 그날 저녁 숨을 거두셨죠."

의식을 되찾지 못하셨습니까?

"네. 여러 번 불렀지만 결국 한 번도 대답을 안 해주셨습니다."

고통은 없으셨군요.

"네. 그것만은 다행이었습니다. 아버지와는 달리 임종도 지킬 수 있었고, 정말 주무시듯 돌아가셨죠."

그건 부러운데요. 정말로요.

"타인은 그렇게 말하죠."

물론 당신의 고통은 그때부터 시작되셨겠습니다만.

그러고 나서 바로 상담 치료를 받으신 겁니까?

"아뇨…… 내내 부정했어요. 자기가 그런 병에 걸릴 줄은 꿈에도 몰랐거든요. 하지만 결국 부모님이 연이어 돌아가시면서 집에 가는 걸 겁내게 됐다는 걸 알아차린 겁니다."

아무도 없는 집에.

"네. 처음엔 어쩐지 어색한 것뿐이었습니다. '이 집은 이상하다' '왜 불을 안 켰지?' 캄캄한 집을 볼 때마다 매번 놀랐습니다. 늘 어떻게 된 일인가 싶었죠. 집에 돌아올 때마다 불을 켜야 한다는 게 짜증스러웠습니다. '어머니는 왜 불도 안 켜놓는 거지?' 하고요. 게다가 그런 모순된 생각을 하는 제 자신에 아무런 의문이 없었습니다."

그래서요?

"시간이 흐르면서 점점 심해졌어요. '이 집은 이상하다' '누가 날 속이고 있다' '이 집은 내 집이 아니다' 하는 식으로 피해망상이 강해지는 걸 막을 수 없었습니다. 자기가 어째 이상하다는 걸 마음속 한구석으로 알면서도 계속해서 부정했죠. 나는 건강하다, 일도 정상적으로 하고 있다, 내가 이상할 리 없다, 하고요."

병원을 찾으시게 된 계기는 뭔지요?

"급기야 어두워지면 집에 발을 못 들여놓게 된 겁니다. 노래방이나 주점에서 밤을 보내고 날이 밝은 다음에 돌아와 샤워를 하고 옷을 갈아입었습니다. 하룻밤 내내 걸어 다닌 적도 있었죠. 그러면서 몸이 수척해지는 바람에 훈련에도 지장이 생겼어요. 동료들도 제 변화를 어렴풋이 눈치채곤 있었는데 나아질 기미가 안 보이니까, 결국 주위 사람들이 설득하더군요. 그러면서 의사를 소개받은 겁니다."

상담 치료를 받아보고 어떠셨습니까?

"상담 치료를 받기 시작하면서 많이 안정됐어요. 자기 자신을 객관적으로 볼 수 있게 됐다고 할지. 제 생각에 당시 전 막 소방사가 된 직후라 어깨에 힘이 들어가 있었던 게 아닐까 싶습니다. 현장은 특별하다고 생각했죠."

현장은 특별하다.

"네. 난 신성한 직업을 가졌다, 타인을 돕는다, 늘 비상사태에 대처한다, 하는 자만심 같은 게 가득했던 거죠. 실제로 특별한 직업이니 그런 동기 부여가 있어 마땅하다는 생각은 듭니다만, 역시 그런 정신적 부담이 과했던 모양입니다. 특별한 내가 특별한 장소에 가서 임무를 수행한다. 제 일을 그런 식으로 여겼던 것 같습니다."

특별한 나.

"네. 가서 임무를 다하고, 유니폼을 벗고, 일상의 나로 돌아온다. 일상의 내가 집으로 돌아온다. 각각 다른 장소고 교차할 일은 없을 터였습니다. 저한테는 그렇다는 말씀입니다만."

그렇군요.

"그런데 부모님이 연이어 돌아가시면서 실은 특별한 장소 같은 건 어디에도 없다는 게 생각지도 못하게 증명된 겁니다. 일상에서 사건은 발생합니다. 제가 특별한 장소라고 생각하면서 갔던 곳도, 당사자한테는 집이요, 직장이고 일상적인 장소였습니다. 돌아오면 늘 거기 있을 거라 생각했던 집이 절대적인 게 아니라는 걸 알게 된 거죠. 아버지 어머니가 안 계신 집은 집이 아니었습니다. 내 일상이 이젠 존재하지 않는다는 걸 알아차린 겁니다."

네, 그렇죠.

"전엔 아무 의문도 없이 집으로 돌아올 수 있었습니다. 평소와 똑같은 생활이 당연히 기다리고 있을 거라고 믿었으니까요. 하지만 그게 그저 운에 불과했고 사실은 당연하지 않다는 걸 깨닫고 나니 돌아가기가 무서워진 겁니다. 거기엔 아무것도 없다, 혹은 거기서 무슨 일이 일어났어도 이상할 것 없다, 어떤 무시무시한 일이 벌어졌어도 이상할 것 없다, 그런 식으로 생각하게 됐습니다."

그 때문에 집에 못 들어가시게 됐다는 말씀이죠.

"제 생각엔 그렇습니다."

그걸 아홉 달 내지 열 달 걸려서 납득하셨군요.

"네. 납득했다고 생각합니다. 적어도 제 자신한테 설명할 순 있었던 것 같습니다."

마지막에 의사가 뭐라던가요?

"한동안 두고 보자더군요. 이젠 혼자 생활할 수 있을 거라고."

수긍이 가셨습니까?

"그럴지도 모르겠다 싶었습니다. 실은 그 무렵엔 아내를 사귀고 있어서 그쪽 영향이 컸던 거죠."

새 가정을 꾸미면서 긍정적으로 사고하실 수 있게 됐군요.

"흔해빠진 이야기지만 아마 그런 게 아닐까요."

그 뒤로는 순조로우셨고요.

"네. 애들도 태어났고, 일에도 만족했습니다."

그동안 상담 치료를 받지 않으셨다는 말씀이죠.

"네. 그럴 필요를 전혀 못 느꼈습니다."

남편으로서, 또 아버지로서 충실한 나날을 보내셨다.

"네. 제 생각엔 그렇습니다."

그 사건이 일어난 날까지?

"네."

이번에도 저번과 같은 느낌이었습니까? 집에 가기 무섭다고?

"아닙니다, 더 강렬했어요. 퇴근 시간이 돼서 이제 집에 가야 한다는 생각만 해도 겁이 더럭 나더군요."

사건 당일에 있었던 일을 기억하십니까?

"네."

말씀해주실 수 있겠습니까? 가능한 범위 안에서 이야기해주시면 됩니다.

"조용했습니다."

현장이 말씀입니까?

"네. 이제껏 경험해본 적이 없을 만큼 조용했습니다. 보통 화재

현장에선 온갖 소리가 나거든요. 산사태나 태풍도 그렇죠. 목소리 같은 건 들리지도 않습니다. 엄청난 굉음 속에서 일할 때가 많아요. 그런데 그때는 무척 조용했습니다. 신음소리나 울음소리는 들렸지만 다른 소리는 일절 없었어요."

소방대원은 장비가 어마어마했죠.

"처음엔 대형 화재인 줄 알았는데, 곧바로 특수한 가스가 살포된 것 같다는 연락이 들어왔습니다. 2차 재해를 막기 위해서도 특수 차량이 도착할 때까지 기다려야 했어요. 안 그래도 공휴일 제일 혼잡할 시간이었으니 거기까지 가는 것만 해도 여간 힘든 게 아니었습니다. 현장 정보는 전혀 없지, 어쩌다 있어도 뒤죽박죽이지. 그런 일은 자주 있긴 합니다만, 그 현장은 아무튼 이상했습니다."

어떤 식으로 이상했는지요?

"잘 표현을 못 하겠군요. 역시 안의 분위기였을까요. 너무나도 조용하고 너무나도 환했습니다."

조용하고 환했다. 점포 내부 말씀이시죠?

"네. 좌우지간 돌입했다가 어안이 벙벙했어요. 연기는 아무 데도 안 보이고 쥐 죽은 듯 조용했습니다. 불이 환하게 밝혀져 있고, 새하얀 벽이 보였죠. 상품이 흩어져 있지만 않았으면 그냥 휴점일인 줄 알았을걸요. 들고 들어간 온갖 검사 기기에서도 아무런 반응도 없고 말이죠. 다들 여기저기 뛰어다니면서 당황했을 겁니다."

혼란스러웠다.

“네. 몇 개 팀이 진입했는데 다들 얼굴이 긴장된 걸 알 수 있었습니다. 하여튼 그렇게 영문을 알 수 없는 현장은 처음이었습니다. 무서웠어요. 몹시 무서웠습니다. 무슨 일이 일어난 건지 당최 알 수 없었고 말이죠. 섬뜩했다는 게 더 맞는 표현일까요. 사상자는 계단하고 에스컬레이터 부근에 집중돼 있었으니 처음 들어갔을 땐 아무도 없는 것처럼 보였거든요. 정말이지 호러 영화의 주인공이 된 기분이었습니다. 어디 안 보이는 데 거대한 괴물이 숨어 있는 게 아닐까, 진심으로 그런 생각을 했습니다.”

부상자는 금세 발견하셨습니까?

“아뇨, 그 전에 어린애가 안쪽에서 아장아장 걸어와서 말이죠. 봉제인형을 끌고 통로 한가운데를.”

아아, 한동안 유명했죠.

“네. 다들 어안이 벙벙했습니다. 저희는 중장비를 갖추고 진입했는데 애는 멀쩡해 보였으니까요. 오히려 그게 섬뜩했던 겁니다. 이 애는 뭔가 특수한 능력이 있구나, 보통 사람이 아니구나, 하는 생각이 퍼뜩 들었던 게 기억납니다. 왜 그런 생각을 했는지는 모르겠습니다만.”

그 정도로 아무렇지도 않아 보였군요.

“네. 한 대원이 달려가서 눈이랑 점막 등을 살펴봤죠. 문드러지거나 변색, 호흡 곤란 같은 증상은 전혀 없었고 눈물을 흘린 흔적도 없었습니다. 겨우 두 살쯤 된 애였으니 만약 그런 가스가 살포됐다면 맨 먼저 당했을 겁니다. 마음이 복잡하더군요. 가스는 거짓말일지 모르겠다 싶었지만 점포가 워낙 넓으니 아직 모르는 일입니다. 그런데 또 다른 대원이 애가 든 인형에 피가 묻은 걸 발견한 겁니다. 인형에 묻은 피가 바닥에 쓸렸더군요. 봐라, 피다, 다친 사람이 있다, 했습니다. 그 애 피인가 했는데 애는 아무 데도 안 다친 것 같거든요. 어쨌든 한 명이 애를 안고 나가고 나머지 대원들이 안으로 들어갔습니다. 다른 입구로 진입한 대원들이 안쪽에서 뛰어다니는 소리가 들렸지만 어떤 상황인지 도통 알 수 없었습니다. 그런데 이윽고……."

네.

"아니, 잠깐만요. 이 다음은 그냥 넘어가겠습니다. 엄청나게 많은 부상자와 사망자를 발견한 겁니다. 중앙 에스컬레이터 밑의 참상은 정말이지…… 하지만 역시 연기나 가스에 의한 피해는 찾아볼 수 없었습니다. 검사를 해봐도 반응은 제로. 불씨가 있나 대원들이 여기저기 다녀봐도 그것도 없고 말이죠. 아무튼 인원을 대거 투입해서 부상자 이송을 시작했습니다."

참 많았죠.

"네. 그렇게 많은 사람을 이송한 건 처음이 아닐까 싶습니다."

밤까지 작업이 계속됐습니다.

"점포에서 나온 손님들도 주위에 있다 보니 부상자를 수용할 공간을 확보하는 게 여의치 않았습니다. 일시 대피소라든지 지정된 곳이 있긴 한데, 휴일이라 연락을 하기도 쉽지 않았어요. 전화 연결이 안 되는 상황이라 주위 사람도 다들 신경이 예민해져 있었죠. 저희한테 덤벼드는 사람까지 있질 않나, 어쩐지 불쾌한 느낌이었습니다."

구경꾼이 무척 많았죠.

"네. 도로까지 넘쳐서 차도 못 다니지, 꼼짝도 않았죠. 무섭더군요. 어쩐지 다들 저희를 미워하는 것처럼 느껴졌습니다."

미워한다고요?

"네. 증오심 같은 게 명확히 느껴지던데요. 무슨 일이 벌어지고 있는 건지 설명해라, 우리한테 가르쳐줘라, 하는 증오죠. 정보가 없을 때 군중의 노여움은 정말 엄청납니다. 대체 그게 뭐였을까요. 하여튼 무서웠습니다. 저러다 우리한테 덤벼들지 않을까 싶었을 정도였어요. 그러다 날이 저물 무렵엔 대원들 전부가 잠시 패닉에 빠졌습니다."

대원들 전부가?

"네. 그 무렵엔 다들 똑같은 느낌을 받고 있었던 겁니다. 이 사건은 이상하다고, 원인이 없다고. 그럴 리가 없거든요. 그렇게 많은 사람이 죽었으니까요. 아무튼 어떤 원인이 있어 맨 처음 뛰기 시작한 사람이 있을 거란 말이죠. 저희도 부상자 이송 중에 어떻게 된 일이냐, 무슨 일이 있었던 거냐 끈질기게 반복해서 물었습니다. 의식이 있는지 보기 위해서였기도 합니다만. 그런데 다들 요령부득이더란 말입니다. 다른 사람들이 도망치길래 자기도 도망쳤다. 불이 난 모양이다, 가스가 살포된 모양이다. 죄 그런 대답들뿐이었어요. 실제로 연기를 봤다는 사람은 없었습니다. 그러니 몸을 써서 부상자를 밖으로 운반할 땐 오히려 괜찮았지만, 다들 똑같은 의문을 품고 있었을 겁니다. '원인은 뭐였던 거지?' '어째서 피해가 이렇게 커진 거지?' 하고 말이죠."

결국 이유는 알 수 없었습니다.

"네. 집단 패닉 같은 걸로 설명하고 끝났죠. 결국에 가선 흐지부지됐고요."

경찰의 발표도 어째 애매했습니다.

"네. 그렇지만 어쩔 수 없어요. 원인일 듯한 게 정말로 아무것도 안 나왔으니 말입니다."

정부의 음모란 설도 있었는데요.

"어이가 없죠."

그런, 뭔가 은폐된 사실이 있다는 생각은 반드시 등장하게 마련입니다.

"그건 어쩔 수 없다고 생각합니다. 명확한 이유를 듣고 납득하고 싶은 심정은 저희도 마찬가지니까요. 그나저나 반 농담입니다만, 한동안 저희 사이에 유행했던 음모론이 있었습니다. 그저 그런 시시한 겁니다만."

호, 어떤 겁니까?

"누가 우리를 시험하고 있다는 겁니다."

누가요?

"글쎄요. 신이 됐든, 비밀 조직이 됐든, 수수께끼의 정부 기관이 됐든, 요는 아무래도 상관없습니다. 그 거대한 존재가 우리를 시험한 게 그 사건이라는 거죠."

당신들을?

"네. 누가 그러더군요. 인류의 역사는 재해의 역사, 나아가 살인과 사고사의 역사입니다. 인류는 늘 새로운 살상 수단을 모색해왔습니다. 새로운 죽는 방법을 개척해왔다고도 말할 수 있죠. 고층건물을 지으면 추락과 붕괴가 일어납니다. 배를 건조하면 침몰 사고가, 비행기를 만들면 추락 사고가 발생하죠. 권총이 생기면 사살이란 방법이 같이 생깁니다. 새로운 약, 새로운 독. 지진, 태풍, 화산 분화. 도시화와 기계화가 진행되면 새로운 사고와 재해가 일어납니다. 엘리베이터에 갇힌다든지, 열차 사고라든지, 교통사고라든지. 건물의 밀폐성이 높아지면 뭔가의 중독 증상이라든지, 새집증후군이라든지 그런 생각지도 못했던 피해가 생기거든요. 무차별 폭행이나 은행강도도 도시가 발전했기 때문에 성립되는 범죄죠. 그 '누구'는 늘 새로운 수단을 찾고 있습니다. 인류를 죽일 수단을. 인간을 죽일 새로운 방법을 시행착오를 거듭하면서 늘 찾고 있다는 겁니다."

시행착오.

"네. 그 녀석은 어떻게 하면 적은 비용으로 많은 사람을 죽일 수 있을지 항상 궁리하고 있습니다. 권총에, 무기, 전쟁. 환경 파괴와 유해 물질 같은 새로운 방법도 고안했죠. 그러다 여기에 이르러 드디어 궁극의 방법을 발견한 겁니다."

궁극의 방법?

"패닉입니다. 정신적인 패닉. 몇 명한테 불안감을 심어주면 가만있어도 더 많은 사람을 죽일 수 있다는 걸 알아차렸습니다. 사람들이 밀집된 곳에서 몇몇 사람이 '도망쳐!' 하고 소리치며 뛰기 시작하면 즉각 효과가 있지 않겠습니까? 누군가를 불안하게 만들 수만 있으면 알아서 죽어주는 겁니다. 폭주하는 인간 자체가 흉기가 됩니다. 인간이란 물질의 중력과 운동 능력, 정신적 불안정만으로 말이죠. 인간으로 다수의 인간을 죽일 수 있다. 많은 사람이 에스컬레이터에서 추락하면 그 무게만으로 인간은 죽습니다. 별달리 뭐가 떨어진 것도, 쓰러진 것도 아니에요. 그저 사람이 많은 곳에서 소리만 한 번 지르면. 칼도, 권총도, 새로운 무기도, 새로운 기계도 필요 없습니다. 인간만으로. 사람이 모이는 것만으로. 이럼 비용도 안 들겠다, 비용 대비 효과 면에서도 훌륭하잖습니까."

그 녀석이 누굽니까?

"글쎄요, 그건 모르겠습니다. 하지만 그 녀석은 저희를 시험했습니다. 그날 그곳에서. '새로운 방법인데 어떤가?' '이래도 자네들은 그들을 구할 수 있겠나?' '어떤가, 이 새로운 살인 방법, 마음에 드나?' 그곳에서 저희는 내내 귓가에서 소곤거리는 소리를 듣고 있었단 생각이 듭니다."

다른 분들도 같은 생각이십니까?

"글쎄요, 어떨지 모르죠. 반농담조로 그런 이야기를 했던 건 사실입니다. 그렇지만 저희는 매일 처음 겪는 현장에 진입하니까요.

독가스 테러며 신종 바이러스, 방사능 유출 사고. 어떤 곳이든 저희는 요청이 들어오면 출동합니다. 본 적도, 들어본 적도 없는 곳, 경험해본 적이 없는, 지금까지의 경험이 전혀 도움이 안 되는 현장에 출동하는 게, 꼭 눈에 안 보이는 누군가한테 계속해서 시험당하는 것 같을 때가 있습니다."

임계 사고 때 회사에선 급환이 발생했다면서 구급차를 불렀다죠? 사고에 관해선 아무 소리 않고.

"네. 몹쓸 이야기입니다. 구급대원이 방사능에 노출될 걸 알면서 설명을 생략한 겁니다. 처음부터 말만 했으면 그런 대로 준비도 할 수 있었는데요."

애초에 그런 회사라 그렇게 위험한 작업을 아무렇지도 않게 시킨 거겠죠.

"방사선 장애는 정말 엄청나니 말이죠. 아까도 말씀드렸지만, 인간을 죽이는 방법으로선 유전자며 세포 수준에서 뿌리째 말살할 수 있는 상당히 효과적인 부류에 속하지 않을까요. 다만 원자력은 비용이 대단히 많이 드니 비용 대비 효과 측면에선 의문이 남긴 합니다만."

하하, 무서운 이야기입니다.

그럼 또다시 집에 가기가 겁나게 된 건 사건 직후였습니까?

"아뇨, 그건 아닙니다. 당시는 피로감과 허탈감은 있었어도 집으로 돌아갈 수 있다는 게 기뻤습니다. 일도 쉬지 않았고요."

그럼 언제부터?

"발단은 저 자신도 압니다만."

뭔가 계기가 있었던 겁니까?

"네. 사건이 있고 삼 주쯤 지나 가족들하고 장을 보러 나갔을 때였습니다."

M 같은 큰 마트에?

"아뇨. 그런 큰 곳이 아니라 동네에 있는 중간 규모의 슈퍼마켓이었습니다. 거기에 가족들하고 같이 갔죠. 카트를 밀면서 식품 매장을 어슬렁어슬렁 돌아다녔습니다. 애들은 가만히 있질 못하니 뛰고 깡충거리고 하잖습니까? 그러다 애가 선반에 부딪친 겁니다."

식품 선반에?

"네. 그래서 진열된 상품이 바닥에 떨어졌습니다."

무슨 상품이었습니까?

"라면이었습니다."

인스턴트 라면?

"그렇습니다. 슈퍼에 가면 인스턴트 라면을 세 개씩, 다섯 개씩 묶어서 파는 거 있잖습니까? 그게 떨어진 겁니다, 바닥에."

그래서요?

"그 순간 무서워졌습니다."

집에 가시는 게요.

"네."

왜죠?

"기억났거든요."
뭐가요?
"그때가."
사건이?
"네. 겹겹이 포개져 있는 희생자를 운반할 때, 그 사람들이 산 물건이 주위에 흩어져 있었습니다. 식품 매장에서 산 물건도 많았어요. 그때 본 겁니다, 똑같은 인스턴트 라면 묶음이 바닥에 떨어져 있는걸. 비닐봉투에서 튀어나온 라면 근처에 희생자의 손이 널브러져 있었습니다. 그게 다가 아니에요. 애들이 늘 사던 캐릭터 장난감이 딸린 과자도, 제가 맥주 안주로 늘 먹는 상표의 김치도. 그것들이 그때 바닥에 뒹굴고 있었습니다."
우연히 같은 물건이.
"우연이 아닙니다. 삼 주 뒤 그게 슈퍼마켓 바닥에 뒹굴고 있는 걸 보고 전 깨달았습니다."
뭘 말씀입니까?
"그때 거기서 죽은 건 제 아내고 애들이었다는걸."
네?
"마찬가지인 겁니다. 거기는 사람들한테 일상이었습니다. 저녁 찬거리와 다음 주 도시락 찬거리를 사러 맨날 가는 장소였어요. 늘 가는 곳, 평범한 일상 속 장소였던 겁니다. 그런데 그게 아니었습니다. 그런 곳에서 사람들이 죽었습니다. 역시 일상 같은 건 어디에도 없다는 걸 깨달은 겁니다."

부모님 때와 똑같은 느낌이 드셨다.

"네. 아니…… 잘 모르겠군요. 똑같다고 생각하긴 했습니다만."

어디가 다르다고 생각하셨습니까?

"절망이 더 깊었습니다. 이렇게 공들여 쌓아온 가정도 어느 날 집에 가보면 송두리째 사라지고 없을지 모른다. 일상이란 건 아무 보증이 없으니 언제 잃어도 이상할 것 없다. 그런 생각을 하니까 슈퍼에서 카트를 밀면서 눈앞이 캄캄해졌던 게 기억납니다."

그래서 집에 가시는 게 무서워지셨군요.

"네. 집에 가려고 하면 캄캄하고 텅 빈 집이 생각납니다. 불이 안 켜져 있고 캄캄한. 현관에서 의아한 표정으로 집 안을 들여다보는 제 모습이 떠오릅니다. 집 안에 아무도 없어요. 아내도, 애들도 없습니다. 그게 아니면 누군가한테 살해되는 장면이 눈앞에 선하거나 말이죠. 집 안에 발을 들여놓으면 식구들이 피를 흘리며 쓰러져 있는 모습이, 그걸 보고 아연해하는 제 얼굴이……."

그 이야기를 부인께 하셨습니까?

"네. 바로 상의했죠. 아내는 아마 걱정은 하는 것 같았지만 표정에 드러내진 않고 괜찮아, 우린 아무 데도 안 가, 우린 그런 몹쓸 일은 안 당할 거야, 하고 말해주더군요. 그 뒤 집에 갈 때가 되면 휴대전화로 자주 전화를 줬습니다. 식구들이 집에서 기다리고 있다는 걸 저한테 알려 돌아오기 쉽게 해주는 걸 테죠. 역에서 내리면 아내 휴대전화로 전화를 걸어 통화를 하면서 집에 도착했습니다."

집에 도착하는 순간의 공포를 완화하기 위해서입니까?

"네."

효과는 있던가요?

"있더군요. 처음엔."

점점 효과가 없어졌다.

"네. 아내 목소리를 듣고 있어도 소용이 없어요. 금세 상상하게 됩니다. 아내가 '어머, 누가 왔네, 잠깐만' 하고 잠시 침묵이 흐르면, 그 순간 강도가 들어와서 아내를 죽이는 게 아닐까 싶어 미칠 것 같습니다. '쇼타는 동네 누구누구네 집에 놀러갔는데 좀 있으면 올 거야' 하면 두 번 다시 못 돌아오는 게 아닐까 싶고요."

괴로우시겠습니다.

"안절부절 어쩔 줄 모르겠더군요. 심장이 두근거리고, 식은땀이 끝없이 쏟아지고요. 그래서 상담 치료를 받기로 한 겁니다. 저 말고도 상담 치료를 받는 대원은 여러 명 있었고 말이죠."

그 사건 이래로 많은 사람이 병원에 다닌다고 들었습니다. 당신만이 아닙니다. 자기만 그렇다고 생각하시면 안 됩니다.

"그렇죠. 그렇겠죠. 하지만 더는 견딜 수가 없었습니다. 다른 방법이 없었어요. 또다시 텅 빈 집으로 돌아오고 싶진 않습니다. 어두운 방에 불을 켜기 싫습니다."

조급하게 생각하지 말고 천천히 치료합시다. 전에도 나으셨잖습니까. 자신을 가지십시오.

그런데 저번에 오신 뒤로 공백이 꽤 길었습니다만. 그동안 스스로 진정시키면서 계신 게 아닙니까? 훌륭한 일이긴 합니다만 무리하지 마시고 자주 오셔도 됩니다.

"도저히 못 견디겠어서 계획을 세웠거든요. 이대로 가다간 미칠 것 같아서 말이죠."

호오, 어떤 계획입니까?

"근본적인 문제를 제거하는 계획입니다. 그게 참 신기하게도 계획을 세우고 나니까 갑자기 마음이 편해져서 잠도 잘 오는군요."

그렇습니까.

"그래서 어제도 푹 잤죠. 아침밥도 맛있게 먹었고요."

어떤 계획이죠?

한번 들어보고 싶군요. 그 정도로 효과가 있는 방법이라면.

"네, 자신은 있었습니다. 전 중학교 때부터 유도를 해서 전국 체전에 나간 적도 있거든요."

저런, 몰랐습니다. 그렇군요. 유도를 다시 시작하신 겁니까?

"아뇨, 도장은 계속 다녔습니다. 지금도 실력은 별로 안 떨어졌을 겁니다."

대단하십니다.

"그러니 고통스럽진 않으리란 걸 알고 있었거든요."

고통스럽다고요?

"네. 목을 살짝 조르면 금세 의식을 잃습니다. 익숙해지면 간단합니다."

누가 고통스러운 겁니까?

"그러니까 고통스럽지 않게 했다니까요. 애들은 앳된 얼굴 그대로 잠들었어요. 약간 창백해지긴 했지만 바로 정신을 잃었죠."

애들?

"네. 아내는 좀 더 시간이 걸렸습니다. 의아한 표정인 게 인상적이더군요. 하지만 편히 자던 중이라 아마 무슨 일이 일어났는지 모른 채로 갔을 겁니다."

대체 무슨 말씀을 하시는 겁니까?

"그러니까 제가 세운 계획 말입니다. 결행하는 날을 어제로 정해놨었거든요."

결행? 뭘 결행하셨다는 거죠?

"전 견딜 수 없었습니다. 어느 날 갑자기 지금까지 공들여 쌓아온 가정을 누군가한테 뺏기는 건 참을 수 없었어요. 어느 날 집으로 돌아와 가족을 잃었다는 걸 깨닫다니 그런 건 견딜 수 없습니다. 그러느니 제 손으로 뺏는 게 훨씬 낫죠."

설마, 그럴 리가.

"그래서 전 제 손으로 가족들 목을 조른 겁니다. 제 이 손으로. 아아, 이젠 고민 안 해도 됩니다. 그들을 잃지 않아도 됩니다. 걱정 안 해도 돼요. 가족들은 내내 집에 있어줄 테고, 누구한테 살해될 일도 없습니다. 어제는 정말 푹 잘 잤습니다. 얼마 만에 그렇게 마음 편히 잔 건지 기억도 안 날 지경입니다. 오늘도 아침에 그렇게 상쾌하게 깼을 수 없어요. 날씨도 참 좋아서 기분이 개운하더군요. 그래서 아침을 지어 찬찬히 식사를 즐길 수 있었던 겁니다."

“풀코스 맞으시죠?”

그래, 그렇게 부탁해.

참고로 풀코스가 아니면 얼마나 걸리지?

“그건 코스마다 달라서요. 현지만이면 이십 분쯤이죠.”

현지만 보겠다는 사람이 지금도 있어?

“가끔 있어요. 그래도 이것저것 코스로 엮자는 사람이 더 많긴 하죠. 평균 한 시간 반쯤.”

혼자 신청하고 그래?

“혼자 오는 사람도 꽤 많아요. 그렇지만 두세 명이 제일 많긴 하죠.”

어떤 사람이 많아?

“어떤 사람은요, 그냥 보통 사람이에요. 대부분이 대학생이죠.

일단 대학생 이상만 받기도 하고요. 직장인은 별로 없네요. 매스컴 관계자는, 제가 맡은 건 요번이 두 번째인데요."

저런. 전에 왔던 매스컴 관계자란 건 어디?

"주간 S요."

그래. 무슨 소리 해?

"아뇨, 딱히. 별나게 붙임성이 좋아서 계속 '그래, 그래' 하면서 고개를 끄덕이던데요."

학생은 가이드 경험이 얼마나 돼?

"이제 좀 있으면 서른 번쯤 되겠네요."

세상에, 그렇게 많이?

"다른 멤버 중엔 쉰 번 이상 한 애도 있는데요, 뭐."

그럼 다들 합해서 대체 몇 명이나 안내한 거야?

"정확한 숫자는 모르겠지만 삼백 명 정도 안 될까요."

삼백 명! 꽤 많잖아.

"음, 그런가요."

그거 엄청 많은 걸걸. 처음으로 투어 가이드를 한 건 언제고?

"그게 그렇게 물으시면 대답하기가 난감한데 말이죠. '오늘부터 합니다' 하고 정해놓고 시작한 게 아니니까요. 동아리 멤버의 친구나 아는 사람을 안내하다 보니까 어느새 그런 투어가 있다는 식으로 돼버려서, 동아리 홈페이지에 신청하는 사람이 생긴 거예요. 지금도 아는 사람의 아는 사람 같은 경우가 대부분이고, 생판 모르는 사람은 별로 없어요. 음, 5월 연휴 끝나고 6월 들어서부터 가이드가 일상이 됐으려나요."

불편하지 않아?

"아뇨, 뭐 그렇게 대단한 걸 하는 건 아니니까요. 시간 되는 사람이 없으면 거절하고요. 신청하는 사람도 어떻게든 꼭 봐야겠다 하는 게 아니라 기회가 되면 한번 보자 정도인 사람이 많거든요."

흠. 동아리 활동에 지장이 있진 않고?

"전 학교 근처에 사니까 운동 부족을 해소한다 생각하고 해요."

대금은 그럼 학생이 가져? 가이드 요금 일인당 천 엔하고 교통비.

"아뇨, 동아리에서 관리해요. 교통비는 제가 갖지만요. 가이드 요금 같은 거 사실 안 받아도 되긴 하는데, 어설픈 자원봉사 활동처럼 되면 되레 불편하다는 말이 있어서요."

부탁하는 쪽도 돈을 얼마 내는 편이 더 편하고.

"그런가 봐요."

삼백 명이면 삼십만 엔이네. 벌이가 제법 쏠쏠한걸. 그 돈은 어디에 써?

"회식도 하고, 통신비로도 쓰고요. 금세 없어져요."

뭐, 그렇겠지.

"저희, 처음엔 여행 동아리였거든요."

저런, 그래? 오래됐어?

"생긴 지 삼십 년쯤 됐다나 봐요. 원래 해외여행을 싸게 할 수 있는 방법을 다같이 찾는 전형적인 여행 동아리였다더군요. '뭐든

이 눈으로 봐주자'는 거죠. 그러다 80년대에 한동안 도쿄 산책 같은 게 유행했잖아요? 길거리 관찰이니 토머슨이니. 그러고 나서에도 도쿄학이란 게 유행해서 박물관도 생겼고요."

맞아, 그런 게 있었지. 토머슨은 거리에 있는데 전혀 쓸모없는 거였던가.

용병으로 부른 건데 존재감이 없었던 프로야구 선수 이름이었지.

"그래요? 지금 처음 알았네요. 그래서, 당시 동아리에 유지들이 모여 '도쿄 산책'이란 소모임을 만들었대요. 그러고 나서 세월이 흐르면서 거기서 또 갈라져서 '도시괴담 산책' 소모임이 생겼고요."

도시괴담?

"네. 입 찢어진 여자가 상륙하는 루트를 따라가 본다든지, 인면견人面犬이 나온다는 곳에 잠복한다든지. 뭐, 그냥 소박하게 괴담을 좋아하는 사람들이었나 봐요."

어이구, 그거 오랜만인데. 어느 공원 연못에 악어가 있다는 이야기도 있지 않았나?

"아, 네, 있었죠. 그런데 그 소모임이 몇 년 전에 폐허 산책 모임으로 탈바꿈한 모양이에요."

폐허 붐이군.

"폐허 연구 동아리가 꽤 많거든요. 직장인 동아리도 여기저기 있던데요."

노선이 폐지된 선로를 따라 걷고 그러는 거지? 그거 꽤 위험하지 않아?

"네. 출발하기 전에 각서를 써야 해요. 자기 책임으로 폐허에 들어가는 거라고 도장 찍고 그러죠."

그 정도는 해야지. 안전 관리를 해야 하지 않겠어?

"아, 예. 그래서, 이것도 원래는 폐허 산책 소모임에서 하던 활동이었거든요."

그렇군. 아닌 게 아니라 폐허 맞네.

"그런데 그 소모임에 좀 특이한 취미를 가진 녀석이 있어서요."

특이한 취미?

"네. 폐허는 폐허인데 사건 현장을 걷는 걸 좋아하는 거죠."

사건? 가령 화재라든지 살인 같은?

"말하자면 그런 거죠. 방화 살인사건이 일어난 집이라든지, 일가족이 몰살된 집이라든지. 악취미라면 악취미긴 하지만요."

뭐, 우리 하는 일도 다를 건 없지.

"죄송합니다. 그런 뜻으로 한 말은 아닌데."

알아. 그럼 혹시 그 학생이 이 투어의 발기인인 거야?

"네. 그 친구, 조사하는 걸 좋아하거든요. 그런 투어를 시작하기 전에 우선 신문 기사랑 지도, 지역 역사 같은 걸 엄청 세세하게 조사하고 나서 현장을 걸어보더라고요. 그럼 사건의 이미지가 좀 더 쉽게 떠오른다면서요."

흠, 별난 취미인걸.

"네, 아닌 게 아니라 별나죠. 연대별 도쿄 지도를 수집해서 컴퓨터에 연도별로 입력해놓곤 해요. 이름이 뭐라더라, 신주쿠 역 서쪽으로 거품 경기 당시 부동산 투기가 엄청나서 오랜 역사를 가진 동네 하나가 통째로 소멸할 뻔한 적이 있다거든요. 지금은 주민이 서서히 돌아오는 중이라는데, 그 동네의 역사를 3차원 CG 영상으로 만들고 싶다나요. 한 오십 년간의 역사를, 빠른 속도로 집들이 들어서더니 눈 깜짝할 새 집이 헐리고, 건물이 쑥쑥 솟아나 이윽고 건물조차 없어지고 공터가 되는 모습을, 삼 분쯤 되는 영상에 담아보고 싶다고, 그래서 나중엔 도쿄 전체로 그런 영화를 만들고 싶대요."

요새 할리우드 영화에 그런 게 있었는데. 〈타임머신〉이었던가? 맨해튼이었나 런던이었나, 수백 년의 역사를 타임머신이 훑을 때 순식간에 건물이 하늘로 솟아오르지.

"그렇죠, 딱 그런 이미지래요."

여간 힘든 작업이 아닐 텐데. 그 학생은 건축학부?

"아뇨, 법학부예요. 어디까지나 취미인 거죠, 친구한테는."

흠, 별별 사람이 다 있어.

그래서 그 학생이 이 투어를 맨 처음 시작한 거야?

"네. 투어라고 할지, 아무튼 친구는 처음부터 이 사건에 보통 관심 있는 게 아니었거든요. 사건과 관련된 신문이며 주간지 기사를 모으는 건 물론, 현장에도 혼자서 여러 번 갔고 뉴스도 녹화해놨어요. 점포 내부의 방범 카메라 영상이 인터넷에 대량으로 유출된 적이 있잖아요? 시체가 잔뜩 있는 그거요. 그것도 서버에서 삭제하기 전에 전부 복사를 떠놨대요."

보통이 아닌데. 피해자 중에 아는 사람이 있는 거야?

"아뇨, 그런 이유는 아마 아닐 거예요. 그 친구네 집은 지바고 말이죠."

순전히 호기심이라고?

"네. 이 근처에 친구 동기가 사는 모양이에요. 한동안 그 집에서 지내면서 여기저기 돌아다녔나 봐요."

정열이 대단한걸.

"그렇죠? 그래서 이 투어도 대부분 친구의 조사 결과를 바탕으로 구성돼 있어요. 아, 여기가 맨 처음 지점이에요. 저기 담배 가게 공중전화요."

어? 저게? 왜?

"수화기를 드는 척하면서 전화기 본체 옆면을 보세요. 슬쩍요. 거기 뭐라고 쓰여 있을 거예요."

알았어. 보고 오지.

"……어떠세요? 발견하셨나요?"

뭐지, 저게?

"알아차리셨어요?"

그거 말이지? 스탬프 같은 걸로 찍은. 'M 사건은 정부에 의한 신무기의 인체 실험.' 무슨 뜻이야?

"네, 바로 그거예요. 누가 그 문장으로 고무도장을 만들어서 잉크를 묻혀 여기저기 찍고 다니거든요."

언제부터?

"사건 직후부터요. 한동안 훨씬 더 많았는데, 지금은 저 전화기 옆에 찍힌 게 제일 선명해요."

그 말 진짜일까.

"글쎄요, 모르죠. 그런 소문도 있긴 했잖아요."

어째 오싹한걸. 누가 그런 걸 찍고 다니는 거지?

"그게 참 신기하게도 목격자가 없단 말이죠. 한동안 상점 간판이니 문패니, 하여튼 닥치는 대로 찍혀 있었거든요. 그런데 스탬프를 찍는 걸 목격했다는 사람이 아무도 없는 거예요. 이상하죠?"

점점 더 섬뜩하네.

아, M이다. 참 크기도 하지. 어째 저것까지 섬뜩하게 보이는군.

"이쪽이에요. 주택가니까 조용히 해주시고요."

다음은 뭐지? 진짜 평범한 주택가인데.

"두리번거리지 마시고요. 자, 여기서부터 쭉, 현관 부근을 눈여겨 봐주세요. 아, 이 집도 그렇군요. 저 집도. 잘 보세요. 얼른 보셔야 해요. 뭐 알아차리신 거 없나요?"

어? 어느 집?

"아, 여기도."

뭔 말인지 모르겠는걸. 뭐가 어쨌단 말이지?

"공통점이 있거든요. 제가 말씀드린 집들에."

공통점?

"떠올려보세요. 현관 앞에 뭐가 있었죠?"

으음. 모르겠다. 항복.

"개집이 있었죠."

아, 그렇군. 그래, 어느 집에나 현관 앞에 개집이 있었지.

그게 공통점이야?

"네. 사건 당일 개가 안 짖었어요."

개가 안 짖었다고?

"더 정확히 말하자면, 동네 개들이 모두 M 쪽을 보고 가만히 앉아 있었대요. 꼼짝도 않고요. 주인이 명령해도, 목줄을 잡아당겨도 움직이질 않았다나 봐요."

아무리. 그거 무슨 관계가 있는 걸까?

"그야 모르죠. 하지만 꽤 많은 개가 그랬대요. 게다가 사건이 있은 뒤, 그런 행동을 했던 개들 중 일부가 밥을 안 먹어 쇠약해져 죽었다나요."

진짜로?

"진짜로요. 이거, 개 키우는 사람들 사이에선 꽤 유명한 이야기인 모양이던데요. 애견가가 만든 홈페이지에서도 봄부터 화제가 됐더라고요."

저런. 별별 게 다 있군.

이런 식으로 계속되는 거야?

"아, 예. 별거 없죠? 그야말로 대학생 산책 동아리 같은 느낌이죠?"

아니, 제법 재미있는데. 거리가 달라 보이고 어쩐지 가슴이 설레는군.

"다행이네요. 한동안 이상한 애들이 연속으로 와서요."

이상한 애들?

"맛이 간 애들이라고 해야 할지, 뭐랄지, 자긴 영감이 있다면서 말이죠. 같이 걷는 중에도 '아, 방금 지나갔어요' 그러더라고요. 좀 무서워요, 그런 사람."

그래. 유령이 출몰하는 곳을 찾아다니는 사람들이 M을 찾아온단 말은 들었어.

"네, 그런 모양이에요. 밤에 여럿이 사진을 찍으러 오나 보던데요."

사진?

"네. 엄청 찍히나 봐요."

찍힌다고? 뭐가?

"심령사진이죠. 아무도 없을 텐데 오가는 손님들이 잔뜩 찍혀 있더라, 건물 전체가 흰 빛에 싸여 있더라, 뭐 그런 거죠. 여름엔 밤중에 디지털카메라랑 비디오카메라를 들고 얼쩡거리는 인간들이 수두룩했대요."

그런 것까지 유행해?

"내년에 일주기 되는 날엔 더 많이 올걸요. 무슨 일이 일어날 거라고 소문이 자자해요."

저런. 벌써 그런 이야기를 해?

"인터넷에 보면 직접 찍었다는 심령사진이 엄청 많아요. 대개는

흐리멍덩하게 보이지만, 가끔 묘하게 사실적인 게 있거든요. 그런 걸 보면 소름이 좍 돋죠. 진짜 흐릿하게 환하더라고요. 창문이 새하애선, 건물 안에서 빛이 분명히 비치는 거예요."

학생도 그런 걸 보는군.

"아, 예. 가이드를 하기 전에 그래도 일단 최신 정보를 체크해두려고요."

최신 정보란 말이지.

"M 사건을 다루는 사이트는 지금도 꽤 많거든요. 진지하게 원인을 조사하는 사람도 있고, 또 그냥 소문을 수집하는 데도 있고요."

학생들은 원인이 뭔 것 같아? 투어를 시작했다는 그 학생은?

"글쎄요. 그 친구나 저나 원인엔 별로 관심이 없어서요."

관심이 없다고? 그렇게 조사를 많이 하면서? 이런 투어를 하면서 관심이 없어? 그 사건에서 가장 중대한 문제 아냐?

"그런가요? 그게 가장 중대한 문제인가요? 원인을 조사한들 무슨 소용이 있나 싶은데요."

소용이 없다니, 그건 아니지. 뭔가 우리가 못 알아차린 시스템상의 결함이 있다든지, 위험이 있을지도 모르잖아. 다른 데서 또 비슷한 사건이 일어날 수도 있는 일 아냐?

"원인을 알아도 비슷한 사건은 또 일어날걸요."

그건 그렇지 않아.

"원인은 지금도 경찰이랑 소방 당국에서 조사 중이잖아요. 저희는 힘없는 학생이고 사건을 추체험하고 싶은 것뿐이니까요. 그런 일이 있었다는 걸 느끼고 싶은 것뿐이에요."

흠. 추체험이라.

"이제 좀 있으면 사건이 시작된 걸로 간주되는 오후 2시 27분이에요."

그래. 손님들이 맨 처음 도망치기 시작했다는 시간이지.

"서두르죠. 좀 더 가야 하거든요."

서두른다고? 왜?

"어서요. 저 모퉁이를 돌아야 해요."

갑자기 왜 그러는데?

"휴대전화를 꺼내보세요."

어?

"시간 거의 됐네요. 저도 꺼낼게요."

휴대전화가 왜?

"자, 보세요. 먹통이 됐죠?"

"아, 진짜다. 안테나가 없어졌잖아. 이런, 통화권 이탈이 됐네."

저도 그렇거든요.

진짜네. 학생 것도 그렇잖아.

여기가 왜? 주변에 딱히 높은 건물이 있는 것도 아닌데.

"이상하죠? M에 막히는 모양이더라고요."

저 건물에? 좀 전까진 괜찮았잖아.

"M 옥상에도 분명히 통신사 기지국이 있겠죠. 사람들 말로는 그게 고장 난 게 아니겠느냐고 하더라고요. 아무튼 이 근처에선 통화가 안 돼요. 사건이 일어난 시간대엔 특히 통화가 잘 안 된다나요."

왜?

"그때 통화가 안 됐거든요. 사람들이 한꺼번에 구조를 요청했는데 금세 휴대전화가 먹통이 됐잖아요?"

바로 차단되니 말이지.

하지만 지금은 차단되지 않을 텐데.

"휴대전화 카메라로 M을 찍으시면 안 돼요."

뭐?

"그것도 여기서 일어나는 일 중 하나예요. 꼭 이상한 일이 생긴대요."

이상한 일이라니?

"그건 여러 가지예요. 그중 하나가 전화기가 고장 난다는 건데요. 느닷없이 말을 안 들어서 산 지 얼마 안 된 전화기가 못 쓰게 된 사람이 많대요. 그런 사람은 M의 사진을 찍은 사람인 모양이에요."

꽤나 해괴한 소문이 많은걸.

"그리고 M의 사진을 찍으면 주소록에 등록된 사람들한테 모조리 사진이 멋대로 전송된다는 것도 있어요. 자긴 보낸 적이 없는데 전화기가 알아서 보내는 거죠."

증식한다는 거네.

"네. 더 무서운 이야기도 있어요. M의 사진을 찍으면 사건 당일의 문자가 온대요."

사건 당일? 2월 말이야?

"네. 그날 사건이 발생한 시간대에 보냈거나 받은 문자가 갑자기 재전송된다나요. 그중엔 명백히 피해자인 사람이 보낸 문자도 있다나 봐요. '살려줘'라느니 '깔렸어'라느니 '괴로워'라느니."

어이구야. 안 그래도 문자는 무서운데.

늘 이런 이야기를 해? 다른 사람들 반응은 어때?

"다들 꺄꺄 비명을 질러요. 이런 이야기를 한 뒤 마침 문자가 오면 찬물 끼얹은 것처럼 조용해지고요."

아, 안테나 다시 생겼다.

정말 저기만 그런 거군.

"네. 좁은 범위에서만 통화가 안 돼요. 아까 거기서 못 움직이는 애도 있더라고요. 누가 있다, 누가 여기 웅크리고 있다, 그러면서요."

유령이란 소리지?

"그렇게 확실히 말하진 않았지만요."

이다음엔 어디 가지?

"이제 곧 부상자가 이송된 학교가 나올 거예요. 거기도 유령이 출현한대요. 학교 교정이랑 체육관에서 죽은 사람도 있으니까요."

유령이 나온대?

"그런가 봐요. 학생들 사이에 소문이 쫙 퍼진 모양이더라고요.

체육관이랑 교정에 사람들이 잔뜩 누워 있는 게 보이는 애들이 있대요. 그때 골절당한 사람들이 많았잖아요? 그래서 '아야야, 아야야' 하는 목소리가 들린대요."

어이구야.

학교랑 괴담은 떼려야 뗄 수 없는 관계니까.

"그렇지만 사람이 그렇게 많이 죽었는데 아무것도 없으면 그게 더 이상하지 않나요?"

뭐, 그런 식으로 말할 수도 있겠지.

"저희 투어에 대해 눈살을 찌푸리는 사람들이 있는 것도 이해는 하지만, 이렇게라도 기억하고 관심을 가져주는 편이 피해자들한테도 공양이 될 거라고 생각해요. 잊어버리고 없던 일로 치부해버리는 게 훨씬 더 잔인할 것 같은데요."

음, 일리가 있는 것 같긴 한데 납득할 수 없는 부분도 있는걸, 그 의견은.

"뭐, 개인의 자유니까요."

아, 저기가 학교지. 텔레비전에서 몇 번 봤어.

"여기도 밤에 와서 촬영하는 모양이에요."

심령사진?

"네. 인기 있는 곳이죠."

하하, 인기라. 다음은 어디지?

"다음은 별로 잘 알려지진 않았지만 아주 흥미로운 곳이에요."

그나저나 다들 뭘 바라고 오는 걸까.

멀리서 일부러 오는 사람도 있다면서?

"네. 홋카이도에서 대학생 그룹이 온 적도 있어요. 역시 폐허 마니아였죠."

다들 만족해?

"네. 친해져서 지금도 문자를 주고받는 사람도 있어요."

학생도 안내하면서 만족하고?

"네, 뭐. 싫진 않아요. 타인의 비극이 원래 자신의 행운을 실감할 수 있는 좋은 기회잖아요. 살아 있어서 다행이라고, 하고 싶은 일을 아직 할 수 있다고, 난 아주 작은 우연에 의해 살아 있는 거라고 말이죠. 반대로 침울해하는 애도 있긴 해요. 어쩌다 운이 좋아 살아 있을 뿐 자기도 언제 무슨 일로 죽을지 모른다고요."

저런. 인생무상을 느끼는 건가.

"그런가 봐요."

이거야 원, 도무지 판단이 안 서는걸. 학생들이 다정한지 잔인한지, 섬세한지 무딘지. 현실적인 건지, 영적인 걸 추구하는 건지.

"전부 다일걸요. 아, 저기예요, 저 절."

작은 절이네.

"조그만 지장보살상이 있거든요. 피해자 유족들이 돈을 모아 세웠대요. 이건 언론엔 비공개인 모양이더라고요."

저런, 몰랐는걸. 아닌 게 아니라 전혀 보도가 안 됐어.

"저거예요."

흠, 이게.

지장보살이라기보다 어린 여자애 상인걸. 기도를 하고 있어. 위령을 위한 상인가. 공물이 이렇게나 많이. 리본도 묶었군.

"이것도 여러 소문이 있거든요. 이건 정말 사진 찍으시면 안 돼요. 이 지장보살상이 보도 안 되는 이유가 뭘 것 같으세요?"

또 심령 관련이야?

"사진을 찍은 카메라맨이 다들 죽었기 때문이에요."

설마 그럴 리가.

"완성됐을 때 유족이 자기들끼리 식을 거행하고 싶다고 취재 요청을 전부 거절했대요. 그런데도 몰래 찍으러 온 카메라맨이 몇 명 있었나 봐요. 기삿거리가 되니까요. 그런데 숨어서 사진을 찍은 카메라맨이 모두 변사했다는 거예요. 사고를 당하고, 자살하고."

그건 그러니까 그거지, 소위 '카더라 통신'이지? 대개 그렇거든. 어차피 실체는 없지? 구체적으로, 죽은 카메라맨의 이름을 아는 게 아니지? 그런 사람이 있었단 이야기일 뿐.

"그럼 찍어보실래요? 직접 몸으로 증명하시면 되잖아요. 그냥 뜬소문이라면."

아니, 그냥 뭐, 오늘은 됐어. 사진 찍는 게 목적이 아니라 현장을 걸으면서 로케이션 헌팅을 하는 게 목적이니까.

"로케이션? 어, 드라마 찍으시는 거예요?"

아냐.

"그럼 영화?"

그런 것도 아니고. 아무것도 아냐.

"흠. 영화란 말이죠. 이게 호러 영화가 되면 꽤나 무서울 것 같은데요. 하지만 현지에서 촬영했다간 카메라맨이 죄 죽어버릴지도 모르겠네요."

그러니까 그런 게 아니라니까. 설마 카메라맨이 죽을 리 있겠어?

"제 생각엔 안 하시는 게 좋을 것 같네요. 도시괴담이 점점 더 퍼질걸요. 저 지장보살상이요, 실은 그밖에도 여러 가지 소문이 있거든요. 밤이 되면 걸어 다닌다는 둥, 유족이 오면 눈물을 흘린다는 둥, 피를 흘린다는 둥."

어이구야, 참 참신하기도 하지.

"원래 그런 거죠."

다음은 어디지?

"마지막으로 M 현지로 갈 거예요. 연말에 해체할 모양이던데요."

그럼 이 투어는 어떻게 돼?

끝나려나?

"글쎄요. M이 헐려도 얼마 동안은 계속되지 않을까요. 여기가 M이 있던 자리라고. 그거야말로 진짜 폐허 투어죠. 하지만 새 건물이 들어서면 어떨지 모르겠네요. 뭐, 원하는 사람이 있으면 하고 없으면 안 하면 그만이니까요."

그거 관심 가는걸. 건물이 없어져도 투어를 희망하는 사람이 있을지, 없을지. 그때까지 학생들의 도시괴담이 살아남을 수 있을지, 없을지.

"그러게요. 그렇지만 한편으론 기대되거든요."

뭐가?

"새 건물이 들어섰을 때 무슨 일이 벌어질지."

무슨 일이 벌어질 것 같은데?

"글쎄요, 그거야 모르죠. 하지만 그런 대형 참사가 있었던 곳인데 영향을 받지 않을까 싶어서요. 그런 데 있잖아요? 목은 분명히 좋은데 손님이 안 드는 가게. 왜 그런지 세입자가 계속 바뀌어요. 이사를 왔다가도 뭔가 불편하고 찜찜해서 다들 나가요."

응, 그런 데가 진짜 있지.

우리 동네에도 역 앞 일등지인데도 가게가 반년에 한 번 바뀌는 곳이 있어. 그런 곳은 어째 이상하지. 왜 그런지 그림자가 옅은 거야. 그럴싸하게 잘 고쳐놨는데도 개점했을 때부터 어두운 느낌이 들어.

"그렇죠? M 자리에 원래 뭐가 있었는지 아세요?"

글쎄. 뭐가 있었는데?

"아주 큰 저택이 있었대요. 대대로 육군이 많은 집이었다나요. 군의관도 있어서 부지 내에 개인 연구소가 있었다더라고요."

어이구야, 이번엔 군부의 망령인가. 완벽하다 못해 수상한걸.

"완벽한지 아닌지는 모르지만, 부지 안에 커다란 연못이 있던 걸 메웠대요. 습한 곳을 매립하는 게 역시 안 좋다면서요? 실제로

습기라든지 곰팡이 같은 게 건물에나 인체에나 안 좋을 거 아니겠어요?"

그건 그럴지도 모르지만.

"거기 풍수 면에서도 안 좋대요. 풍수도 안 믿으시나요?"

잘 모르겠는걸. 요새 많이 듣긴 하는데.

"전 풍수는 과학적으로도 근거가 있다고 생각해요. 지형이나 기후에 안 맞는 걸 지으면 영향이 있는 게 당연하지 않을까요. 볕이 안 드는 곳에서 식물이 잘 안 자라고, 바람이 잘 안 통하면 건강을 해치는 걸 이상하다고 생각하진 않잖아요?"

그건 그렇지.

저 말이지, 하나 물어봐도 될까?

"뭔데요?"

이 투어의 발기인, 학생이지?

"네?"

아까부터 학생이 '친구'라고 하는 게 실은 학생 본인 아냐?

"왜 그렇게 생각하시죠?"

처음엔 친구 이야기라는 식으로 말했고 친구의 조사를 바탕으로 설명하는 거라고 했지만, 이렇게 이야기하는 걸 계속 듣다 보니까 학생 본인의 의견이란 생각밖에 안 들거든.

"벌써 여러 번 이야기했으니까요. 자기 의견 같은 기분이 들죠."

방금 풍수 이야기도?

"그건 제 의견이고요."

굳이 숨길 거 없지 않아?

트집 잡겠다는 것도 아니고, 나쁜 일을 하는 것도 아닌데.

지도를 수집하고 친구 집에서 지내면서 이 주변을 조사하고 다닌 건 학생 맞지?

"……그럼 뭐가 어떻다는 거죠?"

드디어 인정했군.

"이런 건 사이에 완충재를 두는 게 낫거든요. 조사는 딴 사람이 했고 그 사람한테 들은 이야기라고 설명하는 게, 듣는 사람도 마음이 편해요. 설명하는 쪽도 책임 소재가 모호하니까 정신적으로 부담이 적고요. 간접 인용 형식으로 이야기하는 게 더 그럴싸한 거죠. 각색하기도 더 쉽고 말이죠."

각색할 때도 있어?

"아뇨, 전 안 해요. 하지만 멤버에 따라선, 상대방이 재미없어 하면 적당히 각색하는 모양이에요. 이건 그냥 투어니까요. 다들 진실을 알고 싶은 게 아니거든요. 잠깐 무서운 체험을 해보고 싶은 거죠. 그럼 조금쯤 서비스해도 안 될 거 없지 않나요? 누구한테 폐를 끼치는 것도 아닌데."

그렇군.

하지만 학생은 고집하는군. 자기가 조사해서 알아낸 것만 이야기해.

"그래요. 그게 그렇잖아요, 사실이 훨씬 섬뜩하고 기분 나쁜걸요. 그런 참사가 있었는데 원인도 몰라요. 그런데 사람들은 그새 잊기 시작했거든요. 의외로 선뜻 그런 상태를 받아들였어요. 그런 현실이 훨씬 이상하지 않나요."

이거 뜻밖인걸. 아까 학생 이야기를 들었을 땐 발기인이 오타쿠 같은 인상이었는데, 학생은 완전히 멀쩡해. 오히려 멋진 요새 남학생이야.

"말씀은 고맙습니다. 요샌 겉으로 봐선 몰라요. 아키하바라에 얼쩡거리는 인간들만 오타쿠가 아니라고요."

현장을 걷는 게 왜 그렇게 좋은 거지?

"글쎄요. 사실성을 찾는 건지도 모르죠."

사실성?

"실감 말이에요. 살아 있었다, 죽었다, 무슨 일이 있었다 하는 실감. 매일 지나다니던 길에 집이 있었건 가게가 있었건, 헐리고 나면 뭐가 있었는지 아무도 기억 못 하잖아요? 유럽 같은 데면 또 몰라도 도쿄는 변화 속도가 너무 빨라요. 누가 그곳에 있었던 흔적, 그곳에 있었던 게 눈 깜짝할 새에 사라져버려요. 전 흔적에 연연해하는 게 아닐까 싶어요."

자기 자신의 흔적도?

"글쎄요, 그건 모르겠네요. 저 자신에 관해 생각해본 적은 없어요. 앞으로 수십 년이 지나 할아버지가 됐을 땐 또 모르겠지만요. 지금은 날마다 사라져가는 것들을 생각하죠."

그건 뭐지? 감상? 동정?

"글쎄요, 저도 모르죠. 개인적으로 집착하는 건 전혀 없지만, 제가 조금이라도 관심을 가진 사건하고 관련되는 건 뭐든 다 보관해 두고 싶어요."

흠, 재미있는걸.

아, 보인다.

세상에, 인간이 쓰지 않는 건물은 왜 꼭 이렇게 되는 건지. 반 년, 아니, 그보다 더 지났으니 말이야. 너무 황폐해져서 무섭네.

"폐허 투어를 하다 보면, 인간이 살지 않는 집은 역시 죽었다는 걸 실감하게 되더라고요. 호흡을 못 하게 돼서 죽어요."

그래. 저건 죽은 거 맞네.

"벌써 유령 같죠."

지금도 사람들이 꽃을 많이 바치는군.

"공물을 바치기 시작하면 이젠 틀린 거예요. 점점 더 이 세상 존재가 아니게 돼요."

아닌 게 아니라 그렇지.

어휴, 정말 크네. 이런 도심 주택가 한복판에 이렇게 거대한 폐허가 있다니. 꼭 블랙홀 같은걸.

"여기서 자살하는 사람도 있어요. 숨어들어서 위에서 뛰어내리고, 부지 내에서 약을 먹기도 하고요."

그런 사람도 있군.

"그런 사람들을 끌어들이는 거겠죠."

학생도 기도하고 그래?

저기 저 여자도 꽃을 바치고 기도하는데.

"전 안 해요."

투어에 온 손님도?

"합장하는 애도 가끔 있긴 하지만, 전 안 권해요."

투어라서?

"네. 어차피 구경하러 온 건데 감정이입 안 하는 게 나을 것 같아서요."

그러게. 그럼 그만둘까.

담배 한 대 피워도 되겠어?

"그러세요. 그거 피우시고 나면 그만 갈까요."

이 다음은? 뭐 더 있어?

"옵션 관광으로 피해자 유족 모임을 지원하는 NPO를 찾아가서 이야기를 듣는다든지, M이 보이는 곳에 사는 제 친구 집을 찾아가는 것도 있긴 한데요."

저런, 그런 것까지? NPO라.

"네. 요새 NPO에 관심 있는 애들이 많으니까요. NPO 쪽도 처음엔 호기심에서든 뭐든 관심을 가져주는 걸 환영하고 말이죠. 실은 이 투어를 계기로 거기 NPO에 들어간 애도 있어요."

그래.

저기, 아직 시간 있어?

"네. 뭐 또 보고 싶은 게 있으세요? NPO에 가보실래요?"

아니, 그 뭐냐, 혹시 괜찮으면 이 사건에 관해 학생이 수집한 정보를 가르쳐주면 좋겠는데.

"저요?"

실은 나도 이 사건에 개인적으로 관심이 있거든. 내가 모은 정보랑 교환해도 되고.

"어, 그러세요? 언론 쪽에 계신다고 했죠?"

뭐, 넓은 의미에서 언론이긴 하지.

"그게 무슨 뜻이죠?"

아니, 나, 원래는 카피라이터거든. 중견 광고회사에 있었는데, 요새 이쪽 업계도 빡빡하겠다, 소설이나 한번 써볼까 해서. 물론 출판 쪽도 쉽지 않으니까, 독립 영화 비슷한 것도 찍어서 미디어 믹스로 전개할 수 있으면 좋지 않을까 싶은데. 그래서 지금 기획서를 쓰는 중이거든. 게임 같은 것도 만들면 좋을 것 같고.

"이 사건을 소재로요?"

응. 학생 이야기를 듣고 M 자체랑 이 주변을 촬영하는 건 안 하기로 했어.

하지만 여기랑 비슷한 동네는 얼마든지 있으니까 다른 데서도 이 사건을 방불케 하는 이야기를 찍을 수 있을 거야.

〈블레어 위치〉처럼 다큐멘터리풍으로 만들면, 요샌 혼자서도 얼마든지 영화를 찍을 수 있겠다, 인터넷으로 공개해서 화제를 모으면 어떨까 하거든.

"으음, 그래서 로케이션 헌팅 하려고 이 투어에 오신 거라고요?"

그래.

계약서도 정식으로 작성하고 돈도 지불할 테니까, 브레인이라고 할지, 협조해주지 않겠어? 보아하니 나보다 정보 수집 능력도 있는 것 같은데.

"그렇지만 취미로 하는 일이라서요, 어디까지나."

학생을 주인공으로 삼아도 되는데.

폐허나 사건 현장에 관심을 갖고 있는 학생이 사건과 관련된 곳을 돌면서 소문을 수집하는 거야. 그래서 학생이 찍은 영상이랑 사진을 공개하는 형태로. 어때, 게임으로 괜찮지 않겠어?

"악취미시네요. 피해자한테 못할 짓이란 생각은 안 드시나요? 어쩌면 고소를 당할지도 모른다고요."

학생이 하는 투어랑 뭐가 다르다는 거지? 학생의 개인적인 즐거움하고 뭐가 달라?

난 그냥 그걸로 비즈니스를 하려는 것뿐이라고. 학생들도 비즈니스 하는 거잖아? 가이드 요금으로 술 마신다며?

"저희는 달라요. 취미의 영역을 넘어서지 않고 불편도 끼치지 않아요. 받는 건 실비만이라고요."

다르지 않아, 똑같아.

피해자 말고는 전부 그놈이 그놈이라고.

"으음."

안 그래?

흔적을 찾고 싶다느니, 변화가 아쉽다느니, 그런 핑계를 대봤자 결국은 타인의 불행에 흥미가 있을 뿐이잖아. 아니라곤 못 할걸. 그럼 협조해줘도 안 될 거 없잖아. 뭐하면 학생이 모은 정보를 돈 주고 사도 돼. 학생이 계속해서 개인적으로 즐기는 건 상관없어.

그러니까 나 좀 도와주지 않겠어? 이런 건 세부의 사실성이 중요하거든. 자세한 정보가 필요해.

"일단 이야기를 들어보고요. 기획서 볼 수 있어요?"

그럼 물론이지.

어디로 갈까? 커피숍? 학생 집?

"제목은 정하셨어요? 그거?"

아니, 아직.

가제는 〈슈퍼 패닉〉인데.

"너무하네요, 그 제목. 진짜 악취미인데요. 아, 잠깐 자료를 찾고 싶은데 역 쪽으로 가시지 않을래요? 거기 스타벅스도 있고요. 어디, 거기 가서 기획서 한번 봐볼까."

히카리가오카로 가주세요.

"네."

오래 걸릴까?

"이 시간이면 괜찮을 겁니다. 아까 간조環狀 8호선도 안 막혔거든요."

그럼 되도록 빨리 부탁해.

"급하신가 봅니다."

응, 아직 근무 중이라.

"이런 시간에 퇴근을 못 하신 겁니까?"

응, 뭐. 낮에 못 한 일이 이것저것 쌓여서. 오늘 밤 안으로 꼭 끝내야 할 일이 있거든.

"그렇죠. 낮엔 전화니 회의니 해서 차분하게 일을 할 수 없죠.

제대로 된 비즈니스맨이라면."

잘 아시는군. 기사 양반, 회사 생활 한 적 있어? 아니, 지금도 회사 근무는 회사 근무겠지만.

"네, 뭐. 전엔 하루 종일 사무실에 있는 직업이었죠. 이 일 시작하고 아직 삼 개월밖에 안 됐거든요."

아직 젊은 사람 같은데. 전에 하던 일은 몇 년이나?

"팔 년쯤 다녔을 겁니다. 하도 힘들어서 몸이 상하는 바람에 그만뒀습니다."

그래? 어떤 회사였길래?

"어떤 회사였을 것 같습니까?"

그러게. 어쩐지 꼼꼼한 성격 같은데, 혹시 금융 관계 아냐?

증권 회사라든지.

"아닙니다. 그렇지만 꼼꼼하다는 건 맞을지도 모르겠군요. 뭘 보고 꼼꼼하다고 생각하신 겁니까?"

글쎄, 제비초리를 깔끔하게 민 것도 그렇고, 셔츠 칼라가 깨끗한 것도 그렇고. 보이는 부분이 딱 거기라 기사 양반들 제비초리가 꽤 신경 쓰이거든. 미터기 주변도 깨끗하게 정리돼 있고. 무슨 여고생 방도 아닌데 차 안에 장식품을 주렁주렁 달아놓은 택시도 있잖아? 실은 난 그게 보기 영 그렇더라고. 회사에서도 책상 주위에 가족사진이니 뭐니 생활감을 끌어들이는 사람은 좀 그래. 미국 사람 사무실도 아니고 말이지. 그건 독립된 방이나 부스가 있어야 폼이 나는 거라고. 회사에서 타인의 가정 같은 걸 보고 싶진 않아.

"그럴지도 모르겠군요. 제 책상 주위는 깨끗했죠. 뭐, 사내 규칙이 그렇기도 했습니다만."

꽤 건실한 직업이었나 보네. 혹시 공무원?

"뭐, 비슷합니다."

정말 공무원이었던 거야? 세상에, 이런 불경기에 아까워라. 공무원이 훨씬 유리할 텐데. 흠, 공무원이라. 왜 그만뒀어?

"마지막으로 맡은 일이 너무 힘들어서요. 잘못하면 몸은 물론이고 정신까지 고장 나겠다 싶더군요. 세상에 건강만 한 게 없잖습니까."

그건 그렇지. 당연한 소리지만 건강은 정말 중요하다고. 몸 상하면 아무것도 소용없어. 그렇지만 말로는 그러면서 사실 다들 별로 실감을 못 한단 말이지. 건강을 잃어본 사람이 아니면 그걸 절대 실감 못 해. 병을 앓아본 적이 없는 사람이나 학생 때 운동선수로 활약했던 사람은 언제까지고 자기 체력을 과신하거든.

"네, 그렇죠. 저도 처음엔 몸이 거부하는 걸 몰랐지 뭡니까. 겨우 깨닫고 나서도 한참 고민했습니다. 그렇지만 이대로 가다간 죽겠다 싶어서 결심한 겁니다."

어떤 일이었는데?

"간단히 말해서 조사라고 할까요."

흠, 조사라.

설마 경찰관?

"아닙니다."

그러게. 그런 인상은 아니거든.

어이구야, 어째 추운데. 밤늦게 밖에 나오면 뼛골이 시려. 일이 아직 남아 있다는 걸 생각하면 더더욱.

"내일은 아침 기온이 0도 가까이까지 내려간다나 보던데요."

벌써 겨울인가. 또 겨울인가. 월드컵 때문에 떠들썩했던 게 바로 엇그제 같은데. 그거 대체 뭐였을까. 참 근거 없는 열광이었지. 사실 축구를 그렇게 좋아하는 것도 아니면서 다들 좋아하는 척하고 말이야.

"꽤 오래 전 일처럼 느껴지는데요. 손님, 올해 2월에 올림픽이 있었던 거 기억나십니까?"

어? 아, 정말. 듣고 보니 있었군, 동계 올림픽. 그거 금년이었던가? 완전히 잊어버리고 있었어. 어디서 했더라? 심지어 그것도 기억 안 나는데. 캘거리는 아니고…….

"솔트레이크였죠. 미국."

그래, 그랬지. 작년에 9·11 테러가 있어서, 그래서 미국에서 개최하는 올림픽이라고 경비가 엄청났다지? 어이구, 어째서 이렇게 까맣게 잊어버렸는지.

"시간이 참 빨리 흐르죠. 좌우지간 빠른 속도로 잊어버립니다."

그러고 보니 당시 무슨 큰 사건이 있지 않았나? 뭔가 불쾌한 사건.

맞다, 이 근처 아니었어? 그래, 맞아. 대형마트에서 손님들이 패닉을 일으키는 바람에 사람이 많이 죽었지. 동계 올림픽이 올해란 건, 그것도 올해란 뜻이군. 기억엔 꼭 작년 같은데. 흠, 그것도 올해 있었던 일인가. 결국 원인은 안 밝혀지고 말았지? 그런 일도 있을 수 있나? 사람이 그렇게 많이 죽었는데.

"부조리하죠."

그게 이 근처지? 그 건물, 아직 있으려나. 그래, 그게 올해 2월에 있었던 일이던가.

기사 양반, 잠깐 그 점포 쪽으로 가주겠어? 장소는 알고?

"네? 왜죠?"

어쩐지 잠깐 보고 싶어서. 그러고 보니 여름에 텔레비전 납량 특집에서 그때 죽은 사람들 유령이 그 건물에 엄청 많이 나온다고 했는데. 잠도 깰 겸 잠깐 그쪽으로 지나가주지 않겠어?

"멀리 돌아가게 되는데요."

조금쯤은 괜찮아. 그래서 기분 전환이 된다면 일석이조지.

"할증 요금이라 택시비가 많이 나올 텐데요."

상관없어. 어차피 회사에 청구할 거니까. 기사 양반도 욕심이 없군. 오래 탈수록 많이 버는 건데.

"실은 그런 게 질색이라서요."

무서운 거 싫어하나?

"네. 택시는 안 그래도 괴담이 꽤 많거든요. 사실 밤중에 운전할 땐 무슨 일이 일어날까 봐 벌벌 떱니다. 선배 중에 유난히 그런 걸 자주 태우는 사람도 있고 말이죠."

유령?

"네. 뭐, 그런 종류죠."

그냥 앞을 지나기만 하면 되는데.

"그렇지만 벌써 헐렸는데요."

어, 그래?

"아뇨, 정확히는 지금 허는 중일까요. 금년 내로 철거를 끝내고 터를 정리한다고 신문에 나왔더군요."

뭐야, 그래? 그나저나 기사 양반, 빠삭하네.

"얼마 전 낮에 지나갔을 때 벌써 막으로 가려놨더군요."

저런, 봤군?

"네."

기사 양반, 이 근처에서 영업하나? 집은 어디고?

"집은 세이부 이케부쿠로선 역 근처입니다. 지금은 주재원으로 외국에 나간 친구 집에서 임시로 살고 있죠. 뭐, 이케부쿠로 역에서 손님을 태울 때가 많으니 아무래도 이 근방에 올 일이 많거든요."

그래.

역시 보고 싶은걸. 앞으로 지나가기만 하면 되니까 그쪽으로 가 줘. 지금 안 봐두면 잊어버리고 못 볼 것 같으니까.

"진지하게 하시는 말씀이군요."

그래. 부탁해.

"그럼 차 돌리겠습니다."

미안해.

"아닙니다."

어째 숨이 좀 막혀서 말이야.

"일이 힘드신가 봅니다."

응, 뭐. 나만 힘든 게 아니니까 투덜대봤자 소용없지만.

하루 종일 정신없이 뛰어다니다 보면 현실 세계가 엄청 멀게 느껴져. 남 일 정도가 아니라 딴 세상 일 같지. 가끔 일찍 퇴근해서 텔레비전을 보면 아아, 세상에서 이런 일이 벌어지고 있구나, 이런 게 유행하는구나 싶어서 얼마나 참신한지. 참신하다기보다 생경하다고 할지, 믿기지 않는다고 할지. 완전한 평행세계. 그러니까 가끔씩 현실에서 벌어지고 있는 일하고 접점을 갖지 않으면 영원히 못 돌아오지 않을까 싶은 거야.

"아, 어쩐지 알 것 같습니다. 현실감이 없다고 할지, 텔레비전하고 자기 사이에 눈에 안 보이는 벽이 있는 것 같죠."

맞아. 도무지 같은 세상에서 벌어지는 일 같지 않지. 매일 좁다란 곳에 격리돼서 지내는 거야. 다른 데하고 얽히는 일 없이.

"이 일도 그렇죠. 전엔 계속 사무실에서 일했던 터라 처음엔 불안했습니다. 물론 택시 회사에 목덜미를 잡혀 있는 셈이긴 하지만 하루 종일 혼자 있으니까요. 집 안에 갇혀 살던 개가 갑자기 방목된 것 같아서 어디로 가야 할지 모르겠더군요."

방목이라. 실감이 담겨 있는 말인데.

"쪼그만 밀실 안이니까요. 앞 유리를 통해 보면 영화 보는 것 같은 착각이 들 때가 있죠. 내가 움직이는 게 아니라 세상이 움직이는 것처럼 말입니다."

아닌 게 아니라 스크린 같지.

"온 세상이 가짜처럼 보입니다. 택시에 타는 손님만이 현실인데, 그것도 무대 위의 배우처럼 생각돼서 그만 감상하게 되고요."

그러게. 택시 기사가 원래 검은 옷 입고 무대를 거드는 사람 같은 데가 있지. 택시를 타면 다들 아무렇지도 않게 별 이야기를 다 하잖아. 택시 기사는 꽤 여러 가지 이야기를 듣고 있을 거야.

경기 변동을 감지하는 사람 중에 택시 기사도 들어가니 말이야. 뉴스에서도 요새 경기가 어떠냐고 곧잘 묻고. 매일 사람을 태우고 여기저기 이동하는 택시 기사는 세상의 관찰자인 셈이야.

그렇지만 그거 고독하잖아.

사무실에 있을 때하곤 다른 고독감이 있을 테지.

"그렇죠. 자칫하면 하루 종일 몇 마디 안 할 때도 있으니까요. 손님하고 주고받는 말은 목적지하고 인사말뿐이잖습니까? 전엔 자꾸 말 붙이는 택시 기사가 그렇게 귀찮을 수 없었는데, 제가 되고 보니 아닌 게 아니라 손님한테 말 걸고 싶어질 때가 있군요."

지금처럼.

"네. 아침부터 다 합해서 네 단어 말했다는 걸 깨닫고 경악할 때가 있습니다."

그렇군.

그렇지만 사무실에 있어도 별 대단한 말을 하는 건 아니지 않나? 대화는 이럭저럭 성립하지만 말이야. 내용 있는 대화는 거의 없지.

"그렇긴 하죠. 그건 그것대로 공허하고 실체가 없어요."

그래. 그러니까 거꾸로 생각하면 비즈니스 회화란 건 참 잘 만들어졌단 말이지. 그것만으로 그럴싸하게 해결되니 말이야.

"아, 저기 보이는군요. 저기입니다."

어디? 아, 저거군.

"좀 천천히 달려볼까요."

저런, 정말 비닐 시트로 완전히 덮어놨잖아.

"아무것도 안 보이는군요."

건물이 보일까 했더니만. 이래서야 그냥 공사 현장인걸.

"지나쳐도 되겠습니까?"

그러지. 고마워.

흠, 뭐야.

이거 김새는데. 딱 유령의 정체가 마른 억새풀이더라 하는 그거잖아.

"그 건물을 보기만 해도 가슴이 쿵쿵 뛰고 플래시백을 겪는 사람도 있으니까요. 없어져서 다행입니다."

응, 여기 사는 사람들은 그럴 거야. 그럴 만도 해. 매일 생필품을 사던 곳에서 그렇게 엄청난 일이 벌어졌으니 그야 보기만 해도 생각나겠지. 여기, 공터는 어떻게 되려나?

"새로 복합형 쇼핑센터가 들어서는 모양입니다. 멀티플렉스 상영관도 생긴다나요."

그래. 목은 좋으니 말이지. 주위는 주택가겠다, 상업시설이 필요할 거야.

"그렇겠죠."

새 건물이 들어서고 나면 거기서 무슨 일이 있었는지 금세 잊어버리겠지.

동네에 공터가 생겨도 원래 뭐가 있었는지 생각 안 나잖아.

"그거 정말 이상하죠. 매일 지나다니면서 봤을 텐데 도통 생각이 안 나잖습니까?"

그러게.

"아, 그렇다, 손님, 어깨 좀 털어주시겠습니까?"

어? 뭐?

"손님의 좌우 어깨를 손으로 털어주십시오. 빗물이나 먼지를 털듯이 삭삭."

이렇게? 이럼 되는 건가?

"네. 감사합니다."

이게 뭔데? 무슨 의식?

"아뇨, 그냥 그럼 안심이 돼서요."

안심?

"역시 여기를 지나면 데려오는 손님이 가끔 있거든요."

뭐?

"여기서 죽은 사람을 데려오는 손님이 있지 뭡니까."

어이구야, 정말로? 유령 이야기?

"아까도 얼핏 말씀드렸지만, 제 선배 중에 그런 게 아주 잘 보이는 사람이 있어서 말입니다. 여기를 지날 땐 조심하라고 하더군요. 혼자 탄 손님이 내릴 땐 둘인 걸 여러 번 봤다나요."

헉, 제발 그런 소리 마.

"손님은 특히 일부러 여기에 오고 싶어 하셨으니 말이죠. 그런 거엔 저쪽에서도 민감하다는 겁니다. 자기들한테 관심을 가져준다는 데에. 그러니 더 주의하시는 게 좋습니다."

그런 이야기라면 몇 번이고 털지. 물러가라, 물러가. 어이구야, 그런 건 미리 말해달라고.

"그래서 싫었던 건데 손님이 한사코 가자고 하시니 어쩔 수 있나요."

그렇지. 부탁한 사람은 나야. 덕분에 잠이 확 달아났군. 내릴 땐 둘이었다는 손님은 그래서 어떻게 됐지?

"거기까진 제가 모르지만, 아마 집으로 데려가지 않았을까요. 어쩌면 따라간 사람이 도중에 자기 집으로 돌아갔을지도 모르죠."

아, 깜짝이야. 오랜만에 공포를 맛봤는걸.

혹시 기사 양반도 그런 게 보이는 사람?

"선배 정도는 아니지만요."

역시 보이는군.

"선배는 정말 대단합니다. 따라오는 정도가 아니라 실제로 유령을 태운 적이 여러 번 있다니 말이죠."

돌아보니 좌석이 젖어 있더라 하는 그런 이야기?

"네, 그런 일도 종종 있는 모양입니다."

기사 양반도 보인다며?

그럼 이 일 무섭지 않나?

"웬걸요, 살아 있는 사람이 더 무섭죠. 하지만 좀 보이는 것 때문에 전에 하던 일을 그만둔 건 있습니다."

대체 무슨 일을 했길래?

"청취조사였습니다."

청취조사?

"PTSD라고, 들어보신 적 있습니까?"

아아, 요새 자주 듣지. 외상 후 스트레스 뭐라나 하는 그거지? 대형 사고나 사건 뒤에 겪는 정신적 후유증이었던가?

"네. 그런 걸 조사했습니다. 심한 사고를 당한 사람이며 그 관계자의 이야기를 끝도 없이 듣는 직업이었죠. 얼마나 우울한지 모릅니다."

그야 우울하겠지. 그런 일을 했군.

그런 게 보이면 역시 뭔가 영향이 있어?

"처음엔 아무렇지도 않았는데 말이죠. 점점 그림자가 신경 쓰이는 겁니다."

그림자라니, 그런 그림자? 그림자 밟는 귀신의?

"네. 둘만 있는 방에서 일대일로 면담을 하거든요. 조사 대상이 쓸데없는 걸 연상하지 않도록 가급적 아무것도 없는 조용한 방에서 말이죠. 거기서 몇 시간씩 이야기를 듣습니다. 뭐, 적당히 환하고 느낌 좋은 방입니다만, 점점 조사 대상의 그림자가 신경 쓰이더군요."

그림자. 보통 방에선 그림자를 신경 쓸 일이 별로 없는데.

"그렇죠. 저도 그랬습니다. 그런데 너무 밝은 방에서 사람은 사적인 이야기를 잘 못 하게 마련이거든요. 술집이라든지 바는 조명이 꽤 어둡잖습니까? 약간 어두운 쪽이 개인적인 이야기를 하기 쉬워요. 그래서 그 방도, 어둡다고 할 정도는 아니지만 살짝 분위기 있게 간접 조명을 사용했습니다. 심리적인 효과를 노려서 말이죠. 그랬더니 의자에 앉은 조사 대상의 그림자가 미묘하게 벽에 비치는 겁니다."

아닌 게 아니라 어두운 편이 친밀감도 높아지고 유혹하기도 쉽지.

"그렇죠? 그렇게 이야기를 듣다 보면 아무리 조심해도 점점 상대방한테 감정이입하게 됩니다. 물론 상대가 이쪽에 감정이입할 걸 기대하는 것도 있습니다만. 그런데 점점 상대방 등 뒤의 벽에 비치는 그림자가 엄청 신경 쓰이지 뭡니까."

어째서? 어떤 식으로?

"맨 처음 알아챈 건 흔들거린다는 거였죠."

흔들거린다고? 그림자가?

"네. 상대방은 가만있는데 그림자가 흔들거리는 겁니다. 아니, 흔들거린다기보다 떤다는 느낌일까요."

그림자가 떤다.

"상식적으로 사람이 가만있으면 그림자도 가만있어야 하잖습니까? 그런데 그 사람의 그림자가 떨고 있는 겁니다. 그림자 전체가 흔들흔들 움직여요. 그러니까 윤곽이 흐릿해 보입니다."

그런 이야기 처음 듣는데.

"그렇죠? 저도 그렇게 생각했습니다. 피곤해서 눈이 착각을 일으킨 거라고 생각했어요. 그런데 그 사람만이 아니었던 겁니다. 게다가 사람에 따라서 조금씩 달랐어요. 그림자가 얼룩덜룩한 거예요. 농도가 일정하지 않고 머리라든지 심장 있는 부분이 엷고 그랬습니다. 그림자가 엷다는 말 자주 하잖습니까? 존재감이 없는 사람은 그림자가 엷다고."

맞아. 그런 녀석 있지.

"실제로 정말 엷은 겁니다, 그림자가. 전 그때까지 생령이란 걸 안 믿었는데 그 일을 하면서 점점 믿게 되더군요. 생령이라고 하면 괜히 무시무시하게 느껴지지만, 실제로는 그 사람의 에너지라고 할지, 타고난 운이라고 할까요, 그런 게 심하게 약해진 사람이 있거든요. 이 사람, 왜 이렇게 그림자가 엷은 걸까 했더니 몇 주 뒤에 자살한 경우도 있었습니다. 역시 그림자에 나타나는 겁니다, 그 사람의 파워가."

저런.

"요새는 어디나 환해져서 그림자를 의식 안 하잖습니까? 장지문이 있는 집도 많이 줄어서 그림자놀이도 안 하게 됐죠. 그림자는 윤곽밖에 없으니 더 뭐가 나타나는 게 아닐까요."

그러게. 전혀 의식하지 않지, 자기 그림자는.

"그나저나 그림자가 그 정도로 움직일 줄 몰랐습니다. 그림자는 안 움직이는 줄 알았거든요. 그렇지만 사실은 그림자 주인하고 움직임이 전혀 일치하지 않는 겁니다. 그림자엔 그림자의 인격이 있구나 싶더군요."

도펠겡어?

"그럴지도 모르죠. 그림자라는 게 원래 실체를 말하는 거였잖습니까? 별 그림자는 별빛을 의미하니 말이죠. 그게 점점 실체가 비추어내는 것, 실체하고 같긴 하지만 숨은 의미를 갖는 것이란 식으로 변한 모양입니다."

그러고 보니 고전문학 용어로는 '그림자'가 '빛'을 뜻한다고 했던가?

"그래도 못 본 척하고 일을 계속했습니다. 그냥 착각이라고, 기분 탓이라고 저 자신을 설득한 겁니다."

그림자를 못 본 척하고.

"네. 그래도 자꾸 신경 쓰이더군요."

한번 신경 쓰이기 시작하면 그럴 테지.

"얼굴이 보인 게 결정적이었습니다."

얼굴?

"그렇습니다. 품위 있고 단정한 노부인이었는데 말이죠. 그 사람 그림자에 얼굴이 보인 겁니다."

뭐? 얼굴이라니, 어떤 얼굴? 눈코입이 있다고?

"네. 눈코입 같은 게 있더군요. 언뜻 보면 모르겠는데, 시간이 지나면서 점점 뚜렷해졌어요. 그러면서 점점 여자 둘이 나란히 있는 것처럼 보이지 뭡니까. 그야말로 음화와 양화처럼 대외적인 얼굴하고 내면의 얼굴이. 어쩐지 그때 한냐의 탈뿔 두 개 달린 귀녀의 탈은 이걸 보고 만든 게 아닐까 하는 생각이 들었습니다."

한냐.

"한냐의 탈은 참 잘 만들어졌잖습니까. 늘 감탄하거든요. 여자한테서 그거하고 똑같은 얼굴을 볼 때 없으십니까? 한순간의 표정, 모든 여자가 은밀히 갖고 있는 똑같은 표정을 잘 포착했다 싶단 말이죠."

흠.

"그걸 본 뒤로 병이 난 겁니다. 그림자가 겁나서요."

심인성 아냐?

"아, 그것도 있긴 있을 겁니다."

그 일이 괴로워져서, 계속하고 싶지 않아서 그런 게 보이게 된 거 아닌가? 그런 식으로 일을 그만둘 계기를 찾고 있었던 거야.

"의사도 그러더군요."

다들 병들었어. 늙은 사람 젊은 사람 할 것 없이. 동료 중에도 몰래 약 복용하는 사람이 여럿이야.

"그렇습니까."

전보다 마음의 병에 대한 편견은 없어졌지만, 월급쟁이한테 병은 역시 터부니까 말이지. 특히 요즘 같은 세상에 한 번 쉬고 나면 책상이 없어지고 그러잖아.

"그렇죠."

이젠 그림자가 신경 쓰이지 않고?

"네. 적어도 이 일은 손님하고 마주 보지 않아도 되니까 상대방의 그림자를 신경 쓸 필요가 없죠."

그렇군. 그야 그렇지. 내내 앞을 보고 있겠다.

"네."

그림자라. 아닌 게 아니라 몸이 안 좋거나 컨디션이 안 좋은 녀석은 정말 그림자가 엷지. 역시 생의 파워가 쇠약해진 거야.

"맞습니다."

오늘은 그냥 집에 가서 자야겠군. 휩쓸리기만 해선 안 되지. 그러다 그림자가 엷어지기라도 하면 큰일이니까.

"손님."

"응?"

"아까 지나온 M 말입니다. 거기서 일어난 사건의 진상을 알고 싶으신가요?"

뭐? 2월에 있었던 사건?

"네."

진상이라니…… 기사 양반은 아는 거야? 그 사건의 진상을?

"네."

그야 알고 싶긴 하지만…… 조사는 이미 중지됐잖아. 원인 불명의 패닉이라며? 공식 발표가 그랬던 것 같은데.

"네. 공식적으로는 그렇죠."

그럼 사실은 원인이 있다고?

"네."

기사 양반이 어떻게 그걸 아는 거지?

"제가 하던 청취조사란 게, 그 사건의 피해자들을 대상으로 하던 거였거든요."

저런. 그렇지만 경찰에 있었던 건 아니지?

"경찰은 아니고 다른 곳입니다."

정부?

"그 부분은 상상에 맡기죠."

어쩐지 이 부근을 잘 알더라니.

그래서 왜 일어난 건데, 그 사건? 누가 일으킨 거야?

"그것도 상상에 맡기는 수밖에 없습니다만. 그건 조사였던 겁니다."

조사?

"직접적인 발단은 9·11 테러가 아니었을까 싶습니다. 일본인은 PTSD가 적다고 하거든요. 예로부터 천재지변이 잦은 데다, 공동체 안에서 수용하고 공동체 단위로 극복해서 과거를 뒤로하고 잊어버리죠."

한신 아와지 대지진 때 화제가 됐었지.

"맞습니다. 그때부터 연구가 본격적으로 시작된 게 아닐까요.

하지만 인위적인 사건은 어떨까. 부조리하고 인위적인 행위로 대규모 사건이 발생했을 때는 어떨까 문제가 된 거죠. 도쿄 지하철 사린가스 사건이 딱 그랬잖습니까. 그때 사람들이 어떤 행동을 취할까, 그 뒤 어떤 행동을 취할까. 그런 사건이 발생했을 때 어느 정도 냉정한 판단이 가능할까, 목격한 사실을 기억할 수 있을까. 그런 샘플이 필요해진 겁니다."

설마 샘플을 입수하려고 그 사건을 일으켰단 말은 아니겠지.

"명언할 순 없습니다만."

그럼 정부가? 나라에서 그랬다고?

"수도권에, 인구 밀집 지역에, 수많은 사람이 모이는 곳. 모이는 사람들이 서로 안면이 없는 타인인 곳. 특별한 장소가 아니라 사람들의 생활권에 속하는 곳. 후보는 몇 군데 있었겠지만 전형적인 주택가라는 이유로 그곳이 선택됐겠죠."

아무리.

"일이 그렇게 커질 거란 예상을 못 했던 모양입니다. 동시에 몇 명한테 물건을 슬쩍한다든지 물이 든 봉지를 던지게 시켜서 이분자를 투입했을 뿐. 그 정도로 과잉 반응을 보일 줄은 아무도 몰랐던 겁니다. 사람들의 집단적 무의식이 더욱 비정상적인 일, 더욱 무서운 일이 일어나고 있다고 생각한 거죠. 생각지도 못하게 그런 엄청난 사태로 발전하는 바람에 지자체의 대응도 시뮬레이션 할 수 있었습니다. 통신 수단이 없어진다, 소방대원이 현장에 도달하지 못한다, 의사가 부족하다, 교통 규제를 할 수 없다. 예상했던 이상으로 샘플을 수집해서 기뻐했다는 것 같더군요."

기뻐했다고? 기뻐하다니 그게 무슨 소리야?

"연구자란 인종이 원래 그렇습니다. 의사는 희귀 질병을 앓는 환자를 발견하면 기뻐하겠죠. 수도권이 대형 지진을 경험한 지 오래됐잖습니까. 그사이 대도시가 됐거든요. 도시형 지진 피해의 규모는 상상을 뛰어넘습니다. 그러니 그쪽으로도 좋은 샘플을 제공해준 모양입니다."

샘플이라니, 정말 너무하는군.

"사실은 몇 번에 걸쳐 여기저기서 실험할 예정이었는데, 처음부터 결과가 그렇게 엄청나지는 바람에 이후의 계획은 중지했다더군요."

이후라니, 또 비슷한 일이 예정돼 있었단 말이야?

"그런 모양입니다."

소름 끼치는데.

꾸며낸 이야기치곤 너무 그럴싸한데…… 물론 농담이지?

"글쎄요, 어떨까요."

그러지 말고 가르쳐줘.

"후후, 농담입니다. 농담인 게 당연하잖습니까."

의외로 사람이 나쁘군.

"죄송합니다. 낮에 별로 말을 못 했던 터라 그만 신이 나서요."

뭐야, 그런 거였어.

"그런 거 많잖습니까, 정부 음모론."

영화나 드라마를 만들어도 되겠는걸. 미국이었다면 분명히 CIA가 등장하겠지.

"그렇죠. 매일 이 주변을 지나다 보니까 생각난 겁니다. 할리우드 영화를 좋아하거든요. 쉬는 날엔 늘 비디오를 빌려다 보죠. 그런 단순한 권선징악이 마음 편하고 좋잖습니까. 흑백이 분명하니까요."

맞아. 정의는 승리한다. 나쁜 놈은 저놈이다. 우리는 옳다.

"단순한 사람들이죠."

정말은 무슨 일을 했는데?

"조사는 조사 맞는데, 소위 제조사의 고객 상담 센터 조사원이었습니다. 간단히 말해서 불만 처리. 그건 정말이지 소모가 장난 아닙니다. 진짜로 고객의 그림자에 얼굴이 보이더군요."

그럴 거야. 담당을 자주 바꾸지 않으면 다들 정신에 문제가 생긴다지?

"솔직히 이렇게 택시 운전을 하는 건 저한테 재활 치료 같은 겁니다."

재활 치료? 재활 치료가 돼?

"네. 손님의 얼굴을 직접 안 본 채 잡담만 할 수 있다는 게 꿈만 같습니다. 전에는 눈앞에 나타나는 사람들이 죄 불만뿐이었으니까요."

인간 불신에 빠졌어?

"그렇죠."

그럼 이 일을 그렇게 오래 할 생각은 없는 거군?

"가능하다면요."

아까 그 정부 음모론이 사실이라면 말이야.

"네."

앞으로 어떻게 할까?

"앞으로?"

그렇잖아. 원래는 몇 번에 걸쳐 여기저기서 실험할 계획이었다며? 한 번으로 만족할까? 결과를 보고하고 그걸로 끝날까?

"글쎄요, 그건 모르죠."

어떻게 생각해? 할리우드 영화를 보고 상상력을 단련한 사람으로서?

"그러게요. 가령 형태를 바꿔서 해볼 생각을 할지는 모르죠."

형태를 바꿔서?

"그게 우연히 쇼핑센터였기 때문에 그런 일이 벌어진 건가, 생판 타인이었기 때문에 그렇게 된 건가 하는 의문이 남잖습니까?"

그렇지.

"그럼 학교라든지 사무실 건물이면 어떨까 하는 생각이 들지 않을까요."

그럼 다음엔 그런 데서 실험을 한다고?

"그건 모르지만, 그렇게 생각해도 이상할 건 없죠."

흠, 그렇군. 세상은 음모로 돌아가고 있다는 건가.

"농담입니다, 농담. 진지하게 받아들이지 마십시오."

알아. 그렇지만 의외로 농담 같은 일이 실제로 있곤 하잖아. 뉴스를 보면 믿기지 않는 일이 일어나지. 양동이로 우라늄 용액을 붓는다든지, 쓰지도 않을 도로를 만든다든지.

다들 텔레비전 드라마랑 영화를 보면서 이런 사람이 어디 있느냐는 둥, 이런 말을 누가 하냐는 둥 불평하잖아. 그렇지만 패밀리 레스토랑이나 술집 같은 데 가보라고. 보통 사람이 훨씬 더 거짓말 같고, 텔레비전 드라마 같은 말을 지껄이거든. 요즘 세상은 허구하고 현실이 완전히 반전돼 있어.

그러니 농담 같은 일이 사실이라도 전혀 놀라울 거 없어. 정부는 늘 뒤에서 수상쩍은 짓을 벌이고 있고, 세상엔 언제나 음모가 만연해. 어떤 의미에선 그게 사실이고, 또 거짓말이기도 해.

"그런 건 있죠."

어쩌면 사실 같은 건 존재하지 않는지도 몰라. 다들 자기가 아는 허구 속에 살고 있을 뿐.

어이쿠, 뭐지, 이 소리?

그나저나 이런 불경기에 용케 잘리지도 않고 공사를 하는군, 세상은.

뭐지? 지하철?

"글쎄요, 뭔지. 시끄럽군요."

분명히 종말이 찾아와도 이놈들은 예산 쓴다고 이렇게 땅을 파헤치고 있을 거야.

"죄송합니다. 차가 좀 밀리는군요. 여기를 빠져나가는 데 시간이 걸릴 것 같습니다."

일이니 어쩔 수 없어. 임무는 다해야지.

"정말 시끄러운데요. 동네 사람들이 잠을 못 자겠습니다."

그나저나 정말이지 정보에 관해 일본은 너무 도덕관념이 없어.

생각하면 진짜 한심해진다니까.

벌칙이 약해서 그래. 타인의 정보를 누설하는 데 대해 너무 아무 생각 없다니까. 다들 직업상의 정보를 쉽사리 팔아치우고 말이야. 벌금 정도로 끝난다면 누가 누설 안 하겠어?

어때, 안 그렇게 생각해?

"네? 잘 안 들립니다만."

회사를 그만뒀다고 묵비 의무가 사라지는 건 아니지. 그게 사회인, 직장인의 윤리란 거 아냐? 그런데도 다들 어쩌면 그렇게 나불대는지. 잡담하듯이 말이야. 중요한 이야기를 그렇게 쉽사리. 입 잘못 놀렸다가 신세 망친다는 말도 못 들었나.

아무튼 아아, 다행이야. 이걸로 일 하나는 끝낼 수 있겠어.

하여간 애먹었다고. 아는 거라곤 이 근처에서 운행한다는 것뿐이었으니.

그 일로 그만둔 녀석이 한둘이 아니니 누가 택시 기사가 됐는지 알아내는 게 의외로 힘들더라고. 금세 찾아낼 줄 알았는데, 착각이었어. 그래, 외국에 나간 친구 집에 살고 있었나. 그러니 못 찾을 수밖에.

게다가 그놈이 괴상한 정부 음모론을 떠들고 다닌다는 것밖에 모르니, 이야기를 해봐야만 어느 놈이 그놈인지 알 수 있잖아. M 근처를 지나게 해서 떠들게 만드는 게 또 얼마나 귀찮은지. 저쪽에서 경계하지 않게 조심해야 하고 말이야.

이렇게 늦은 시간까지 계속 택시만 탔다고.

당신 탓이야, 이렇게 쓸데없이 돈을 써야 했던 건. 당신은 모르겠지만 소문이 났다고.

나야 아무래도 상관없지, 당신이 정부 음모론을 퍼뜨리건 말건. 그게 사실이건 거짓말이건 그것도 상관없고, 사실이라도 상관없어. 하지만 세상엔 신경 쓰는 사람도 있거든. 우리가 신세 지는 영감님들 중엔 그런 스캔들이 어떻게 이용되는지 신경 쓰는 사람도 있어. 그런 작은 싹을 일일이 잘라버리는 게 얼마나 중요한 일인지 뼈저리게 알고 있다나. 실제로 상황이 이래선 내년에 언제 의회를 해산하고 총선을 하게 될지 모르고 말이지. 당신은 선거를 눈앞에 둔 영감님들이 얼마나 예민한지 모를 거야. 단순하고 속 편한 녀석 같으니.

당신이 퇴관하고 무슨 직업을 갖건 그건 당신 자유지만, 쓸데없이 나불대고 다닌 건 당신이 나빠. M 이야기만 했으면 봐줄 수도 있었는데, 학교라느니 사무실이라느니 그런 것까지 발설하는 건 좀 그렇잖아. 당신이 나쁜 거야.

"이제야 조용해졌군요. 죄송합니다. 무슨 말씀인지 잘 못 들었는데요."

괜찮아. 어쩔 수 없지.

아, 저 길로 들어가 주겠어?

"네? 저기요? 히카리가오카는 안 가시고요?"

응, 잠깐 들를 데가 생각나서.

금방 끝날 거니까 저기서 꺾어주겠어?

"아, 예."

저기서 일 하나가 겨우 끝나거든. 그러니 저 길로 들어가서 직진해줘.

"알겠습니다. 어이쿠, 캄캄한 길이군요. 이 길, 처음 지나는데요. 앞쪽에 뭐가 있죠? 이래서야 그림자도 집어삼키겠습니다."

저, 실례합니다.

"네?"

죄송하지만 불 좀 빌려주시겠어요?

"아, 네, 여기요."

고맙습니다.

죄송해요, 라이터를 깜박하는 바람에.

"괜찮습니다. 지금 꼭 피워야겠다 싶을 때가 있죠."

네, 맞아요. 꼭 한 대 피우고 싶어져서요.

"제가 피웠기 때문인가요."

그 이유도 있긴 해요. 제가 방금 어째 멍하니 있었거든요. 현실감이 없는 게 꼭 꿈이라도 꾼 기분이에요. 당신 담배 연기로 정신이 들었어요.

왜 담배를 피우는 걸까요. 담배를 피우면 생각이 정리되는 것 같은 착각이 들어서 그런 걸까요. 사실은 어떤지 모르지만.

"저도 그렇습니다."

당신도요?

"네. 어쩐지 담배 생각이 나더군요. 사람이 하도 많아서 멀미가 났는지도 모르죠."

많이 붐비네요. 아침부터 사람이 굉장히 많았다나 봐요.

"누구 기다리시는 겁니까? 가족분을?"

아뇨, 혼자 왔어요. 잠깐 구경 삼아서요. 진짜 사람 많네요. 아까부터 손님의 발길이 끊이질 않는걸요. 꼬리에 꼬리를 물고 와요.

홍보가 굉장했으니 말이죠. 한참 전부터 여기저기 노출시켰겠다. 덕분에 대성황인데요.

"다들 뭘 사러 온 걸까요. 저렇게 큰 쇼핑백을 들고."

그런 일이 또 생겼다간 난리가 나겠죠. 그렇지만 봐요, 다들 아무렇지도 않네요. 전에 여기서 어떤 일이 있었는지 상관없나 봐요. 상상도 안 해보겠죠. 뭐, 그럴 만도 한가요. 값이 싼 모양이더라고요. 가전 매장 같은 데는 디지털카메라랑 액정 TV를 노리고 어젯밤부터 사람들이 줄을 섰다나요. 꽤 멀리서도 왔대요.

"그렇군요."

경비하는 사람들, 힘들겠어요.

"그러게 말입니다. 하지만 확실히 정리에 상당히 신경을 쓰더군요. 경비원 수도 대단하고 말이죠. 취재진도 많은데 또 사고를 일으킬 순 없잖습니까. 자연히 경비에 돈을 들일 수밖에 없죠."

그렇겠죠.

먼젓번 건물의 흔적은 그림자도 없네요. 그 뒤로 이 년 가까이 지났다니 믿기지 않아요.

꼭 거짓말 같아요. 눈 깜짝할 새였던 것 같기도 하고, 길었던 것 같기도 하고.

"그러게요. 이걸로 그 사건도 끝나겠죠."

그 편이 여기엔 더 낫지 않겠어요? 기념비 문제로 싸웠다면서요?

"그런가 보더군요. 유족하고 인근 주민도 풍화되게 놔두면 안 된다는 의견과 얼른 잊고 싶다는 의견으로 갈라진 모양입니다."

그런 모양이네요. 양쪽 다 심정은 모르지 않는데요. 결국 안 만들기로 했다죠? 그것 때문에 지금도 감정적으로 응어리가 남아 있다고 들었어요.

"당신은 어느 쪽입니까?"

네?

"남기고 싶은 쪽인가요, 잊고 싶은 쪽인가요?"

무슨 뜻이죠?

"당신도 유족이죠?"

그 말은 그럼, 당신도?

"네, 뭐. 그렇긴 해도 아는 사람 정도였으니, 자녀나 부모님을 잃은 분에 비하면 그나마 침착하게 있을 수 있을까요."

저도 비슷해요.

"어느 쪽이죠? 남기고 싶습니까, 잊고 싶습니까."

둘 다 아니에요. 굳이 말하자면 잊지 않는다는 쪽일까요. 딱히 말로 표현하거나 타인한테 강요할 마음은 없지만, 전 아마 잊지 않을 거예요.

"아아, 그렇군요. 네, 그렇죠. 그 말 좋은데요. 잊지 않는다. 저도 그래야겠습니다."

꽤 한참 전부터 여기 앉아 계셨죠?

"보셨습니까?"

네. 저도 먼발치서 계속 여기를 보고 있었거든요.

"보면 대충 알겠죠, 유족이라든지 관계자는."

기념식에 참석 안 한 유족 말이죠. 우리처럼 어쩐지 어색하고 어중간한 유족. 슬픔에 집중할 수 없는 유족. 유족이라고 밝힐 정도는 아니지만, 그러면서 집에 가만히 있을 수 없어서 이렇게 재개장하는 날에 여기 오고 만 사람들.

"네. 슬퍼한다는 건 에너지와 기술이 필요한 일인 데다 타이밍도 있으니 말입니다. 이것저것 생각하면 슬퍼할 수 없어요."

비난받을 소리라는 걸 알면서 말하자면 슬픔은 이벤트거든요. 절차를 밟아 제대로 이벤트를 하지 않으면 그 여파가 두고두고 오래가죠. 그렇지만 실제로 제대로 슬퍼할 수 있는 사람은 많지 않잖아요?

"그렇죠. 숨긴다든지 억누르는 건 좋지 않습니다. 뭐랬더라, 부인과 고립, 분노, 타협, 우울, 그러고 나서 수용이었던가요, 인간이 죽음을 받아들이는 과정이?"

들어본 적 있네요.

보세요, 저 사람도 분명히 그럴걸요. 보면 알 수 있어요. 역시 다들 불편한 얼굴, 시들하고 어중간한 표정이에요. 어쩐지 그런 사람 주위만 약간 어둡죠. 주위 손님들이랑은 달리 흥분이란 한 가지 색깔로 칠해진 게 아니니까 거기만 온도가 낮아요.

"맞습니다. 안에 안 들어가고 멍하니 보고 있는 사람이 꽤 많죠. 마지막까지 지켜보고 싶다는 심정일까요."

전 그날 그 안에 있다가 뼈가 부러졌거든요.

"그렇습니까. 부상자셨군요."

근처 아파트에 살아서 남편이랑 장을 보러 왔었어요.

"남편분은 무사하셨습니까?"

네, 덕분에. 따로 움직이던 중이라 연락이 닿을 때까지 정말 살아 있는 것 같지 않았어요.

"그러실 테죠."

아는 사람 중에 애를 잃은 집이 있어요. 애를 잃는다는 건, 부모는 물론이고 주변 사람한테도 견딜 수 없는 일이거든요. 저희 집 애랑 동갑이었겠다.

"딱한 일이군요."

장례식이 얼마나 괴로웠는지 몰라요. 가족들까지 같이 만나던 사이니 딸애를 안 데려가면 이상할 거 아니에요? 그렇다고 딸애 얼굴을 보여주는 것도 잔인할 것 같고 말이죠. 참 난처하더군요. 그렇지만 솔직히 우리 애가 아니라 다행이다, 정말 운이 좋았다, 하고 안도하는 마음도 없지 않았으니까요. 문득 보면 감사하고 있더라고요, 그 사람들한테. 그 집 죽은 애한테. 양심의 가책을 느끼면서도. 결국 그 집은 M이 보이는 걸 견딜 수 없다면서 아파트를 팔고 다른 데로 이사 갔답니다.

"그럴 테죠. 그게 당연합니다."

당연하다니, 어느 쪽이요?

"자신의 행운을 기뻐하는 심리 말입니다. 양심의 가책을 느끼면서도 말이죠. 그게 당연한 감정 아니겠습니까."

그럴까요.

"그럼요."

외국 회사는 참 고마운 데네요.

"네?"

여기도 그렇잖아요?

"아아, 전부는 아닙니다. 복합 시설이겠다, 여기저기서 자본을 댔겠죠. 요새 흔한 멀티플렉스 상영관도 들어와 있고요. 식품 매장은 슈퍼 S의 주식을 매입한 미국의 W에서 미국식 노하우를 들여왔다는 그거죠."

다른 사람들도 안심하지 않았겠어요? 불경기가 심각해지면서 처음엔 일본 기업이 외국 자본에 팔린다고 전전긍긍하면서 국익의 위기라고 그렇게 아우성을 치더니, 지금은 어디 외국 기업에서 사주지 않을까 두리번거리면서 입 헤 벌리고 기다리는 것 같죠.

그 사람들은 타지에서 왔으니 구애받을 것도 없고 얽혀 있는 것도 없어요. 일본 국내의 다른 마트에서 사들였다면 유령이 나올 것 같지만, 외국 기업이면 소독약으로 반짝반짝 광나게 닦아서 깨끗하게 싹 치워줄 것 같잖아요?

"아는 사람보단 모르는 사람이 사는 게 더 낫다는 말이군요."

오히려 그게 편하지 않을까요?

"동정이나 배려보다 사무적인 게 더 고맙고 그런 셈이군요."

외국 기업이 들어오면 리셋되는 느낌이 들잖아요? 다시 한 번 새로운 나를 시작할 수 있는 거예요.

"여기도 리셋됐을까요."

요샌 사람들의 리셋에 대한 욕구가 굉장하죠. 잡지를 보면 리셋해서 참된 나를 시작하자고 그야말로 대합창이에요. 하여간 대단하지 않나요, 과거를 없었던 걸로 하자니.

"그렇지만 그거, 일본은 경험이 있잖습니까. 메이지유신도, 종전 후도, 하룻밤 사이에 백팔십도 바뀌었죠. 오늘부터 달라지겠습니다, 한다고 네, 하고 바꾼 셈 아닙니까. 다들 의외로 그래도 멀쩡했고 말이죠. 전례가 있는 겁니다."

그래요. 그러니 지금도 다들 자기가 바꿀 생각은 안 하지만, 외부에서 누가 와서 바꿔주지 않을까 생각해요. 그럼 바꿀 텐데, 하고요. 위에 멋진 사람이 오면 우리도 잘할 수 있거든, 잠재 능력은 굉장하거든, 그렇게 생각하는 거예요. 우리 잘못이 아니다, 위에 멋진 사람이 안 오는 게 문제다, 하고요. 그러니까 지금 아주아주 멋진 사람이 오면 다들 미토 고몬의 인롱을 본 것처럼 납작하게 엎드릴걸요. 다들 자기가 먼저 말을 꺼내는 것도, 책임지는 것도 싫어요. 요새만큼 타인한테 납작하게 엎드리고 싶다, 예속되고 싶다고 생각하는 시대가 없지 않을까요.

"일본의 신은 외부에서 왔으니 말이죠. 표류해서 오기도 하고, 여행해서 오기도 하고. 그런 걸 받아들이는 토양이 있을지도 모르겠군요."

그래요. 가슴 설레는 멋진 사람을 기다리는 거예요.

"그 '멋진 사람'은 말 그대로의 뜻입니까? 아니면 빈정거림?"

둘 다예요.

"흠. 재미있는 분이군요."

그러는 당신도 재미있는 분 같은데요.

여기 사는 분 아니죠? 멀리서 오신 것 같은데요.

"네. 얼마 전에 싱가포르에서 귀국했습니다."

역시 그렇군요. 어쩐지 따뜻한 데서 왔다는 느낌이 들었거든요.

"보면 아시겠습니까? 금융 쪽 일로 말레이시아니 인도네시아 같은 데를 전전하면서 근무했죠."

그럼 여기서 사고를 당한 건 친구분인가요?

"아뇨, 제 경우는 좀 복잡해서 말이죠."

복잡하다니요?

"음, 친구가 죽은 건 맞습니다."

저런. 그날 저기 계셨던 건가요?

"아뇨, 그건 아닙니다. 친구가 죽은 건 작년 연말이었죠."

작년 연말? 부상을 당해 입원했던 건가요? 사고 후유증으로 나중에 죽은 사람이 몇 명 있었죠.

"아뇨, 그것도 아닙니다."

아니라고요? 잠깐만요, 생각 좀 해볼게요. 제가 맞히고 싶어요. 점잖지 못한 짓인가요?

"아닙니다. 이걸 맞히면 정말 대단한 겁니다."

어머나. 그럼 점포의 종업원 아니면 관계자, 유족으로, 사후 처리 탓에 또는 슬픔을 못 견디고 자살했다?

"아닙니다."

아니라고요? 사건이 있고 일 년 사이에 자살한 사람이 여럿 있다던데요. 자식이나 손자를 잃은 여자라든지, 식품 매장 책임자라든지. 그러고 보니 점포 측 변호인단에 있던 변호사 한 명도 본인이 희망해서 사직한 뒤 자살했다더군요. 다들 그 사건의 희생자예요.

"아뇨, 자살한 게 아닙니다."

뭘까 모르겠네요. 항복할게요. 답이 뭐죠?

"고등학교 때 친구입니다만, 제가 외국에 나가 있는 동안 집을 빌려줬거든요. 반년에서 일 년이라는 막연한 기간으로. 물론 제가 돌아오면 집을 비워준다는 조건이었죠."

그래요.

"둘 다 혼자 사는 몸이라 가능했던 일이긴 합니다만."

그래서요?

"친구는 원래 공무원이었는데 퇴직했거든요. 한동안 쉬다가 택시를 몰았죠."

저런.

"그렇지만 언젠가 유학 가고 싶다고 했습니다. 그때까지 하는 거라고 말이죠."

특이하네요. 공무원을 그만두다니 요즘 같은 세상에 아까워라.

"자세한 이야기는 못 들었지만 상당히 힘들었던 모양입니다."

그렇죠, 아무리 안정된 직업이라도 정신 건강은 중요해요.

"택시는 혼자 있을 수 있고 말도 별로 안 해도 되니까 좋다, 그러니 정신적으로 편하다. 그런 이유로 고른 것 같더군요. 차를 좋아한 데다 길도 많이 알았고 말이죠."

그렇군요.

"그런데 작년 연말에 택시 강도를 당했어요."

세상에.

"도내에서도 외지고 인적이 뜸한 도로였다더군요. 돈도 기껏해야 이삼만 엔밖에 없었는데 그걸 뺏기고 살해된 겁니다."

딱하기도 해라. 운이 없었다고 할 수밖에 없네요.

그렇지만 그게 여기서 있었던 사건과 무슨 상관이죠?

"이 다음부터는 단순히 제 추측일 뿐입니다만…… 좀 막연하긴 해도 전 역시 관계가 있다고 생각하거든요."

친구분 사건이요?

"마지막으로 만난 건 작년 봄에 일시 귀국해서 집 열쇠를 맡겼을 때였는데, 그때 실은 그 마트에서 벌어진 사건 조사에 관여하고 있다는 말을 얼핏 했습니다."

조사?

"네. 그 뒤론 이메일만 몇 번 주고받았는데, 구체적인 말은 안 했지만 그 일이 힘들어서 직장을 그만뒀다고 했거든요."

그랬군요.

"그게 마음에 걸려서 말이죠. 극비 조사였던 모양입니다."

저런.

"정말 택시 강도였을까, 얼핏 그런 생각이 들더군요."

어머나, 어째 무섭네요. 친구분이 그 사건에 관해 뭔가를 알고 있었기 때문에 죽었다는 말인가요?

"하하, 망상입니다. 어설픈 스파이 영화 같죠."

아이 참, 정말 오싹했지 뭐예요. 겁주지 마세요.

"그렇지만 어쩐지 마음에 걸리더라고요. 외국에서도 인터넷으로 그 사건을 조사해봤는데, 정부가 만든 화학 무기가 유출됐다는 식의 설이 꽤 많이 퍼졌잖습니까? 원인을 모른다는 것도 이상하고 말이죠."

그렇지만 결국 알 수 없었는걸요. 집단 패닉이라고, 몇몇 계기가 우연히 겹치면서 그게 사람들한테 전염됐다고 했죠.

"전 처음에 사이버 테러가 아닐까 했습니다만."

사이버 테러?

"네. 대형 소매점이면 꽤 큰 시스템을 도입했을 테니 그게 당한 거라고 생각한 거죠."

어떻게요?

"글쎄요, 그건 모르죠. 가령 사람이 가득 탄, 노인과 어린애가 많은 에스컬레이터를 갑자기 속도를 높였다가 세우면 어떻게 될까요? 그것만으로 큰 참사가 벌어질 건 분명하잖습니까? 공기 정화 시스템이 고장 난다면요? 손님들로 붐비는 공간에서 공기가 희박해지면 다들 상태가 나빠질 겁니다. 뇌에 산소가 결핍되면 환각 비슷한 걸 볼 테니 패닉을 일으킬 만도 하죠. 또는 산소 농도를 높여 개운한 기분이 들게 해선 쉽게 흥분하게 만든다든지요. 고농도 산소로 가득한 공간에서 불꽃이 튄다면? 생각만 해도 무서운 일입니다. 굳이 화학 무기 같은 걸 안 써도 어디 한군데 시스템이 망가지면 참사는 얼마든지 일어날 수 있고 또 그쪽이 훨씬 무서운 겁니다."

무서운 이야기네요.

"제 망상일 뿐입니다. 평소 금융 시스템을 생각할 때가 많아서 말이죠."

그런 직업이시군요.

"예컨대 배나 다리에 관해선 오래 전부터 축적된 기술이 있잖습니까? 이런저런 걸 만들면서 경험을 쌓아왔습니다. 그러니 배나 다리에 관해선 어쨌거나 '안다'고 말할 수 있는 겁니다. 그래도 가끔 믿기지 않는 사고가 일어나긴 합니다만. 그런데……."

그런데?

"우리는 컴퓨터에 관해 뭘 알고 있을까 싶거든요. 전세계의 컴퓨터가 연결되기 시작한 지 아직 얼마 안 됐죠. 연결된 컴퓨터가 어디서 망가진다면, 그게 어느 부분인지 알 수 없다면, 오래 써서 어느 부품이 마모돼 없어진다면, 그때 무슨 일이 벌어질지 아직 아무도 모르는 겁니다."

그렇지만 우리 생활은 이미 완전히 컴퓨터에 지배돼서 이제 거기서 벗어날 수 없다는 말이군요.

"바로 그겁니다. 자연으로 돌아가라고 한들 이젠 무리입니다. 분명 원인을 밝혀내기 쉽지 않을걸요. 그야말로 전세계를 뒤져야 할 겁니다. 뉴욕의 대규모 정전 사태도 원인 규명에 며칠씩이나 걸린 데다, 어느 한 부분에서 발생한 문제가 마치 파문처럼 순식간에 커진 거라고 하잖습니까."

부르르. 어쩨 암담한 기분이 드네요.

오늘은 날씨도 상쾌한데 말이에요.

"죄송합니다."

사과는 안 해도 돼요.

어쩐지 결심도 섰고 말이죠.

"결심? 무슨?"

뭐, 그냥 개인적인 일이에요. 오늘 여기가 오픈한 걸 보고, 방금 당신 이야기를 듣고, 오랫동안 달래가면서 써온 시스템을 정리해야겠다는 생각이 새삼 든 거예요.

"그렇습니까."

불 한 번 더 빌려주시겠어요?

"네."

담배 드릴까요?

"그럼 사양 않겠습니다. 어라, 쇼트 호프는 오랜만인데요."

짧은 희망. 생각하면 울적한 이름이죠.

"담배 이름으로 잘 맞잖습니까. 한순간의 희망. 이걸 피우고 나면 하던 일로 돌아가야 하는 거죠."

시인이시네요.

"그럴 리가요. 저기, 뭐 좀 물어도 될까요?"

얼마든지.

"저 사람들은 뭐죠?"

저 사람들?

"저기 저쪽에 아까부터 두세 명씩 짝을 지어서 점포에서 나오는 손님들한테 말을 거는 사람들 있잖습니까? 처음엔 기분 탓인가 했는데 역시 말을 거는 게 맞는군요. 그렇다고 너무 집요하게 달라붙는 건 아니고, 거절하면 얼른 물러서고 말이죠. 몸차림도 지극히 평범한데요. 여자들뿐입니다. 말을 거는 쪽도, 상대방도."

아아, 저거 말이군요.

"아십니까?"

서바이버예요.

"서바이버? 생존자?"

그래요. 그 서바이버.

"그게 뭡니까?"

요새 여기저기서 말이 많죠.

"그렇습니까? 전 처음 듣는군요."

원래는 사건으로 가족을 잃은 유족 중 한 명이 시작했거든요.

"무슨 단체인 겁니까?"

그래요. 지금은 아마 종교 법인일걸요.

"종교 단체군요."

아, 그렇지만 그렇게 수상쩍은 건 아니에요. 제가 듣기로는 말이죠. 유족 모임 중 몇몇 사람이 만든 모양이더군요.

"저런. NPO 같은 게 아닌 겁니까?"

좀 달라요. 우리 집에도 찾아온 적이 있죠.

"그렇지만 종교 단체라는 건 교리라든지 그런 여러 가지가 있다는 뜻 아닙니까?"

그렇죠. 그러니까 전단에 쓰여 있던 말을 옮기자면 이런 이야기인 모양이에요. 아, 미리 말해두지만 전 안 들어갔어요. 들어갈 자격도 없고 말이죠.

즉, 가족을 잃고 살아남은 사람들은 이유 없는 죄의식이며 상실감에 시달린다. 정도의 차이만 있을 뿐 모두 그런 감정을 가지고 있다. 그런 감정을 뭔가로 승화시키고 싶다. 남은 인생을 살아갈 수 있는 에너지로 바꾸고 싶다. 그런 바람에서 시작됐다나요.

"흠."

그러니까 생각을 바꾸자. 우리는 할 일이 있어 살아남은 거다. 어떤 일을 하기 위해 살아남아야 했던 거다. 그러니 우리가 뭘 할 건지, 뭘 해야 하는지 함께 생각해보자. 그런 이야기인가 봐요.

"생각하는 방식으로선 나쁘지 않은 것 같은데요. 유족 모임으로서 당연히 해야 할 역할 아닙니까. 그게 왜 종교 단체가 되는 거죠?"

글쎄요. 단순한 연락망이나 유족 모임은 마음을 의지할 곳으로 미흡했다는 이야기인가 보더군요. 서양 같으면 교회가 그 역할을 했을 수도 있겠죠. 구체적으로 매달릴 대상, 기도할 대상이 필요했던 게 아닐까요.

"누구한테 기도하는 겁니까?"

모르죠. 그런 게 있는지 없는지 몰라요. 일설에 따르면 다함께 시주한 지장보살상이라더군요. 그리고 제가 듣기로…….

"당신이 듣기로?"

어린 여자애가 교주 같은 역할을 한다나요.

"여자애? 교주?"

그래요. 외국에 계셨다면 그 영상을 못 보셨겠네요. 그 왜, 있잖아요. 방범 카메라에 찍힌 영상.

"아, 얼핏 봤습니다. 인터넷에도 올라왔더군요."

잔인한 거요?

"아뇨, 그 이야기도 듣긴 했지만 제가 봤을 땐 그런 부분은 삭제

되고 없었습니다. 뉴스 영상하고 같은 거였죠."

그렇군요. 그럼 피 묻은 인형을 들고 혼자 걷던 여자애 기억나세요?

"음, 모르겠는데요. 어린애는 몇 명 봤습니다만."

그 애가 한때 기적의 여자애란 식으로 다뤄졌거든요. 다치지도 않았지, 다른 사람들이 넘어져도 휩쓸리지 않았지, 운이 좋았다고 말이죠.

"그렇지만 인형에 피가 묻어 있었다면서요? 다친 데가 없었던 겁니까?"

네, 아무렇지도 않았어요. 누구 피였는지 끝내 밝혀지지 않았다더군요.

그래서 그 애가 생존자, 그 사람들은 회원을 서바이버라고 부르거든요, 생존자들 사이에서 우러러 받들리고 있대요.

"흠, 살아 있는 신입니까."

그런가 봐요.

"이거 참, 뭐라고 해야 할지, 복잡한 기분인데요. 그 사람들한테는 정신적인 구제가 될 테니 말이죠."

그래요. 무슨 뜻인지 알아요.

우리는 뭐라 말할 자격이 없다는 것도요. 우리는 그 사람들을 구할 수 없으니 말이죠. 구원받고 싶은 사람들한테는 필요하겠죠.

"맞습니다. 그럼 그 사람들이 저렇게 활동한다는 말이군요. 회원을 늘리려고."

그래요. 요새 조금씩 늘어나고 있다나 봐요. 다양한 범죄 피해자 모임하고 연대해서.

"범죄 피해자 모임?"

네. 최근 문제가 됐잖아요? 법률에 명기돼 있다죠? 사법은 피해자를 구하기 위해서가 아니라 사회의 질서를 유지하기 위해 존재한다고. 때문에 가해자는 벌을 주기 위해 정중히 보호하지만, 피해자는 언론에 두 번 세 번 죽임을 당하든 말든 그냥 방치되고, 수사 상황은 고사하고 사건에 관한 정보도 가르쳐주지 않아요. 게다가 가해자가 지은 죄라는 게, 피해자한테 해를 가한 게 아니라 어디까지나 법을 위반한 것, 사회 질서를 어지럽힌 것이라잖아요? 어느 쪽이든 피해자는 무시되는 거예요. 그래서 범죄 피해자를 지원하기 위한 민간단체가 여기저기 생겼는데, 그런 곳에서도 회원을 모으고 있다나 봐요.

"흠, 아닌 게 아니라 그 종교 단체의 취지에 찬동하는 사람이 그 부근에 있을 것 같긴 하군요."

네. 그래서 지난 일 년 사이에 회원이 부쩍 는 데다 그중에 변호사와 언론 관계자도 있어서 사회적 영향력이 조금씩 커지고 있는 모양이에요.

"몰랐습니다."

그걸 경계하는 정치 단체랑 주목하는 언론도 있다더군요.

"그렇겠죠."

조직도 탄탄한 모양이더라고요. 세간 사정에 어지간히 밝은 인재가 있는 거 아니겠느냐고 해요. 그 때문에 더더욱 일부의 경계심을 부채질하나 봐요. 무슨 일이 있으면 순식간에 공격당하겠죠.

"지금은 일단 관망하는 상태인 겁니까?"

그런 셈이에요.

"이거 몰랐는데요. 이렇게 떠들썩하고 경사스러운 분위기인데 온갖 사람들이 모여 있군요."

그러게 말이에요. 다들 무슨 생각을 하고 있는 걸까요. 사건을 아는 사람도, 그렇지 않은 사람도.

"글쎄요. 저처럼 직접 관계가 없는 사람도 수두룩할 테고."

맞아요. 이렇게 보면 평범하고 일상적인 풍경이죠. 도무지 그날 그 광경이 있었던 곳 같지 않아요.

"지금도 생각나십니까?"

솔직히 말해서 아뇨, 전혀. 점포 주위에 사람들이 웅성웅성 모여 있었던 건 어렴풋이 기억나는데, 생생한 기억은 이제 없어요. 박정한 것 같지만.

"잊는 편이 낫습니다."

어때요?

"네?"

사람들을 보니 말이에요. 친구분 죽음의 진상을 아시겠어요?

"모르겠는데요. 이런 밝은 분위기만 봐서는. 이 풍경을 보면서 택시 강도로 죽은 친구를 생각하기가 쉽지 않습니다."

그렇겠어요.

"다들 전에 있었던 일은 이미 잊은 것 같고 말이죠. 리셋된 겁니다."

리셋. 편리하지만 불쾌한 말이에요.

"실은 저도 리셋됐거든요."

네?

"딱 아까 말씀하신 대로입니다. 아내가 애들도 다 컸으니까 자기 인생을 다시 시작하고 싶다고 하더라고요. 지금까지 너희한테 쓴 시간을 되찾고 싶다고요."

어머나.

"아내는 아시아에 가는 건 싫다고, 미국이나 유럽이면 몰라도 아시아는 싫다고, 애들 교육 문제도 있고, 그래서 지금껏 떨어져 살았거든요."

그러셨군요.

"당신은 진짜 나를 모른다, 날 아내로, 애들 엄마로만 본다, 그러더군요. 그렇지만 진짜 나라는 게 뭡니까? 아내나 엄마는 진짜 나 아니었던 겁니까? 그럼 전 어떻죠? 아내를 대할 때의 전 진짜 나입니까? 저한테도 진짜 나가 있을 거란 생각은 안 하는 건가요? 어이가 없어 웃음이 나옵니다."

다들 그래요.

"다들?"

다들 진짜 나는 다르다고, 난 이렇지 않다고 생각해요. 그러면서 멋진 사람을 기다리는 거죠. 진짜 나를 발견해줄 사람, 진짜 멋진 나를 속에서 끌어내줄 사람, 진짜 나를 이해해줄 멋진 누군가를.

"그 멋진 누군가의 얼굴 한번 보고 싶군요. 분명 꽤나 훌륭하신 인물일 테죠."

글쎄요, 어떨까요. 그 멋진 누군가의 얼굴을 본 사람은 아무도 없지 않을까요. 다들 언제까지고 꿈꾸는 눈동자로 그 사람을 기다리는 거예요. 얼굴에 주름이 자글자글하고 허리가 굽어도.

"하하하, 가차 없군요."

그럼 이미 헤어졌군요.

"몇 년 전부터 그런 이야기가 나와서, 친구한테 빌려줬던 아파트를 그 무렵 사서 별거했던 겁니다."

어째 괜한 말을 꺼낸 것 같아 죄송하네요.

"아닙니다. 우연히 들어맞았을 뿐인데요. 아내도 시류에 편승했다는 뜻일까요."

그럼 요새 부인과는 전혀……?

"생활비랑 양육비를 입금하는 것뿐인 관계입니다. 아, 그래요, 파리로 플로리스트 공부를 하러 가고 싶으니까 그 비용을 달라는 메일이 왔었군요."

멋진 누군가를 만나러 가는 거네요.

"그렇겠죠."

어머.

"왜 그러시죠?"

마지막 매미네요. 아직 있었군요.

"아, 정말인데요. 울음소리가 들리는군요. 주위가 워낙 시끄러워서 안 들렸던 걸까요."

매미 울음소리는 비장하죠. 특히 끝에 가면 더더욱.

"측은합니다."

사건이 있고 나서 매미 꿈을 자주 꿨어요.

"매미 꿈?"

네. 지금은 안 꾸지만요.

"기분 나쁜 꿈이었습니까?"

기분 나쁜 꿈이라기보다는 기묘한 꿈이었어요.

"저도 꿉니다."

어떤 꿈인데요?

"요 며칠 동안은 친구가 운전하는 택시를 타고 여기 오는 꿈이었군요. 왜 그런지 늘 한밤중입니다. 점포에 조명이 환하게 밝혀져 있고 안에 사람이 가득한 걸 알 수 있어요. 얼른 가달라고, 서두르라고 제가 재촉하면 친구는 그러지 말라고 절 달랩니다. 그러다 도착하기 직전에 깨는 거죠."

새 점포 쪽인가요?

"아뇨, 예전 점포입니다."

해몽할 수 있을 것 같은데요.

"어떤 식으로 말입니까?"

당신은 과거를 되찾고 싶은 거예요. 가족을 되찾고 싶은 거죠. 되찾을 수 있었는데 그러지 못한 걸 후회하고 있어요.

아닌가요? 너무 단순한 해석이네요. 죄송해요.

"아닙니다. 그럴지도 모르죠. 아뇨, 분명 그럴 겁니다."

본인이 제일 잘 알지 않겠어요?

"친구도 죽었겠다, 어째 그 집으로 돌아갈 마음이 안 나서 말입니다. 짐을 맡기고 공항에서 곧장 이리로 온 겁니다. 친구가 죽기 전에 적어도 한 번 더 볼 수 있었으면 좋았을 텐데 하면서."

안타깝네요. 당신도 서바이버일지 몰라요.

어머, 벌써 시간이 이렇게 됐나요. 담뱃불 잘 썼어요. 그만 가야겠어요.

"저야말로 담배 고맙습니다."

저, 작별하러 가는 거예요.

"작별?"

그래요. 오랫동안 부자연스럽게 계속된 관계가 있거든요. 오늘은 꼭 끝내야지 생각하고 있었어요. 그런데 어쩐지 도중에 이리로 오는 바람에. 오픈한다는 걸 실은 잊어버리고 있었지 뭐예요.

"저런. 행운을 빌어드리죠."

고마워요. 즐거웠어요.

"저야말로."

여기 처음 오셨던 거예요?

"네."

그럼 예전 건물도 본 적 없겠군요.

"네. 인터넷으로 사진만 봤죠."

그거, 비석 같지 않았어요?

"그러고 보니 그렇군요."

이건 뭐랑 닮았을까요?

예전 건물은 창문이 얼마 없는 게 꼭 콘크리트 덩어리 같았는데, 이번엔 창이 큼직큼직하고 유리를 많이 썼네요.

"글쎄요, 뭘까요. 어쩐지 파충류 해골처럼 보이는데요."

아아, 그러네요.

"당신은 뭐로 보이죠?"

전…… 그래요, 그거네요. 벌레 바구니.

"어렸을 때 곤충 채집할 때 쓰던 통 말씀입니까?

그게 아니라 시골 할아버지 댁에 있던, 대오리를 엮어 만든 거요. 방울벌레 같은 걸 넣어서 툇마루에 놓아두던 거 있잖아요?

"아아, 대오리로 정말 바구니처럼 만든 그거 말씀이군요. 집처럼 생긴 운치 있는 거죠."

그래요. 그걸 닮았어요. 황갈색으로 반들반들하게 낡은. 곤충을 안 넣어둘 땐 할머니가 들꽃으로 장식하곤 했죠.

"흠, 벌레 바구니에 꽃을 꽂다니 근사한데요."

대나무니까 운치가 있죠.

"사실은 아시아 쪽 가구를 꽤 많이 모았거든요. 그쪽에선 저렴하니까요. 벌레 바구니는 그쪽에도 있었습니다. 그렇군요, 그냥 바구니로 쓰면 되는군요. 꽃도 넣고, 과일도 넣고. 인테리어로 활용할 수 있겠는데요. 좋은 아이디어입니다."

이젠 시골집도, 벌레 바구니도 없지만요.

"파신 겁니까?"

네. 땅까지 합쳐서 집을 팔아버렸거든요.

"서운하군요."

그러고 보니 벌레 바구니는 훨씬 전에 없어졌네요.

"어렸을 때?"

그래요. 방금 갑자기 생각났어요. 이웃에서 기르는 아키타견이 마당에 들어왔다가 툇마루 턱에 놓여 있던 벌레 바구니를 그만 밟아버렸지 뭐예요. 안에 든 벌레까지 같이.

"어이쿠."

납작하게 짓밟혀서 산산조각 났죠.

그렇지만 개는 알아차리지도 못했어요. 그냥 여느 때처럼 산책을 나갔죠. 전 망연히 짓밟힌 벌레 바구니를 바라보고 있었어요.

이상하죠. 이 건물을 보다 보니 어쩐지 그때 일이 떠올라요.

보세요. 저기가 벌레 바구니의 꼭대기.

어쩐지 거대한 발이 내려올 것 같아요. 위에서 누가 저기를 밟는다면 통째로 납작하게 짜부라지겠죠. 도망칠 겨를도 없어요.

그렇지만 밟은 본인은 자기가 밟았다는 것도 몰라요. 아마 콧노래라도 흥얼거리면서 즐겁게 산책을 계속하고 있을 테죠.

안녕.

이렇게 밤늦은 시간에 아직도 안 자는 거야? 보통 때 같으면 벌써 잘 시간 아냐?

"안 졸려."

아닌 게 아니라 전혀 안 졸린 것 같네. 다른 사람들은 벌써 자는데. 이 집은 어디나 깜깜한걸. 옆집 모퉁이에 있는 방에도 안 자는 사람이 몇 명 있던데. 거기는 내내 불이 켜 있더라.

"거긴 밤 동안 당번이 있거든."

그래. 뭐 해?

"그림 그려."

아아, 성城이구나.

"성을 그리는 줄 어떻게 알았어? 이제 막 그리기 시작했는데."

알 수 있어. 넌 성 그리는 걸 좋아했지?

일본풍 성에 푹 빠져 있던 적도 있고, 외국 성을 좋아했을 때도 있었지. 망루도, 깃발도 그릴 수 있잖아? 이건 어느 쪽 성이야?

"이건 성 돌담이야. 일본 성. 저기, 우리 전에 만난 적 있어?"

만난 적은 없지만 난 널 알거든.

"그래. 지금 몇 시야?"

글쎄, 몇 시일까 모르겠네. 한밤중이야. 이젠 아침에 더 가까울 걸. 늘 이런 시간에 일어나 있니?

"오늘은 기도하는 날이라 그래."

원래 어린애는 이런 시간에 일하면 안 되는 거야. 아동복지법이랑 근로기준법이랑 이것저것 위반하는 일이거든. 너, 요새 문제가 되고 있어.

"문제?"

주위 어른들이 널 늦게까지 일하게 하는 것 때문에.

"일하는 게 아니야. 기도하는 거지."

그게 일하는 거란 이야기야.

"그래? 엄마는, 아, 아니다, 워처는 암말도 안 하는데. 그러는 게 내 의무래. 졸려도 이 날은 기도해야 한다고."

워처? 너희 엄마 말이지? 맞아, 사람들 앞에선 그렇게 불러야 하지.

"아니. 둘만 있을 때도 엄마라고 부르면 야단맞아."

그랬던가? 그래, 그렇구나.

그새 잊어버린 게 꽤 많은걸. 시간도 이만큼 지났겠다.

"그렇지만 그러는 그쪽도 나랑 비슷한 나이잖아. 이런 시간에 안 자고 일어나 있어도 되는 거야? 아니, 그보다 어디로 들어왔어? 아무한테도 안 들켰어?"

뒷문으로.

"뒷문은 잠가두고 누구 지키는 사람도 있을 텐데. 얼마 전 도둑이 들 뻔해서 잠그기만 하지 않고 경비도 세우기로 했는걸."

아아, 그래. 그 괴상한 옷 입은 사람들 말이지?

"그런 것도 있었지만, 카메라 든 사람도 있고 이것저것. 가끔 밖에 커다란 차가 와서 막 시끄럽게 악쓸 때도 있었어. 굉장히 먼 데긴 했지만."

여긴 넓으니 말이지. 그거, 텔레비전이랑 주간지에서 나온 사람들이야. 너더러 나오라고 그러는 거야.

"난 몰라."

너희 엄마가 텔레비전 보여주니?

"아니. 그걸 보면 눈도 나빠지고 안 좋은 것만 많다고."

학교 다닌 적 있어?

"응. 학교는 좋아. 일주일에 닷새 가는걸."

어디 있는 학교?

"부지 구석에 있어. 예쁜 흰색 건물인데, 워처가 교대로 일본어랑 산수랑 미술, 음악 같은 걸 가르쳐줘."

그런 거 말고 밖에 있는 학교 말이야. 네 또래 애들이 많이 있는.

"밖? 학교는 안에 있어. 연못 옆에. 꽃으로 장식됐어."

네 또래 애들을 만나본 적 있어?

"별로 없어. 나랑은 다르니까 만날 수 없어."

어디가 다른데?

"처음부터."

처음부터?

"난 기적의 아이거든. 증표니까 다른 사람들이랑 달라."

증표라니 그게 뭐야?

"기적 말이야."

무슨 기적을 일으켰는데?

"난 몰라. 살아 있는 것 자체가 기적이래. 그러니까 사람들이 날 숭배하는 거래."

흠, 그런 거야? 혹시 너 어디 아파?

"아무 데도 안 아파."

하지만 그거 알아? 너, 아픈 걸로 돼 있다? 심장에 큰 병이 있어서 학교에 다닐 수 없다고, 집에서 요양하면서 교육 받겠다고. 의사 선생님한테 돈 주고 진단서 받아서 그런 식으로 교육위원회랑 학교에 말한 거야. 거짓말하는 거야. 아무 데도 안 아프면 바깥 학교에 다녀야 한단 말이야.

"그런 건 난 몰라. 나랑은 상관없는걸. 난 기적의 아이니까."

그러니까 뭐가 기적인데? 살아 있는 것 자체가 기적이라니 그게 무슨 뜻이야? 너도 몰라? 네 이야기잖아.

"알아. 내가 살아남아서 그래."
살아남았다고? 어디서?
"재난에서."
무슨 재난?
"내가 어렸을 때 큰 재난이 있었어. 사람이 아주 많이 죽었는데 난 무사했거든. 어른들도 많이 죽었는데 난 아무렇지도 않았어. 그래서 사람들이 날 기적이라고 그러는 거야. 날 보고 우는 사람도 많아. 그러니까 난 사람들을 위해 기도해야 해."
그때 일 기억나니?
"조금."
이야기해줄래?
"별로 자세히 기억나진 않아. 굉장히 조용했어. 꼭 나만 투명한 막에 싸여 있는 것처럼 아무것도 안 만져졌어. 그러다 다른 사람들이 죄다 없어지더니 얼마 있다가 소방수 아저씨가 온 거야."
그래? 인형은?
"어느새 들고 있었어."
인형에 묻어 있던 피는?
"몰라."
얘, 그거 진짜야?
"어?"
그거 진짜 있었던 일이야? 너 진짜로 기억해? 사실은 너희 엄마가 그렇게 말하라고 시킨 거 아냐?

"그런 거 아냐. 굉장히 조용했고 난 빛 같은 막에 싸여 있었어."

거짓말, 거짓말이야. 그런 막에 왜 싸여? 이상하잖아. 그때 그런 막에 싸여 있었는데 지금은 안 싸여 있다고? 대체 왜?

"그건, 그게 재난이었기 때문이야. 재난 때만 그런 거야."

그거, 엄마가 한 말이지? 그렇게 말하면 그럴싸하게 들릴 거라고, 엄마가 써준 걸 여러 번 읽고 외운 거지? 여러 번 말하다 보니까 어쩐지 진짜 그랬던 것 같은 거 아냐?

"안 그래! 진짜 그랬단 말이야! 조용하고 막에 싸여 있었어! 난 특별한걸."

그럼 이젠 안 특별해진 거 아니니? 크고 나니까 보통 사람인 경우가 얼마나 많은데. 너, 그 뒤로 그런 일이 또 있었어? 없지? 있을 리 없지, 막에 싸여 빛나는 것 같은 일이.

"큰 재난은 그때뿐이야. 필요 없는 거야."

흐응, 그래?

"그만 가. 난 기도해야 하니까."

그러지 말고 잠깐만 더 이야기해.

"가란 말이야. 기분 나쁜 말만 하면서."

기다려봐. 날이 밝으려면 아직 좀 더 있어야 하는걸. 심심했잖아. 기도 같은 거 안 했으면서 뭘 그래? 몰래 도화지랑 크레용 갖고 와서 성을 그리고 있었잖아?

"잠깐 쉰 것뿐이야. 그림 그리는 건 괜찮아. 내가 그림을 그리면 다들 기뻐하면서 받으니까 가끔 그려놔야 해. 워처도 머리에 떠오르는 게 있으면 기록해놓으라고 했는걸."

그래, 네 그림을 엄마가 서바이버들한테 돈 받고 팔아. 얼마 받는지 아니? 맞다, 너 돈 써본 적 있어?

"없어."

엄마가 돈에 대해 뭐래?

"세계를 멸망시키는 나쁜 도구래. 다들 돈에 지배된다고."

그래, 맞아.

"그러니까 되도록 사람들한테 돈을 거둬들여서 버리는 거래."

어이구야. 그래, 그렇단 말이지. 그런 식으로 설명할 수도 있구나. 사람들한테 나쁜 돈을 거둬들이는 데 네 그림이 쓰이는 거네?

"응. 그렇지만 그거 때문에 일부러 그리면 안 된대. 그리고 싶어졌을 때 자연스럽게 그려야 한대."

그게 성 그림이구나. 왜 성이야?

"글쎄. 나도 몰라."

진짜 성 본 적 있어?

"아마 없을걸."

일본 성도?

"응."

왜 성 그림을 그리는 것 같아?

"몰라. 그냥 떠올라."

뭐가 떠올라?

"돌담이랑, 깃발이랑."

그려봐.

"이런 식."

이거, 일본 깃발 아냐. 테마파크에 가본 적 있니?

"그게 뭐야?"

미국 성이 있거든. 깃발이 있고 공주님이 살아.

"공주님? 나 같은?"

넌 공주님 아니잖아. 임금님도 아니고. 증표라며?

공주님은 알아?

"책에서 봤어."

책 읽을 수 있어?

"읽을 수 있어. 그림책도 잔뜩 있고, 워처가 책을 써주기도 하는걸."

어떤 책?

"모모타로도 있고, 원숭이랑 게 싸움도 있고, 옛날이야기야. 그리고 내 책."

네 책? 네 책이라니 그게 무슨 뜻이야?

"내가 뭘 해야 하는지, 전생에 뭘 했는지에 대한 책이야. 그걸 읽고 공부하는 거야. 사람들을 구하기 위해 뭘 기도해야 하는지, 어떻게 기도해야 하는지."

흠. 꼭 신 같네.

"신? 신이 뭐야?"

너 같은 사람을 말하는 거야. 사람들이 받들어 모시면서 자기를 도와달라고 비는, 눈에 안 보이는 커다란 존재.

"난 눈에 보이는걸."

나처럼 말이지.

"응."

그렇지만 옛날부터 신은 너 말고도 많이 있었어. 전세계에 신이 아주 많이 있고, 그 신한테 기도하는 사람도 많아.

"거짓말."

진짜야. 나 말이지, 내내 생각했거든. 왜 다들 신을 만들어내는 걸까.

"만들어? 난 만들어진 게 아냐."

응, 그렇지. 그렇지만 어떤 의미에선 만들어진 거야. 넌 아직 이해 못 할 수도 있겠지만. 난 생각할 시간이 많았기 때문에 생각해 봤어. 왜 다들 신을 필요로 하는 걸까.

"왜 그런데?"

내 생각에 그건 누군가를 죽이기 위해서인 것 같아.

"뭐?"

그래. 인간은 말이지, 나쁜 건 자기 탓이라고 하기 싫거든. 기분 나쁜 일, 불쾌한 일은 남 탓으로 돌리고 싶어 해. 사람을 죽이는 건 나쁜 일이잖아? 하지만 안 죽이면 곤란한 경우라든지 죽이는 게 그 사람한테 유리한 경우가 아주 많단 말이지. 그때 신이 있으면 아주 편리하거든. 신이 명령했다, 신을 위해서, 신의 이름으로, 그런 식으로 말할 수 있으니까.

사람을 죽일 때만 그런 게 아냐. 아주 나쁜 일이 있었을 때 남 탓으로 못 돌리면 괴롭잖아? 절대 자기 탓이라고 생각하고 싶지 않아. 누구 다른 사람 잘못이라고 생각하면 마음이 아주 편하지. 후회하고 반성하는 것보다 남을 미워하는 게 훨씬 편해. 그런 때를 위해 신이 있는 거야. 난 알았어. 사람은 타인을 죽이는 동물이야. 그렇기 때문에 남을 죽이기 쉽게 하려고 신을 만든 거야.

"아무리. 내 주위에 있는 사람들은 다른 사람을 죽이지 않아."

그럼 넌?

"난 사람을 죽이지 않아."

과연 그럴까? 성을 그리고 있었잖아.

"성을 그린다고 사람을 죽이는 건 아냐."

그래. 가끔 사람을 안 죽이려고 신을 만드는 사람도 있어. 하지만 그런 사람은 진짜 얼마 없거든. 대개는 남을 죽이기 위해서 신을 만들지. 역사가 증명하는걸. 거짓말 아냐. 하긴 넌 역사 공부 같은 거 해본 적 없겠지만.

"나도 역사 공부해. 일본 역사랑 서바이버들의 역사도."

이 교단의 역사 말이지.

"그래. 우리는 매일 역사를 만들고 있는 거야."

어이구야. 그것도 엄마한테 배운 말이니?

"아냐. 책에서 봤어."

네 책에서 말이지.

"저기, 너 어디로 들어왔어? 들어올 수 있을 리 없는데. 내가 이

방에 있을 땐 아무도 못 들어오게 돼 있는데."

아까 말했잖아. 뒷문으로 들어왔다고.

얘, 여기 온 사람 또 없었어? 이런 시간에 너랑 이야기하러 온 사람?

"가끔 있어."

어떤 사람이 와? 워처? 서바이버?

"그런 사람은 안 와. 어린애라든지 할머니, 아저씨."

무슨 이야기를 해?

"다 달라. 저번에 온 사람은 꽤 오래됐는데, 할머니였어. 며느리 욕을 한참 하고 갔어."

그렇구나. 요샌 그런 거 없어?

"한동안 뜸하다가 네가 온 거야. 몇 살이야? 잘 보니까 나보다 약간 언니 같은데."

그러게. 시간이 꽤 흘렀으니까.

"있지, 이제 진짜 기도해야 해. 사실은 기도 방에서 다른 사람이랑 말하면 안 되는데."

좀만 더. 너한테 해야 할 이야기가 아직 다 안 끝났거든.

"그게 뭔데? 지금까지 한 이야기도 해야 할 이야기였던 거야?"

응, 분명히 그럴 거야.

"그럼 얼른 해. 전에도 밤중에 순찰 도는 사람이 오는 바람에 딴 사람이랑 이야기했다고 나중에 워처한테 엄청 혼났단 말이야. 딴 데 정신을 판다고. 지금도 계속 누가 소원을 담아 나한테 기도하고 있는데, 아주 나쁜 배신이라고."

그렇구나. 너희 엄마 어때? 너랑 사이좋아? 널 아껴주니?

"그야 물론이지. 아주 많이 아껴줘."

널 사랑해줘?

"뭐?"

널 사랑해주냐고. 엄마로서.

"그럼. 워처인데 당연하지."

안아주기도 해? 네 눈을 보고 방긋 웃어줘?

"내가 어떻게 해야 할지 가르쳐줘. 서바이버랑 이야기한다든지 사람들 앞에서 천천히 걸을 때 어떻게 해야 하는지. 어느 방향을 보고 어떤 식으로 말해야 하는지."

넌 어때? 엄마가 좋아?

"워처는 다 좋아. 다들 친절하고, 이것저것 가르쳐주고, 머리도 묶어주고, 음식도 해주고."

그래. 요샌 어때? 다들 평소랑 똑같아?

"똑같아."

몇 명이 모여서 수군거리거나 너 없는 데서 막 싸우고 그러지 않아?

"어…… 그러고 보니까 어제 낮에 고함 소리가 들렸어. 그렇지만 어젠 회의하는 날이었으니까, 회의할 땐 다들 진지하게 여러 가지를 생각하니까 어쩔 수 없대."

그거 엄마가 한 말이니?

"아니, 워처가 그랬어."

너 지금 워처가 몇 명 있는지 알아?

"급은 여럿 있지만 다 합해서 한 삼백 명 될걸."

응, 그래. 서바이버는?

"몰라. 아주 많다고 듣긴 했어."

전국에 삼만 명이 넘어. 이젠 외국에 지부도 있고, 국회의원이 된 사람까지 있는걸. 유명한 여배우랑 음악가, 대학교수도 있고.

"그래? 그렇지만 내 앞에선 다들 똑같이 서바이버야."

그래, 그렇겠지. 다들 똑같아. 뭔가를 잃었다는 점에선.

엄마가 요새 무슨 중요한 이야기 안 했어?

"중요한 이야기? 워처의 이야기는 다 중요해. 도움이 안 되는 말은 안 하니까. 늘 영혼과 영혼의 대화야."

네 기도에 대해 뭐라고 안 해? 어디 간다든지, 방법을 바꾼다든지.

"그러고 보니까 다음엔 밖에 나가서 기도한댔어. 나도 이제 나갈 때가 됐다고. 날 기다리는 사람이 여기저기 있다고."

너랑 이야기하는 건 엄마만이니?

"아니, 몇 명 더 있어. 시마다 워처는 자상한 남자 어른인데 산수를 아주 잘 가르쳐줘. 나카무라 워처는 예쁜 여자 어른이고 노래를 잘해."

그 사람들은 뭐라고 안 해? 너에 대해서?

"아니."

진짜?

"응. 있지, 진짜 이제 가. 이러다 기도 못 하겠어. 그럼 또 야단 맞을 거야."

과연 그럴까.

"왜?"

너, 누구 기다리는 거 아냐?

"아냐."

진짜? 아무도 여기엔 안 들어올 테니까 여기서 기다리라고 한 거 아냐?

"뭐?"

맞지? 새벽에 여기서 나가자고 했지?

아까 네가 말한 시마다 워처랑 나카무라 워처가. 안 그래? 그래서 그림 그리면서 혼자 기다리는 거지? 넌 언제나 기도 같은 거 안 했던 거야.

"거짓말이야. 네가 없었으면 기도했어. 그만 가."

따라가면 안 돼.

네가 두 사람을 따라가면 교단은 심각한 분열을 겪게 돼.

"그럴 리 없어. 대체 무슨 소리를 하는 거야?"

교단은 지금 둘로 갈라져 있어.

너희 엄마는 원리파라고 해. 너희 엄마는 널 사람들 앞에 내놓길 싫어하고 되도록 널 신비스러운 존재로 유지하고 싶어 해. 네 말을 대신 전하는 걸로 너희 엄마가 실질적으로 교단의 권한을 쥐고 있는 거야.

시마다 워처랑 나카무라 워처는 복음파. 널 되도록 전면에 내세워서 교단이 돈 목적이 아니란 걸 증명하자고 주장해. 네 기적을 존중하고, 네가 많은 서바이버를 평등하게 접해서 네 순수함으로 치유해줘야 한다고.

너희 엄마랑 그 측근, 그리고 시마다 워처랑 나카무라 워처가 대표로 있는 그룹이 대립한다는 게 몇 달 전부터 표면에 드러나기 시작했어.

"그럴 리 없어. 워처는 다들 사이좋은걸. 늘 방글방글 웃으면서 다정하게 대해줘."

너한테는 그렇지.

어제 낮에 회의가 있었다고 했잖아? 그게 최후 협상이었던 거야. 분열은 대외적으로 이미지가 안 좋으니까 지금까지 단속적으로 교섭하는 자리를 마련했어. 그렇지만 타협점을 못 찾는 바람에 어제 결국 결렬되고 말았어.

"협상? 단속적? 타협점? 그게 뭐야?"

다들 자기 의견만 고집해서 결국 양쪽 다 상대방의 주장을 안 들어준 거야.

"그거 나랑 상관있어?"

그야 물론이지. 양쪽 다 널 중심으로 생각하는데.

너희 엄마는 기후 현 외딴 곳에 얼마 전 완성된 사당으로 널 옮기려고 해. 거기 있으면 몇 안 되는 사람만으로도 널 가둬놓고 지킬 수 있거든. 여긴 사람이 워낙 많은 데다 외부 시선도 있으니 언제 무슨 일이 일어날지 모른다고 생각하는 거야.

복음파는 머지않아 그렇게 될 걸 알고 있어. 그래서 그 전에 널 빼돌려 복음파 동지들이 있는 데로 데려가려고 해.

시마다 워처랑 나카무라 워처는 둘이 같이 왔지?

아무한테도 말하지 말랬지?

"다같이 의논해서 정한 거랬어. 나쁜 사람이 날 노려서 다른 데로 간다고."

너희 엄마도 그래?

"아니."

넌 딸인데도 널 이용할 생각만 하는 엄마보다 다정하고 네 이야기를 잘 들어주는 두 워처 쪽을 택한 거지?

"……."

어쩔 수 없지. 넌 그냥 어린애니까.

넌 불만스러웠어. 맨날 외톨이로 기도만 하고 주위에 받들어 모시는 사람만 있는 생활은 재미없거든. 아까 신 이야기도 했지만, 남들이 떠넘기는 책임을 진다는 게 쉽지 않지. 아니, 고통스러울 거야. 게다가 넌 몹시 고독해.

"고독?"

혼자라서 외롭다, 편안하게 같이 수다 떨 수 있는 사람이 곁에 있으면 좋겠다고 생각하는 기분.

"……."

그러는 게 당연해. 나도 이젠 알겠어.

약속한 시간이 언제야?

"날 밝기 직전이랬어."

진짜 시간이 얼마 없네.

따라갈 거야?

"아직 좀 고민 중이야."

네가 두 사람을 따라가면 교단은 엉망진창이 될 거야. 너희 엄마는 네가 유괴됐다며 법적 보호자로서 경찰에 네 보호를 요구하고, 복음파는 너희 엄마가 의무 교육도 못 받게 하고 널 학대했다고 고소할 거야.

교단의 분열은 큰 파문을 일으켜 텔레비전이랑 신문에서 교단을 막 비난할 거야. 교단을 못마땅하게 생각했던 사람이 많으니까.

"그럼 어떻게 돼?"

널 두고 서바이버들이 쟁탈전을 벌이게 돼.

넌 이곳저곳으로 옮겨 다니면서 숨어 지내야 해. 나중엔 시마다 워처랑 나카무라 워처가 복음파 내부에서도 고립돼서 네 장래를 놓고 둘이 말다툼을 벌여.

"그래서?"

마지막엔 둘이 널 데리고 도망쳐.

너희 셋은 복음파에서도, 원리파에서도 쫓기는 신세야.

추운 초겨울, 산속이야. 넌 감기 걸려서 아파.

시마다 워처는 산을 넘으면 동지의 집이 있으니 좀만 더 참으라고 해.

"그래서?"

그렇지만 그건 시마다 워처가 파놓은 함정이야.

시마다 워처도, 나카무라 워처도 널 독차지하려고 해. 너만 있으면 교단을 유지할 수 있겠다, 중요한 직위를 차지해 교단을 지배할 수 있을 거라고 생각해.

둘 다 상대방이 없어지길 원해.

시마다 워처는 동지의 집에서 나카무라 워처를 죽일 계획이야.

나카무라 워처도 그래. 기회를 봐서 시마다 워처를 없애버리고 싶어해.

"그래서?"

그런데 둘 다 목적을 이루지 못해.

산장에서 기다리던 동지가 배신했거든.

"왜?"

거기서 기다리던 세 명은 널 열광적으로 숭배했어.

세 사람은 시마다 워처도, 나카무라 워처도 믿지 않아. 오히려 널 더럽히는 악당이라고 생각해.

그래서 세 사람은 시마다 워처랑 나카무라 워처를 한 명씩 때려죽여 산속에 파묻어.

넌 그 광경을 산장 창문으로 보고 있었어.

"거짓말이야. 그런 걸 어떻게 알아? 시마다 워처랑 나카무라 워처는 늘 다정하고 엄마랑 사이도 좋아."

알 수 있어. 난 알고 있어.

"누가 그런 못된 거짓말을 시킨 거야? 앞날을 알 수 있을 리 없잖아."

글쎄, 과연 그럴까. 지금까지 이렇게 여기 찾아오는 사람들한테 미래를 들었으면서.

"뭐?"

지금까지 할머니랑 남자 어른이랑 어린애가 와서 너한테 미래를 이야기했지? 그 사람들도 어느새 방에 들어왔다가 문도 창문도 안 열렸는데 어느새 나갔지? 아냐?

"그걸 어떻게 알아?"

날 봐. 난 너야.

"뭐?"

좀 더 어른스럽긴 해도 너랑 똑같이 생겼잖니.

난 너야. 가까운 미래의 너.

"대체 무슨 소리야?"

나한테도 왔거든. 가까운 미래의 내가. 내가 전에 거기 앉아서 그림을 그리고 있을 때. 두 사람을 따라 여기서 나가려고 했을 때.

"설마 그럴 리가."

진짜야. 나도 미래의 내가 가르쳐줬어.

그렇지만 결국 두 사람을 따라가고 만 거야. 그래서 그런 결과가 되고 말았어.

"그런 결과?"

교단의 분열.

시마다 워처랑 나카무라 워처의 죽음.

"그러고 나서 어떻게 돼?"

알고 싶어? 말해주면 두 사람을 따라가는 거 그만둘래?

"그건 몰라. 그렇지만 알고 싶어. 가르쳐줘. 네가 진짜 알고 있다면."

넌 죽어.

"뭐?"

넌 혼자 산장에서 도망쳐.

두 사람을 죽인 동지가 무서워서 추운 산속으로 혼자 도망치는 거야.

산은 추운데 불을 피울 것도, 먹을 것도 없어.

넌 혼자 산속에서 얼어 죽어.

세 사람은 널 찾아내 되살리려고 갖은 의식을 올려. 그렇지만 넌 살아나지 않아.

절망한 세 사람은 네 몸뚱이를 해체해서 내장을 먹고 머리카락이랑 뼈랑 손톱을 가지고 돌아와. 그게 성체聖體가 돼서, 사람들이 서로 자기가 갖겠다고 싸우다 살인까지 일어나. 네 몸의 일부가 새로운 불씨가 돼서 교단은 점점 더 수상쩍은 방향으로 나아갈 거야.

"거짓말. 거짓말이야."

정말이야. 나도 들었는걸, 미래의 나한테. 내가 그렇게 된다는 걸. 외톨이로 얼어 죽어 먹힐 거란 말을 듣고 거짓말이라고 소리쳤어.

"그래서?"

그런데 진짜 그랬던 거야.

있지, 인간은 딴 사람을 죽이기 위해 신을 만들어. 다른 사람들도 자기를 위해 널 만들어낸 거야.

"거짓말이야. 그런 말 안 믿어."

나도 그렇게 말했어.

아, 날이 밝기 시작했어. 이제 곧 두 사람이 올 거야. 나도 더는 여기 있을 수 없어.

제발 부탁이야. 내 말을 믿어줘. 난 너야. 가까운 미래의 너. 난 이제 이 세상에 존재하지 않아. 어둠 속에서 오랫동안 이 생각 저 생각 했어. 그러다 오늘 여기 올 수 있었던 거야. 이 기회를 헛되이 하지 마. 그 두 사람을 따라가지 마.

그럼.

"앗, 잠깐."

맞다. 너한테 할 말이 하나 더 있었는데.

"뭔데?"

앞으론 아무도 널 찾아오지 않을 거야. 아닌 게 아니라 넌 어떤 의미에서 기적의 소녀였는지도 몰라. 미래를 가르쳐주는 사람이 널 찾아올 수 있었으니까. 그렇지만 오늘 여기서 나가고 나면 이제 아무도 안 와. 넌 방문자를 볼 수 있는 힘을 잃게 돼. 앞으로 교단을 둘러싼 다툼에 휘말려 육체적으로, 정신적으로 지치는 바람에 그럴 때가 아니게 될 거야.

"너무해. 그럼 이제 못 만나는 거야?"

그래. 이젠 못 만나. 그럼.

"잠깐만. 좀 더 자세히 이야기해줘."

아. 마지막으로 할 말이 있어.

"무슨 말?"

들을 용기 있어?

"있어. 가르쳐줘."

네가 성을 그리는 이유.

"어? 그게 무슨 상관있어?"

그게, 있거든.

큰 상업시설에서 아주 나쁜 일이 일어났어. 사람들의 오해가 커지면서 수많은 사람이 패닉에 빠져 도망쳐 다녔어.

"재난 말이구나."

그래. 그 재난.

네가 어떻게 살아남았는지 알아?

"글쎄. 몰라. 사실은 잘 기억 안 나거든. 엄마가 이것저것 가르쳐줬지만 사실은 별로 기억나는 게 없어. 인형을 끌고 텅 빈 곳을 걸었다는 것밖에."

넌 말이지, 상품 진열장 밑에 있었던 거야.

"진열장?"

넌 그때 아직 어려서 사람들이 뛰기 시작했을 때 유리 진열장 밑으로 기어들었어. 진열장이랑 진열장 사이에 작은 공간이 있었거든. 사람들이 아직 폭주하지 않았을 때였어.

"그랬구나."

넌 똑똑한 애였어. 심상치 않은 분위기를 눈치채고 거기 가만히 있었어.

그런데 또 다른 어린 여자애가 온 거야.

"여자애."

그 애도 엄마랑 떨어져서 혼자 있었어. 너보다 몇 달쯤 어린 여자애.

그 애는 이미 어른들한테 막 떠밀리고 여기저기 걷어차여서 걷지 못했어. 다리가 부러지고 얼굴도 짓밟혀 이마에서 피가 났어.

"피가."

그 애는 널 보고 자기도 그리로 기어들려고 했어.

그렇지만 좁은 공간이라 둘이 있을 여유는 없었어.

그래서 넌 그 애를 밀어냈어.

"밀어냈어."

그 애는 기를 쓰고 버텼지만 너도 필사적이었어. 그 애는 네가 보는 앞에서 어른한테 머리를 짓밟혀 결국 죽고 말았어.

넌 한동안 웅크린 채 그 애 얼굴을 보고 있었어.

"그 애 얼굴을 보고 있었어."

이윽고 조용해졌어.

"조용해졌어."

넌 그 애를 밀쳐내고 밖으로 나왔어.

그즈음엔 재난은 이미 끝나고 많은 사람이 죽어 있었어.

넌 주위를 둘러봤어.

죽은 그 애가 인형을 쥐고 있는 걸 알아차렸어.

넌 그게 네가 갖고 싶어 했던 캐릭터의 인형이라는 걸 깨달았어.

엄마는 내내 기분이 나빠서 네가 인형을 사달라고 졸라도 들은 척도 안 했어. 당시 엄마는 할머니랑 사이가 아주 나빠서 집안 분위기가 굉장히 험악했거든.

"인형."

넌 그 애 손에서 인형을 빼내려고 했어.

그렇지만 잘 안 빠져서 결국 이로 깨물어서 손가락을 뜯어내야 했어. 그 애 손에서 피가 나와서 인형에 묻었어.

"인형에 피가."

넌 그 인형이 갖고 싶었던 거지?

"엄마가 안 사줬어."

넌 외로웠지?

"내내 외톨이였어."

그 애는 분홍색 스웨터를 입고 있었어.

테마파크에서 산, 조그만 깃발이 달린 성 그림의 스웨터.

넌 그걸 꼼짝 않고 봤어.

예쁜 성. 꿈처럼 멋진 성.

네가 무슨 생각을 하고 있었는지는 몰라.

넌 그 애를 두고 인형을 든 채 걷기 시작했어.

그날 모든 게 시작된 거야.

"시작됐어."

누가 오네.

아침 햇살이 비쳐드는걸. 밖은 무척 추워.

노크 소리가 들려. 난 그만 가야 해.

"네."

안녕.

내가 한 말 잊지 마. 날 믿어줘.

"네. 네, 준비 다 됐어요. 기도드리면서 기다리고 있었어요."

난 너야. 넌 나.

"네. 지금 갈게요. 뒷문을 열어 놔주세요."